Керстин Гир

Таймлесс

Сапфировая книга

Москва
Робинс
2014

УДК 087.5
ББК 83.8 (2 Рос=Рус)
Г 51

Перевод с немецкого *Светланы Вольштейн*

Г 51 Гир Керстин
Таймлесс*. Сапфировая книга / Гир К. – М. : Робинс, 2014. – 348, [4] с.

ISBN 978-5-4366-0152-6

Путешествия во времени продолжаются!

Юная Гвендолин Шеферд всё больше погружается в водоворот головокружительных событий и тайн, которые стали преследовать её с тех пор, как она унаследовала ген путешественника во времени.

Теперь Гвендолин предстоит разобраться, кто стоит за покушениями на её жизнь, кому из друзей можно доверять, и как опасно раскрывать свои мысли и чувства перед человеком, которого знаешь всего пару дней…

Вторая книга трилогии «Таймлесс» – бестселлер немецкой писательницы Керстин Гир – для читателей всех возрастов!

УДК 087.5
ББК 83.8 (2 Рос=Рус)

*Timeless (англ.) - вневременный, вечный (прим. ред.)

Пролог

Лондон, 14 мая 1602 г.

На улочках Саутварка было очень темно и пустынно. В воздухе висел удушливый запах нечистот, рыбной требухи и отбросов. Неожиданно для самого себя он ещё крепче сжал её руку, и они пошли дальше.

– Лучше бы мы шли вдоль реки, а то в этих улочках чёрт ногу сломит, – прошептал он.

– Да, а за каждым углом нас может поджидать разбойник или убийца, – её голос звучал почти весело. – Вот класс, правда? Это в тысячу раз лучше, чем просиживать штаны в вонючем подземелье и делать домашнее задание! – она подняла свои тяжёлые юбки и поспешила дальше.

Сам того не желая, он улыбнулся. Люси могла найти положительный момент в любой ситуации. Даже так называемый Золотой век Англии, который в книгах выглядел таким замечательным, а на самом деле оказался довольно тёмным и мрачным временем, не мог её запугать, скорее, наоборот.

– Жаль только, что мы никогда не сможем пробыть в прошлом дольше трёх часов, – сказала она, когда он нагнал её быстрым шагом. – «Гамлет» понравился бы мне ещё больше, если бы нам удалось посмотреть весь спектакль за один раз, – она вовремя обогнула зловонную дождевую лужу, по крайней мере, он очень надеялся, что эта лужа действительно дождевая. Затем сделала пару изящных па и покружилась.

– *«Так всех нас совесть обращает в трусов[1]»*... Согласись, это было просто волшебно!

Он кивнул, едва сдержавшись, чтобы снова не улыбнуться. С Люси Пол стал улыбаться намного чаще. Если он не возьмёт себя в руки, прохожие вполне могут посчитать его сумасшедшим!

Они направлялись к Лондонскому мосту. Мост в Саутварке был гораздо ближе, но его в этом веке ещё, к сожалению, не построили. Если они не хотели, чтобы их самовольная вылазка в семнадцатый век была раскрыта, сейчас следовало торопиться изо всех сих.

Как Пол мечтал наконец-то избавиться от этого жёсткого белого воротничка! Он чувствовал себя как собака после операции, которую заставляют носить на шее смешной пластиковый раструб.

Люси завернула за угол и направилась к реке. Казалось, в мыслях она всё ещё досматривала спектакль.

– А сколько ты вообще заплатил тому человеку, чтобы он пропустил нас в «Глобус», Пол?

– Четыре тяжёлых монеты, понятия не имею, какова их стоимость, – он рассмеялся. – Наверное, он столько за год не заработает.

– Главное, что нам это помогло. Места у нас были просто высший класс.

Они подбегали к Лондонскому мосту. Как и на пути сюда, Люси хотелось остановиться и как следует рассмотреть дома, расположенные на нём[2]. Но Пол потянул её дальше.

– Ты же слышала, что сказал мистер Джордж: если слишком долго стоять под окном, на тебя могут вылить ведро с помоями, – напомнил он ей. – Кроме того, ты привлекаешь к себе излишнее внимание!

---

1 У. Шекспир. «Гамлет». Пер. А. Кронеберга *(здесь и далее прим. ред.)*.

2 Старый Лондонский мост был застроен домами и заселён.

– Даже не заметно, что мы стоим на мосту, так он похож на обычную лондонскую улицу. О, гляди, настоящая *пробка*! Может, после этого они догадаются построить ещё парочку мостов?[3]

Здесь, в отличие от параллельных Темзе улочек, заметно было хоть какое-то движение, но повозки, экипажи, кареты, которые хотели переправиться на другой берег, не двигались с места ни на ярд. Впереди слышались голоса, раздавались проклятия, крики, конское ржание, но причину, по которой образовалась пробка, отсюда понять было невозможно. Из окна ближайшей к ним кареты высунулся какой-то господин в чёрной шляпе.

Его жёсткий белый воротничок поднимался чуть ли не до ушей.

– Нет ли здесь другого пути через эту зловонную реку? – по-французски крикнул он своему кучеру.

Кучер отрицательно покачал головой.

– Даже если бы и был, нам тут всё равно не развернуться! Мы застряли. Пойду-ка я посмотрю, что там случилось. Смею вас заверить, сэр, скоро всё наладится.

Что-то буркнув в ответ, незнакомец снова спрятал голову, а вместе с ней шляпу и воротник, обратно в карету. Кучер тем временем слез с облучка и начал пробираться сквозь толпу.

– Ты слышал, Пол? Там *французы*, – восхищённо зашептала Люси. – Туристы!

– Да, очень мило. Но мы должны двигаться дальше, у нас совершенно нет времени, – он вспомнил, что когда-то читал о разрушении этого моста, и что потом мост был возведён снова на пятнадцать метров дальше. Не очень благоприятное место для прыжка во времени.

---

3 До середины XVIII века Лондонский мост оставался единственным мостом через Темзу.

Они следовали за французским кучером, но на следующем участке пути повозки и люди теснились так близко друг к другу, что пройти мимо них было невозможно.

– Я слыхала, что тут везли бочки с маслом, и одна из них загорелась, – сказала какая-то женщина перед ними, не обращаясь при этом ни к кому конкретно. – Если они не будут следить за своим грузом, так и весь мост поджечь недолго!

– Точно, но только это случится не сегодня, насколько мне известно, – пробормотал Пол и схватил Люси за руку. – Пойдём. Мы перейдём обратно на тот берег и там дождёмся нашего прыжка.

– Ты помнишь пароль дня? А то вдруг мы всё-таки не успеем вовремя.

– Там было что-то вроде «подковать лапу».

– *Gutta cavat lapidem*, дурачок, – Люси захихикала и поглядела на него сверху вниз. Её голубые глаза заблестели от удовольствия. В его голове вдруг всплыло воспоминание о разговоре с братом, Фальком. Пол спросил его, как выбрать подходящий момент.

«Советую не тратить времени на разговоры, а действовать решительно. Если она будет против, то влепит тебе оплеуху – зато ты будешь знать наверняка».

Фальк, конечно, тут же поинтересовался, как зовут избранницу его младшего брата. Но Пол не горел желанием затевать долгие споры. Он уже достаточно наслушался фраз в духе:

«Ты же знаешь, связь между Монтроузами и де Виллерами должна ограничиваться деловой сферой!» И коронное заключение: «Кроме того, все девочки из рода Монтроузов – дурочки, а с возрастом они становятся стервами, как леди Ариста».

Ещё чего – дурочки! Возможно, к остальным девчонкам из рода Монтроузов это утверждение и можно было применить, но Люси не такая.

Она с каждым днём удивляла Пола всё больше. Ей одной он доверял то, что до сих пор не решался рассказать ни одной живой душе. Люси, с которой он…

Пол глубоко вздохнул.

– Ты почему остановился? – спросила Люси, но тут он наклонился над ней и прижал свои губы к её губам. На какой-то миг страх того, что она оттолкнёт его, был всё ещё велик, но затем она, кажется, пришла в себя от удивления и ответила на его поцелуй, сначала очень осторожно, а затем более настойчиво.

Вообще, подходящим этот момент назвать было сложно, им следовало торопиться, каждое мгновение они могли прыгнуть во времени и к тому же…

Пол забыл, что ещё он хотел добавить.

Единственное, что имело значение – это она.

Но вдруг его взгляд остановился на человеке в чёрной шляпе, и Пол испуганно отшатнулся.

Люси посмотрела на него сначала рассерженно, затем смущённо, и, наконец, густо покраснев, она уставилась под ноги.

– Прости, – пробормотала она. – Ларри Колмен говорил, что когда я целуюсь, в рот как будто суют незрелый крыжовник.

– Крыжовник? – он покачал головой. – И что это ещё за тип – Ларри Колмен?

Тут она смутилась ещё больше, а Пол ничем не мог ей помочь. Кое-как он попытался привести в порядок мысли в голове, отвёл Люси подальше от света факелов, приобнял за плечи и пристально посмотрел в глаза.

– Ладно, Люси. Во-первых, твой поцелуй похож на… на клубнику. Во-вторых, попадись мне этот Ларри Колмен, я ему по шее накостыляю. И в-третьих, хорошенько запомни, на чём мы остановились. Потому что продолжим мы немного позднее. Сейчас у нас возникла одна маленькая проблемка.

Он кивнул на высокого человека, который вразвалочку вышел из-за какой-то брички и наклонился к окошку кареты, в которой сидел француз.

Глаза Люси округлились от страха.

– Добрый вечер, барон, – сказал мужчина. Он тоже говорил по-французски, и при звуке его голоса Люси крепко сжала руку Пола. – Как я рад вас видеть. Далёкий путь вы проделали из Фландрии, не так ли? – он снял шляпу.

Из кареты раздался возглас удивления.

– Ах, это вы, мнимый маркиз! Что вы здесь делаете? Как вы здесь оказались?

– Я бы тоже хотела это знать, – прошептала Люси.

– Неужели у вас не нашлось более любезных слов, чтобы поприветствовать собственного преемника? – весело ответил его рослый собеседник. – Как бы там ни было, я ведь внук внука вашего внука. И хотя иногда меня и называют человеком без имени, могу вас уверить, что имя у меня есть. Их даже несколько, если быть точным. Могу ли я присоединиться к вашему обществу и заглянуть к вам в карету? Стоять здесь довольно неудобно, а движение на мосту возобновится ещё нескоро, – не дожидаясь ответа и не оглядываясь по сторонам, он открыл дверцу и забрался внутрь.

Люси заставила Пола сделать пару шагов назад, ещё дальше от света факелов.

– Это он, сомнений быть не может! Только гораздо моложе. Что же нам делать?

– Ничего, – прошептал Пол. – Вряд ли сейчас подходящий момент, чтобы заглянуть в карету и поздороваться.

– Но что *он* здесь делает?

– Это просто совпадение. Он ни в коем случае не должен нас тут увидеть. Пойдём скорей на берег.

Но ни Пол, ни Люси не сдвинулись с места. Они завороженно смотрели на окошко кареты, с ещё большим любопытством, чем несколько минут назад на сцену театра «Глобус».

– Во время нашей последней встречи я ясно дал вам понять, какого о вас мнения, – донеслись из кареты слова французского барона.

– О да, я всё прекрасно помню! – незнакомец тихо рассмеялся, и в этот момент по рукам Пола вдруг пробежали мурашки. Он и сам не понимал, почему.

– Я принял решение, и менять его не намерен! – голос барона звучал немного неуверенно. – Дьявольскую вещицу я передам Альянсу, как бы вы не старались это предотвратить. Ваши козни будут раскрыты, я знаю, что вы отдали душу дьяволу.

– О чём это он? – прошептала Люси.

Пол покачал головой.

Из кареты снова донёсся тихий смех.

– Мой узколобый и ограниченный предок! Насколько легче стала бы ваша – и вместе с тем, моя! – жизнь, если бы вы прислушивались к моим советам, а не к наставлениям вашего епископа или этих жалких фанатиков – Альянса. Вам следовало бы воспользоваться здравым рассудком, а не крестным знамением. Вы так и не осознали, что являетесь частью высшей силы, более могущественной, чем та, о которой проповедует ваш пастырь.

Вместо ответа барон, кажется, начал читать «Отче наш» Люси и Пол услышали лишь тихое бормотание.

– Аминь! – вздохнув, сказал его собеседник. – Итак, вы не желаете менять своё решение?

– Вы – дьявол во плоти! – сказал барон. – Покиньте мою карету и никогда больше не попадайтесь мне на глаза.

– Как пожелаете. Не буду долго обременять вас своим присутствием, замечу лишь, что на вашей могильной плите, которую я видел собственными глазами, выведена дата «14 мая 1602».

– Но ведь это… – сказал барон.

– Правильно, это сегодня. И до полуночи осталось не так уж много времени.

Барон захрипел.

– Что он там делает? – прошептала Люси.

– Он нарушает свои же собственные законы, – мурашки побежали у Пола по спине. – Он говорит о…

Он запнулся, потому что почувствовал знакомую тошноту.

– Мой кучер сейчас вернётся, – сказал барон, в его голосе звучал страх.

– Да, так оно и будет, – ответил его собеседник немного скучающим тоном. – Поэтому я и тороплюсь.

Люси положила руку себе на живот.

– Пол!

– Знаю, я чувствую то же, что и ты. Бежим! Если мы не хотим очутиться прямо в холодной речке, нам стоит поторопиться!

Он крепко схватил её за руку и потянул вперёд, стараясь не поворачиваться лицом к карете.

– Вы должны были умереть на родине от последствий простуды, – услышали они голос, доносившийся из кареты. – Но мои визиты к вам привели к тому, что сейчас вы находитесь здесь, в Лондоне, в добром здравии, и это меняет картину событий. Моя сущность, моё естество, в ответе за то, чтобы помочь смерти найти свою жертву.

Пол был погружён в собственные ощущения, потому что тошнота усиливалась с каждым мигом, к тому же, он пытался вычислить, сколько метров им осталось до берега.

Но последние слова достигли его сознания, и Пол остановился как вкопанный.

Люси ткнула его в бок.

– Беги! – сквозь зубы процедила она, и сама ринулась вперёд по мосту. – У нас осталось несколько секунд!

Колени Пола дрожали, но он тоже со всех ног бросился к берегу. Пока Пол бежал, земля начала расплываться перед его глазами, а из кареты послышался зловещий приглушённый крик и еле слышный возглас:

– Дьявол!

Затем воцарилась мёртвая тишина.

Хроники Хранителей
18 декабря 1992

Сегодня в 15.00 Люси и Пол были отправлены на элапсацию в 1948 год. Вернулись они в 19.00, угодив прямиком в розовый куст перед окном Зала Дракона. На них были насквозь мокрые костюмы XVII века. Люси и Пол производили странное впечатление, говорили сбивчиво и невнятно. Поэтому я решил доложить обо всём лорду Монтроузу и Фальку де Виллеру, хотя молодые люди категорически возражали. Разгадка оказалась вовсе не сложной: лорд Монтроуз вспомнил, что в 1948 году в саду проводился бал-маскарад, во время которого гости, а среди них были Люси и Пол, после нескольких бокалов вина очутились в бассейне с золотыми рыбками.
Лорд Лукас взял на себя ответственность за случившееся и пообещал позаботиться о замене испорченных экземпляров роз «Фердинанд Пикард» и «Миссис Джон Лэнг».
Люси и Пол получили серьёзное предупреждение, впредь им необходимо воздерживаться от употребления алкоголя независимо от времени и места.

Отчет: Дж. Маунтджой, адепт второго уровня.

Глава первая

– Позвольте, вы в Храме Господнем, а не в кино на местах для поцелуев!

Я в испуге распахнула глаза и отпрыгнула назад, ожидая увидеть старомодного священника в развевающейся рясе и со скорченной физиономией, который поспешил бы тут же обрушить на нас покаянную молитву. Но помешал нам вовсе не священник. Это был даже не человек. А всего лишь маленькая фигурка, украшающая свод церкви. Сейчас она присела на скамью прямо возле нашей исповедальни и смотрела на меня так же смущенно, как и я на неё.

Хотя это было практически невозможно. Потому что моё состояние не вкладывалось в одно лишь понятие «смущение». Оно больше смахивало на полную потерю чувств и речи.

А началось всё с поцелуя.

Гидеон де Виллер – поцеловал – меня – Гвендолин Шеферд.

Конечно, можно было бы задаться вопросом – почему он решил поцеловать меня именно здесь и сейчас: на скамье, в церковной исповедальне, где-то в году 1912-ом. Зачем ему это понадобилось, сразу после такого невероятного побега, который мы только что совершили, побега, которому мешало, казалось, абсолютно всё, а особенно – моё новое облегающее платье до пят со смешным матросским воротничком.

Можно было бы, наверное, тут же провести глубокий анализ происходящего: сравнить этот поцелуй с другими, случившимися до него в моей жизни, и найти причину, почему Гидеон так хорошо целуется.

Можно было бы так же поразмыслить над тем, что Гидеону пришлось просунуть голову и руки в окошко исповедальни, а целоваться в таком положении не очень-то удобно. Я уже устала удивляться, так много мне пришлось пережить за последние три дня, когда стало известно, что именно я унаследовала фамильный ген путешественника во времени.

На самом же деле, голова моя была совершенно пуста, ни единой мысли в ней не задерживалось, кроме как, может быть: «О-о-о… и м-м-м-м… и ещё». По этой причине я не сразу почувствовала знакомую тошноту. И вот только что фигурка с церковного фасада, скрестив руки на груди, пронзала меня испепеляющим взглядом, а завеса исповедальни была темно-зелёной, и вдруг превратилась в противно-коричневую. Тогда до меня дошло – мы снова в настоящем времени.

– Ужас! – Гидеон втянул голову и руки обратно на свою сторону исповедальни и почесал затылок.

Ужас? Я вмиг свалилась с небес на землю и забыла обо всех говорящих фигурках.

– А мне показалось, не так уж и плохо, – пробормотала я, стараясь придать голосу как можно более будничный тон.

К несчастью, у меня так перехватило дыхание, что желаемого эффекта мои слова явно не произвели. Я не решалась заглянуть Гидеону в глаза, вместо этого я всё ещё пялилась на синтетическую занавеску, которая скрывала кабину исповедальни.

О Боже! Я перепрыгнула почти на сто лет вперед, не моргнув и глазом, а все потому, что этот поцелуй так сильно, так совершенно… потряс меня. То есть, сначала этот парень попрекает меня направо и налево, потом приходится спасаться бегством от каких-то типов с пистолетами, а потом, вдруг, совершенно неожиданно, он заявляет, что я – особенная, и целует меня. Да, и как целует!

Я сразу позавидовала всем девчонкам, у которых он этому учился.

– Кажется, кроме нас здесь никого нет, – Гидеон выскочил из исповедальни и направился к выходу. – Так, всё в порядке, мы сядем на автобус и вернёмся обратно в Темпл. Поторопись, они нас уже заждались.

Я не могла сдвинуться с места и только смотрела на него, не понимая смысла его слов. То есть, он вот так прямо хочет без лишних объяснений вернуться к повседневным делам?

Неплохо было бы обсудить некоторые вещи, после того как с кем-то поцелуешься, а? (Лучше бы, конечно, сделать это перед тем, как лезть целоваться, но, что уж там, теперь уже слишком поздно.) Что это вообще такое было? Что-то вроде объяснения в любви? Может, мы теперь даже встречаемся? Или мы просто так, убили время, потому что не знали, чем себя занять?

– В таком виде я в автобус не сяду, – заявила я и постаралась придать своему голосу уверенный тон.

Ни за что на свете я бы не произнесла вслух ни один из вопросов, которые роились в моей голове.

Моё платье было снежно-белого цвета с небесно-голубыми оборками на талии и вокруг шеи. В 1912-ом, наверное, такой наряд считался последним писком моды, но для проезда в общественном транспорте в двадцать первом веке он не подходил совершенно.

– Мы возьмём такси.

Гидеон обернулся, но не нашёлся, что возразить. В своём наряде – сюртуке и брюках с наглаженными складками – он, кажется, ни капельки не смущаясь, прокатился бы в любом автобусе. Выглядел он, кстати, действительно неотразимо. Особенно сейчас, когда его волосы не были тщательно зализаны, они растрепались и небрежно спадали ему на лицо.

Я вышла к нему на середину церкви и поёжилась. Здесь было ужас как холодно. Хотя, может, всё дело в том, что последние три дня мне никак не удавалось нормально выспаться? Или, скорее, причина в том, что сейчас произошло между мной и Гидеоном?

За последнее время мой организм выработал больше адреналина, чем за все предыдущие шестнадцать лет. Столько всего случилось, а времени, чтобы обдумать эти события, было так мало. Моя голова, казалось, вот-вот лопнет от переизбытка чувств и фактов. Если бы я была героиней какого-нибудь комикса, надо мной бы сейчас вместо слов висел огромный знак вопроса.

И парочка черепов.

Я сделала ещё несколько шагов вперёд. Ладно, если Гидеон так хочет вернуться к повседневной суете – пожалуйста, сколько угодно.

– Пойдём же, – сказала я нетерпеливо, – мне холодно.

Я хотела проскочить мимо него, но Гидеон крепко схватил меня за руку.

– Послушай, насчёт... только что... – он замолчал, выдерживал паузу, наверное, в надежде, что я его перебью и дополню.

Разумеется, я этого не сделала. Очень уж мне хотелось послушать, что он скажет. К тому же, как только мы снова оказались близко друг к другу, у меня перехватило дыхание, и я бы всё равно не смогла вымолвить ни словечка.

– Этот поцелуй... мне так... – снова обрывки фразы. Мысленно я тут же продолжила его слова:

Мне так жаль...

Да ладно, всё понятно. Но зачем тогда было делать это, скажи на милость? Это как если поджечь занавеску, прятаться за ней и удивляться, отчего это весь дом в огне (м-да, не совсем удачное сравнение). Мне ничуточки не хотелось помочь ему договорить предложение до конца, я смерила Гидеона холодным выжидающим взглядом. То есть, я *попыталась* посмотреть на него холодным выжидающим взглядом, но на самом деле, в моих глазах наверняка сквозило что-то вроде: «я маленький оленёнок, пожалуйста, не стреляйте». Я ничего не могла с собой поделать. Нижняя губа начинала предательски подрагивать.

Я совсем не это имел в виду... – давай же, скажи это!

Но Гидеон молчал. Вместо этого он вытащил шпильку из моих спутанных волос (наверное, моя суперсложная закрученная и подобранная причёска за последние полчаса превратилась в гнездо для парочки птиц), взял одну прядь и намотал её себе на палец. Другой рукой он гладил меня по лицу. Затем Гидеон наклонился и поцеловал меня ещё раз. Новый поцелуй был невероятно мягким и осторожным. Я закрыла глаза – и вот это случилось со мной снова: мозг снова отключился без малейшего предупреждения. (Он наотрез отказывался работать, выдавая только «О-о-о, м-м-м и ещё»). Но всё это длилось секунд десять, не больше, потому что вдруг снова раздался недовольный голос:

– Опять безобразничаете?

От испуга я легонько толкнула Гидеона в грудь локтем и уставилась прямо в глаза маленькой деревянной фигурке, которая как раз спускалась с галереи, под которой мы стояли. Если быть точной, это была не просто фигурка, а маленькое привидение.

Гидеон отпустил мои волосы и состроил безразличную мину. О Боже! Хорошенькое же мнение у него теперь обо мне сложится! О чём он думает? Я заглянула в его зелёные глаза в поисках ответа, но они были бесстрастны, в них сквозила лёгкая отчуждённость.

– Мне... мне показалось, что я услышала что-то подозрительное, – пробормотала я.

•

– Ладно, – сказал он, немного растягивая букву «а», но, в общем, тон его был вполне благодушным.

– Ты услышала *меня*, – сказало привидение. – Ты *услышала* меня!

Ростом это привиденьице было не больше кошки, мордочка его, кстати, тоже напоминала кошачью: большие острые уши, как у рыси, и два скруглённых рога поближе к макушке, а кроме того, маленькие крылышки на спине и длинный хвост, покрытый чешуёй, который заканчивался кокетливым треугольничком. Сейчас этот хвост нетерпеливо постукивал по полу.

– Ты даже видишь меня!

Я не ответила.

– Тогда нам действительно стоит поторопиться, – сказал Гидеон.

– У тебя получается видеть и слышать меня! – восхищённо выкрикнуло привидение. Оно свалилось с галереи прямо на скамью и от избытка чувств то спрыгивало с неё, то залезало обратно. Говорило оно как простуженный осипший ребёнок.

– Я точно знаю!

Только бы не выдать себя, а иначе мне от него никогда не избавиться. Поэтому, пока мы с Гидеоном шли к выходу, я с преувеличенным вниманием разглядывала одну скамью за другой. Гидеон распахнул передо мной ворота.

– Спасибо, очень мило с твоей стороны! – сказало привидение и тоже проковыляло наружу.

На улице я инстинктивно зажмурилась. Но солнце уже зашло, хотя мне показалось, что было ещё не очень поздно.

– Ну, ты у меня получишь! – выкрикнуло привидение и дёрнуло меня за подол платья. – Давай поговорим, пожалуйста! Эй, поосторожней, ты наступила мне на ногу... и не делай вид, будто ты меня не видишь. Я же знаю, что видишь, – от возбуждения из его рта выплеснулось немножко воды, и под моими сапожками образовалась маленькая лужица.

– Ой, прости, такое со мной случается только в чрезвычайных случаях.

Я обвела взглядом церковь. Кажется, это была базилика Викторианской эпохи с пёстрыми мозаиками на окнах и двумя колоннами, украшенными изящной лепниной. Стены церкви были сложены из слоёв жжёного кирпича, отделанного нежно-бежевой штукатуркой, которая образовывала весёлый полосатый орнамент. Но сколько я ни вглядывалась, мне не попалось больше ни одной фигурки. Ну почему это привидение оказалось таким приставучим!

– Вот я где! – крикнула фигурка и вскарабкалась на стену прямо перед моим носом. Лазала она быстро и ловко, прямо как ящерица. Так хорошо карабкаться по стенам умели не все привидения. На секунду я задержала взгляд на кирпиче возле его головы, а потом отвернулась.

Привидение, казалось, немного усомнилось в моих способностях.

– Ну, *пожалуйста*, – сказало оно. – Мне бы так хотелось поболтать с кем-нибудь кроме духа сэра Артура Конан Дойла.

Ох и хитрюга. Но меня так просто не провести. На самом деле, его было очень жалко, несчастное маленькое привидение, ему ведь так одиноко. Но я убедилась на собственном опыте, какими назойливыми бывают эти создания. Кроме того, оно помешало нам целоваться, и теперь Гидеон, наверное, считает меня пугливой коровой.

– Ну, пожалуйста, пожалуйста, пожа-а-а-луйста-а-а!!!! – канючило привидение.

Я не обращала на него ни малейшего внимания. Вот свалилось тут на мою голову, у меня и без него проблем хватает!

Гидеон вышел на проезжую часть и поднял руку, останавливая такси. Конечно, к нам сразу же подъехала машина. У некоторых людей это здорово получается, они прямо как магниты. Может, срабатывает какая-то естественная уверенность в своих силах. Таким магнитом, например, обладает моя бабушка, леди Ариста.

Стоит ей только остановиться у дороги и окинуть машины строгим взглядом, как тут же пустое такси тормозит перед ней на полном ходу.

– Гвендолин, ты идёшь?

– Ты же не сделаешь этого, не укатишь прочь, так и не сказав мне ни словечка, правда?

Хриплый детский голосок звучал так, будто привидение вот-вот расплачется. Этот голос разрывал мне сердце.

– Ведь мы только-только нашли друг друга.

Если бы мы остались с наедине, я бы, наверное, поддалась соблазну и заговорила с ним. Несмотря на острые клыки и когтистые лапы, вид у него был очень даже миленький. Наверное, ему ужас как одиноко. (Духу сэра Артура Конан Дойла уж точно есть чем заняться, кроме как беседовать с этим крошкой. Что он вообще забыл в Лондоне?) Но в наше время, если ты вдруг начинаешь общаться с привидением в присутствии посторонних, люди в лучшем случае считают тебя лгуньей и притворщицей, а в худшем, что, увы, случается чаще всего, они просто уверены в твоём сумасшествии. Мне не хотелось рисковать расположением Гидеона. Кроме того, последняя фигурка, с которой я общалась, оказалась такой приставучей, что мне едва удавалось в одиночестве проскользнуть в туалет.

Поэтому я с безразличным выражением лица залезла в такси и всё время глядела только прямо перед собой. Гидеон высунулся наружу. Таксист рассматривал наши костюмы в зеркале заднего вида, но хранил молчание. Я была ему за это несказанно благодарна.

– Сейчас почти половина седьмого, – сказал мне Гидеон, очевидно, стараясь завязать непринуждённую беседу. – Неудивительно, что я умираю с голоду.

После его слов я вдруг почувствовала, что мне тоже дико хочется есть. Утренний бутерброд я лишь чуть-чуть надкусила и тут же сбежала из-за стола – такое ужасное там царило настроение, а еда в школьной столовой, как всегда, была несъедобно-противной. Я с тоской вспомнила о хлебцах и тостах дома у леди Тилни. Их нам, к сожалению, так и не довелось попробовать.

Леди Тилни! Тут мне пришло в голову, что нам с Гидеоном стоило бы обсудить это приключение в 1912-ом году. Происходящее совершенно вышло из-под контроля, понятия не имею, чего себе надумали эти хранители, ведь у них нет ни малейшего чувства юмора относительно всего того, что касается путешествий во времени. Нам с Гидеоном дали задание отправиться в 1912-ый год и внести леди Тилни в хронограф (зачем понадобилась такая процедура, я, кстати говоря, до сих пор не поняла, но наверняка это дело чрезвычайной важности: речь идёт о спасении человечества, никак не меньше). Но мы не смогли выполнить это задание, потому что в доме леди Тилни неожиданно появились мои кузены Люси и Пол – отрицательные герои нашей истории. По крайней мере, в этом убеждена семья Гидеона, да и он сам. Согласно их версии, Люси и Пол украли второй хронограф и с его помощью перенеслись в прошлое. С тех пор, как это случилось, прошло много лет, они исчезли совершенно бесследно – и вдруг появились в гостях у леди Тилни, переполошив при этом всех присутствующих. Не помню, когда именно в ход пошло оружие, от страха в голове у меня всё перемешалось, но у меня перед глазами до сих пор стоял Гидеон с пистолетом у самого виска Люси. А ведь брать с собой пистолет из нашего времени, вообще-то, строго-настрого запрещалось. (Равно как и нельзя было взять с собой мобильный телефон, а жаль, ведь телефоном-то, по крайней мере, никого не застрелишь!) Затем нам удалось сбежать и укрыться в церкви. Но всё это время я не могла отделаться от мысли, что история с Люси и Полом не настолько однозначна, как представлял её нам господин де Виллер.

– Что будем говорить насчёт леди Тилни? – спросила я.

– М-да, – Гидеон устало почесал затылок. – Нам нет нужды врать и оправдываться, ты не думай, но было бы разумно опустить в нашем рассказе несколько фактов. Давай лучше я сам расскажу им, как было дело.

Ну вот, к Гидеону снова вернулся такой до боли знакомый командный тон.

– Ну да, конечно, – сказала я. – Я буду только кивать головой и держать рот на замке, как и положено приличной девочке.

Сама того не желая, я скрестила на груди руки.

Ну почему Гидеон всегда себя так ведёт? Неужели трудно побыть нормальным, хотя бы разок?

Сначала целуется (притом несколько раз!), а потом вдруг снова превращается в Магистра Ложи Хранителей. Ну, куда это годится!

Мы развернулись в разные стороны и уставились в окошки, каждый со своей стороны.

Гидеон первым прервал молчание. Один-ноль, я веду!

– Ну что с тобой такое? Молчок как рыбка на крючок? – его голос звучал почти смущённо.

– Что-что?

– Так всегда говорила моя мама, когда я был маленьким. Если я сидел такой надутый, как ты сейчас.

– У тебя есть *мама*? – только когда я это произнесла, до меня дошло, насколько дурацким был мой вопрос.

О Боже!

Гидеон поднял брови.

– А ты как думала? – озорно спросил он. – Ты, небось, считала, что перед тобой андроид, которого из лампочек и гаек скрутили дядюшка Фальк и мистер Джордж?

– До такого бы я не додумалась. А детские фотографии у тебя есть?

Когда я попыталась представить себе Гидеона в ползунках, с толстыми щёчками и редкими волосиками, то не смогла сдержать улыбку.

– Где же твои мама и папа? Они тоже живут здесь, в Лондоне?

Гидеон отрицательно махнул головой.

– Мой отец умер, а мама живёт в Антибе, на юге Франции, – Гидеон плотно сжал губы, мне показалось, что сейчас он снова погрузится в молчание. Но он продолжил:

– Да, так она и живёт на юге Франции, с моим младшим братом и своим новым мужем, месье Бертеленом, который только и умеет, что твердить мне «Зови же меня теперь папулей!». Он управляет фирмой по производству мелких деталей из меди и платины. По всей видимости, дела его идут неплохо, свою расфуфыренную яхту он назвал «Мистер Твистер».

Я не знала, что ответить, мне вдруг стало очень не по себе. Такая искренность была совершенно не в духе Гидеона.

– Ой, но зато туда, наверное, так интересно приезжать на каникулы, правда?

– Конечно-конечно, – сказал он с ехидством. – Там ведь бассейн величиною в три теннисных корта, а на этой треклятой яхте умывальники из чистого золота.

– Мне всё-таки кажется, это поприятней, чем проводить каникулы в промозглом домишке в Пибли, – моя семья обычно на каникулы уезжала в Шотландию. – Если бы я была на твоём месте, и у меня были бы родственники на юге Франции, я каталась бы к ним каждые выходные. Даже не будь у них бассейнов и яхт.

Гидеон снова покачал головой.

– Да что ты? А как бы ты выкручивалась, если бы при этом тебе нужно было на пару часиков прыгнуть в прошлое? Например, если ты едешь на полной скорости по автобану или у тебя миллион других важных дел?

– Ой... – я всё ещё не могла как следует привыкнуть к этой истории с прыжками во времени, поэтому предусмотреть абсолютно всё было как-то сложновато. Носителей гена путешественника во времени было двенадцать – жили они в разные века – и я всё ещё не могла поверить, что являюсь одной из них. Вообще-то, все считали, что ген должен проявиться у моей кузины Шарлотты, она ужасно старалась стать настоящей путешественницей во времени. Но по каким-то загадочным причинам моя мама решила подделать дату моего рождения, и вот теперь приходится расхлёбывать всю эту кашу. Как и у Гидеона, выбор у меня был не ахти: либо контролировать свои прыжки во времени с помощью хронографа, либо каждый раз приземляться в новом непредсказуемом месте и времени. На собственном опыте я смогла убедиться, что приятного в этом мало.

– Тогда бы тебе пришлось взять с собой хронограф, чтобы элапсировать куда-нибудь в безопасное время, – размышляла я вслух.

Гидеон безрадостно хмыкнул.

– О да, это было бы очень увлекательное путешествие, заодно я смог бы изучить многие исторические события, которые случались на пути моего следования. Но даже если мы забудем о том, что мне никогда не разрешат таскать хронограф в рюкзаке неизвестно где, – как бы *ты* обходилась без него всё это время? – говоря это, Гидеон смотрел не на меня, а куда-то мимо, в окошко. – Спасибо дорогим Люси и Полу – у нас теперь только один хронограф, забыла? – его голос снова стал резким, как и всегда, когда речь заходила о Люси и Поле. Я пожала плечами и тоже отвернулась к окошку. Такси еле-еле ползло в направлении Пикадилли. Пробка – обычное дело для пятницы в центре города.

Наверное, быстрее было бы пройтись пешком.

– Кажется, ты не совсем хорошо представляешь себе, во что ввязалась. Тебе вряд ли посчастливится уехать с этого острова, Гвендолин! – в голосе Гидеона сквозила горечь. – Или даже из этого города. Лучше бы твои родители вместо того, чтобы возить тебя на каникулы в Шотландию, показали бы тебе мир. Теперь для этого уже слишком поздно. Только представь себе, что все уголки Земли, которые тебе хотелось бы посетить, теперь ты сможешь разве что рассматривать в Google Earth.

Водитель вытащил растрёпанную книжку, откинулся на сидение и погрузился в чтение.

– Но... тебе же удалось побывать в Бельгии и в Париже, – сказала я. – И оттуда прыгнуть в прошлое, чтобы взять кровь у этого, как его там...

– Ага, – перебил меня Гидеон. – Вместе с дядей Фальком, тремя хранителями и костюмершей. Отличная поездочка! Да и вообще, Бельгия – это же такая необычная страна! Такая экзотическая! Не правда ли, каждый из нас только и мечтает о том, чтобы на пару дней отправится именно в Бельгию?

Из-за этой горячей тирады я растерялась ещё больше и тихо спросила:

– А куда бы тебе хотелось съездить, будь у тебя право выбора?

– То есть, если бы я не был замешан во всём этом идиотизме с прыжками в времени? О, даже не знаю, куда бы я направился в первую очередь. В Чили, в Бразилию, в Непал, в Австралию, Новую Зеландию... – он кисло усмехнулся. – Да я бы везде хотел побывать. Только вот размышлять о том, что всё равно никогда не осуществится, не очень-то весело. Стоит смириться с тем, что наша жизнь всегда будет серой и монотонной.

– В промежутках между путешествиями во времени, – я покраснела, потому что он сказал «наша жизнь», и это прозвучало как-то… интимно, что ли.

– Это хоть немного восстанавливает справедливость, ведь мы находимся под неусыпным контролем и часами ждём в закрытых комнатах, – сказал Гидеон. – Если бы не путешествия во времени, я давно умер бы со скуки. Удивительно, но это так.

– Ну а мне, честно говоря, и нескольких фильмов ужасов достаточно, чтобы пощекотать себе нервы.

Я с тоской проводила взглядом велосипедиста, который выписывал восьмёрки, продвигаясь в пробке. Как же мне хотелось наконец-то очутиться дома! Машины перед нами не сдвинулись ни на миллиметр, что, казалось, совершенно не тревожило нашего погружённого в чтение водителя.

– Если твоя семья живёт на юге Франции – где же живёшь ты сам? – спросила я Гидеона.

– Недавно вот перебрался в Челси. Но вообще-то я приезжаю туда только помыться и поспать. И то не всегда, – он вздохнул. За последние три дня поспать ему удалось не больше, чем мне. Даже, наверное, меньше.

– Раньше я жил у дяди Фалька в Гринвиче, с тех пор, как мне исполнилось десять. То есть, с того самого времени, когда моя мама познакомилась с этим монсеньоромом-мухомором и захотела уехать из Англии. Но хранители, конечно же, нашли, что возразить. Ведь уже через несколько лет я должен был совершить свой первый прыжок во времени, а мне предстояло ещё столько всего узнать.

– И тогда мама оставила тебя одного?

Моя мама никогда бы такого не совершила, в этом я была уверена на все сто.

Гидеон пожал плечами.

– Дядя мне нравится, он вполне даже ничего, если только не слишком входит в роль магистра. Как бы там ни было, а он мне в тысячу раз милее, чем этот так называемый отчим.

– Но... – я с трудом отважилась на этот вопрос, поэтому перешла на шёпот:

– И ты по ней не скучаешь?

Гидеон снова пожал плечами.

– Пока мне не исполнилось пятнадцать лет и я мог спокойно путешествовать, я постоянно приезжал к ним на каникулы. Мама тоже приезжала в Лондон, как минимум дважды в год, под предлогом того, чтобы повидаться со мной. На самом же деле ей хотелось потратить денежки месье Бертелена. Она с ума сходит по всяким тряпкам, обуви и старинным украшениям. И по шикарным ресторанам.

Да уж, прямо мамочка из комикса.

– А твой брат?

– Рафаэль? Он за это время превратился в настоящего француза. Этого мухомора он называет «папа́», и однажды унаследует всю его платиновую империю. Хотя вид у него такой, будто он даже школу закончить не в состоянии, маленький лентяй. Всё своё время братец тратит на девчонок, а вовсе не на книги.

Гидеон положил руку на сидение за моей спиной, и дыхание у меня вдруг участилось.

– Почему это у тебя такой изумлённый вид? Что, жалеешь меня?

– Немножко, – ответила я чистосердечно и подумала об одиннадцатилетнем мальчике, который должен был остаться один-одинёшенек в Англии. С таинственными дядьками, которые заставляли его фехтовать и играть на скрипке.

Ах да, и в поло!

– Но ведь Фальк – не твой настоящий дядя, он просто какой-то дальний родственник, да?

Машины позади нас сердито засигналили. Водитель бросил небрежный взгляд поверх книги и завёл мотор, не особо отвлекаясь от чтения.

Оставалось только надеяться, что глава ему как раз попалась не слишком интересная.

Гидеон, казалось, совершенно о нём забыл.

– Фальк всегда был для меня отцом, – сказал он. Он криво усмехнулся. – Ну правда, хватит смотреть на меня так, будто перед тобой Дэвид Копперфильд.

Что-что? Почему это я вдруг должна считать его Дэвидом Копперфильдом?

Гидеон застонал.

– Я имею в виду героя из романа Чарльза Диккенса, а вовсе не фокусника. Ты вообще хоть иногда что-нибудь читаешь?

Вот он и вернулся – знакомый заносчивый Гидеон. Я чуть не подпрыгнула от радости. Как ни странно, у меня вдруг отлегло от сердца – всё как и прежде. Я скорчила самую надменную мину, которую только смогла изобразить, и немножко отодвинулась от него в сторону.

– Честно говоря, я предпочитаю современную литературу.

– Да что ты? Неужели? – в глазах Гидеона мелькнул озорной огонёк. – И какие произведения?

Откуда ему было знать, что годы напролёт моя кузина Шарлотта мучила меня тем же вопросом, да ещё и с такой же точно высокомерной интонацией.

Вообще-то, читала я много, поэтому каждый раз подробно описывала Шарлотте, на чём именно я сейчас остановилась. Но ей мои книжки всегда казались либо «простецкими», либо «девчачьей чепухой». Однажды терпение моё лопнуло, и я раз и навсегда прекратила это издевательство. Иногда нужно бороться с врагами их же методами. Главное – это не показывать своего волнения и невзначай упомянуть парочку именитых авторов, при этом желательно на самом деле прочитать их книги.

Да, и ещё одно правило: чем экзотичней и непонятней звучит фамилия автора, тем лучше. Я гордо вскинула голову и уверенно посмотрела Гидеону прямо в глаза.

– Ну, например, люблю читать Джорджа Матруссека, Вэлли Лемб, Петра Сельвентики, Лиису Тикаанен. Мне вообще финские авторы очень нравятся, у них такое удивительное чувство юмора. Что ещё… все книги Джека Августа Мерривезера, хотя последняя, честно говоря, меня немного разочаровала. Потом Хелен Марунди, конечно, Тахуро Яшамото, Лоуренс Делани, да, и, ясное дело, Гримпхук, Черковский, Мейленд, Питт…

Лицо Гидеона вытянулось от удивления.

Я пустила контрольный выстрел:

– Тот Питт, который Рудольф, а не тот, который Брэд.

Уголки губ Гидеона легонько вздрогнули, на лице мелькнула улыбка.

– Хотя должна признаться, что его «Аметистовый снег» мне совершенно не понравился, – пылко продолжала я. – Текст слишком перегружен метафорами, не правда ли? Пока я читала этот роман, у меня всё время было такое чувство, будто за Питта его написал кто-то другой.

– «Аметистовый снег»? – повторил Гидеон. Теперь он действительно улыбался вовсю. – Ах да, мне он тоже показался слишком перегруженным. Но вот «Янтарная лавина» мне очень понравилась.

Мне не оставалось ничего другого, кроме как улыбнуться в ответ:

– Да, «Янтарная лавина» вполне заслуженно получила Австрийскую Литературную Премию. А как тебе книги Такоши Махуро?

– Ранний период творчества очень даже любопытный, но меня немного утомляет его постоянная проработка пережитых в детстве травм, – сказал Гидеон. – Из японской литературы мне ближе Ямамото Кавасаки и Харуки Мураками.

Я беззвучно хихикнула.

– Но Мураками действительно существует!

– Я знаю, – сказал Гидеон. – Шарлотта подарила мне один из его романов. Когда мы в следующий раз будем общаться на тему современной литературы, я обязательно посоветую ей почитать «Аметистовый снег» этого… как его там?

– Рудольфа Питта.

Шарлота подарила ему книгу? Как… э-э-э… как мило с её стороны. До такого не сразу додумаешься.

А что они, интересно, ещё такого делали вместе, когда не были заняты чтением? Моё смешливое настроение как ветром сдуло.

Как я вообще могла позволить себе вот так просто сидеть тут и трепаться с Гидеоном, будто между нами абсолютно ничего не произошло?

Сначала было бы неплохо прояснить некоторые важные моменты. Я уставилась на него, сама точно не зная, что именно хочу спросить.

Почему ты меня поцеловал?

– Скоро уже будем на месте, – сказал Гидеон.

Сбитая с мысли, я выглянула в окошко.

Действительно, пока мы с Гидеоном играли в умников, наш водитель отложил книгу и нажал на газ. Скоро мы должны были уже повернуть на Краун-Офис-Роу, что в районе Темпла, а именно там находилась штаб-квартира хранителей. Через несколько минут он припарковался на одной из частных площадок, рядом стоял ослепительно блестящий бентли.

– Вы уверены, что нас здесь не оштрафуют?

– Всё в порядке, – заверил его Гидеон и вышел из машины. – Нет, Гвендолин, ты оставайся здесь, а я принесу деньги, – сказал он, когда я попыталась тоже выбраться наружу. – И заруби себе на носу: что бы они не спросили – ты молчишь, я говорю. А пока посиди здесь, сейчас я вернусь.

– Время идёт, – мрачно напомнил водитель. Мы с ним наблюдали, как Гидеон скрылся между старинными домами Темпла. Только сейчас до меня дошло, что я осталась тут в качестве залога за проезд.

– Вы из театра? – спросил водитель.

– Что, простите? – какая-то тень проскользнула над нами. Или, может, мне показалось?

– Ну, костюмы у вас такие необычные, вот я и подумал...

– Нет, мы из музея, – сверху раздались странные звуки, как будто кто-то царапал металл. Словно на машину слетела птица. Какая-то очень большая птица. – Что это такое?

– Что именно? – спросил таксист.

– Кажется, на машине ворона или какая-то другая птица, – сказала я голосом, полным надежды. Но это, конечно же, была никакая не ворона, а маленькое привидение из Белгравии.

Когда оно увидело моё озадаченное лицо, кошачья мордочка озарилась победной улыбкой, и привидение выпустило струйку воды прямо на ветровое стекло машины.

Любовь не спрячешь за стенами,
Она пронзает всё кругом
И бьёт могучими крылами
Спокон веков и день за днём.

Маттиас Клаудиус (1740-1815)

Глава вторая

– Чё, удивилась? – выкрикнуло привидение. С того момента, как я вышла из такси, оно не отставало от меня ни на шаг и болтало без умолку. – Так просто нашего брата не проведёшь. От меня не избавишься...

– Да ладно. Послушай... – я поспешно оглянулась в сторону такси.

Водителю я сказала, что меня укачало, и мне срочно нужен глоток свежего воздуха. Сейчас он недоверчиво поглядывал в мою сторону и удивлялся, почему это я разговариваю со стеной дома напротив. Гидеона пока не было видно.

– Глянь-ка, я ещё и летать умею! – в доказательство своих слов привидение расправило крылья. – Совсем как летучая мышь. Передвигаюсь быстрее любого такси.

– Так, послушай меня, если я тебя вижу, это ещё вовсе не значит, что...

– Видишь и *слышишь*! – перебила фигурка. – Знаешь, как мне этого не хватает? Последний человек, которому удавалось меня видеть и слышать – это мадам Тюссо. Но ей моё общество было, к сожалению, совершенно безразлично. Чаще всего она поливала меня святой водой и молилась. Бедняжка, такая мнительная была особа, – привидение повело глазами вправо, а затем влево. – Сама понимаешь, столько голов отрубили...

Привидение снова выплюнуло струйку воды прямо мне под ноги.

– Ну перестань же ты, наконец!

– Прости, пожалуйста! Это от волнения. Я ведь когда-то украшал сточный жёлоб на крыше, не забывай.

Я уже мысленно попрощалась с надеждой избавиться от него, но всё же решила попытать счастье в последний раз. По-хорошему.

Я наклонилась прямо к его мордочке, наши глаза теперь были на одном уровне.

– Ты очень милый, правда. Но всё же, ты не можешь остаться со мной. Жизнь у меня довольно непростая, и, честно говоря, привидений, которых я знала до тебя, мне хватило с головой. Так что, пожалуйста, исчезни и больше не приходи ко мне.

– Никакое я не привидение, – обиженно сказала фигурка, – я демон. Или, скорее, всё, что от него осталось.

– Какая разница? – растерянно выкрикнула я. – Мне нельзя видеть ни привидений, ни демонов, пойми же ты наконец! Тебе нужно вернуться обратно в свою церковь.

– «Какая разница»? Неужели не понимаешь? Привидения – то, что остаётся от умерших людей, которые по какой-либо причине не хотят покидать этот мир. А я при жизни был демоном! Так что не ровняй меня под одну гребёнку с какими-то там привидениями. К тому же, вовсе это не *моя церковь*. Просто я туда частенько захаживаю.

Водитель уставился на меня, широко разинув рот от удивления. Через открытые окошки машины ему, наверное, было слышно каждое слово – каждое *моё* слово.

Я отмахнулась.

– Не важно. Со мной ты всё равно не останешься.

– Чего ты боишься? – фигурка подошла ближе и приподняла голову. – В теперешние времена ведь никого больше не сжигают на кострах и не обзывают ведьмами, если кто-то знает и видит чуть больше обыкновенных людей.

– Да, но в теперешние времена если человек разговаривает с привидениями – ой, то есть, с демонами – его держат в психушке, – сказала я. – Ну пойми же ты, что... – я запнулась. От моих увещеваний всё равно было мало толку. По-хорошему от него не избавиться. Поэтому я нахмурилась и произнесла так твёрдо, как только смогла:

– Неужели ты думаешь, что у тебя есть право на общение со мной только потому, что я имела несчастье тебя увидеть?

Моя тирада не произвела на фигурку ни малейшего впечатления.

– Общение со мной только в радость...

– Давай начистоту: ты мне мешаешь! Так что, пожалуйста, уходи! – прошипела я.

– Нетушки, никуда я не пойду! Ты бы потом ещё долго печалилась. А вот, кстати, твой обнимашка вернулся, – привидение вытянуло губы и громко зачмокало, кривляясь и будто целуя кого-то.

– Да помолчи ты! – я видела, как Гидеон поспешно завернул за угол. – И отвяжись от меня, наконец! – последнюю фразу я пробормотала, не открывая рта, как настоящая чревовещательница.

Демона-привидение это, конечно же, ничуточки не смутило.

– Что за тон, а ещё приличная девочка! Не забывай: как аукнется, так и откликнется.

Гидеон был не один. За его спиной мелькнул кругленький мистер Джордж. Ему приходилось бежать, чтобы поспеть за широким шагом Гидеона. Лицо его озаряла улыбка, которую видно было издалека.

Я выпрямилась и поправила платье.

– Гвендолин, слава Богу, – запричитал мистер Джордж, вытирая со лба капли пота. – Всё ли с тобой в порядке, девочка моя?

– Ох, как запыхался, толстячок, – сказало привидение.

– Всё прекрасно, мистер Джордж. У нас просто возникли некоторые… э-э-э… проблемы.

Гидеон как раз передавал водителю деньги. Он предостерегающе посмотрел на меня поверх машины.

– Мы немного не рассчитали, – пробормотала я и поглядела на таксиста, который, удивлённо покачивая головой, выезжал с парковки.

– Да, Гидеон уже рассказал, что возникли некоторые сложности. Совершенно непонятное явление, какой-то пробел в системе, надо всё хорошенько проанализировать. И, по возможности, продумать новый план. Но самое главное, что с вами всё в порядке, – Мистер Джордж галантно подставил локоть, чтобы я взяла его под руку. Выглядело это довольно странно, потому что я была почти на полголовы выше его. – Пойдём же, девочка моя, нам ещё предстоит кое-что уладить.

– Но мне бы так хотелось поскорей оказаться дома, – сказала я. Привидение бойко прыгало по водосточной трубе прямо над нами. При этом оно вовсю горланило песню группы «Queen» «Friends will be friends».

– Да-да, конечно, – сказал мистер Джордж, – но сегодня ты провела в прошлом всего лишь три часа. Поэтому до завтра на всякий случай тебе придётся проэлапсировать ещё пару часов. Не волнуйся, никаких ответственных заданий не намечается. Посидишь в уютном подвальчике, поделаешь домашнее задание.

– Но… моя мама наверняка уже давно ждёт меня и очень волнуется! – кроме того, сегодня была среда, день, когда мы тайно смаковали курочку гриль и картошку фри. Да и вообще, мне так хотелось просто-напросто помыться и выспаться! Это просто верх наглости с его стороны, навешивать на меня домашнее задание, когда я в таком жутком состоянии. Кто-то должен написать мне объяснительное письмо. *По причине того, что Гвендолин недавно получила чрезвычайные полномочия путешественни-*

цы во времени, её следует освободить от выполнения домашних заданий.

Фигурка продолжала горланить, я держалась изо всех сил, чтобы не ввернуть парочку замечаний.

Мы с Лесли нередко включали караоке у неё дома, так что я была натренирована просто отлично. Даже в песнях группы «Queen» я не пропущу ни словечка. А вот демон коверкал текст просто кошмарно.

– Двух часов будет достаточно, – сказал Гидеон. Он снова шагал так широко, что мы с мистером Джорджем едва поспевали. – А потом можно будет отвезти её домой, пускай высыпается.

Терпеть не могу, когда в моём присутствии говорят обо мне в третьем лице.

– О да, и она уже радуется предстоящему отдыху, – сказала я. – Потому что она и правда очень-очень сильно устала.

– Мы свяжемся с твоей мамой и сообщим ей, что тебя доставят домой не позже десяти, – сказал мистер Джордж.

Не позже десяти? Эх, прощай, вкусненькая ароматная курочка гриль. Мой младший братец, наверное, объестся до невозможности – постарается и за меня, и за себя.

«When you're through with life and all hope is lost»[4], – распевал демон, съезжая по кирпичной стене. Он то взлетал, то цеплялся когтями, примеряясь, как бы спуститься на тротуар прямо к моим ногам.

– Мы примем во внимание, что у тебя ещё есть школа, уроки, домашние задания, – сказал мистер Джордж больше самому себе, чем мне. – Думаю, тебе не стоит рассказывать дома о том, что ты делала в 1912 году, пусть они считают, что ты провела это время, элапсируя в 1956-ом.

Мы подошли к штаб-квартире хранителей.

---

4 Если кажется, что жизнь кончена и надежды нет… *(англ.)*

Именно отсюда на протяжении столетий осуществлялось управление прыжками во времени. Скорее всего, род де Виллеров идёт от графа Сен-Жермена, самого известного путешественника во времени по мужской линии. Все женщины-путешественницы во времени, в том числе и я, происходили из рода Монтроузов. Кажется, все де Виллеры относились к женской линии с лёгким пренебрежением.

Именно граф Сен-Жермен придумал, как контролировать прыжки во времени с помощью хронографа. Он также издал этот пресловутый указ, согласно которому каждый путешественник во времени должен быть занесён в хронограф и считан.

Сейчас для полного набора в хронографе недоставало Люси, Пола, леди Тилни, и ещё какой-то дамочки, имя которой мне никак не удавалось запомнить. Нам предстояло вытянуть у них парочку миллилитров крови.

Но главный вопрос, ответ на который я так и не получила: что же, собственно, произойдёт, когда все двенадцать путешественников во времени будут считаны хронографом, и круг замкнётся? Кажется, никто толком не знает. Да и вообще, когда речь заходила о графе Сен-Жермене, хранителей охватывал благоговейный трепет.

У меня же от мысли о графе перехватывало дыхание, в прямом смысле. Потому что тот единственный раз, когда мы встретились с ним в прошлом, иначе как кошмаром не назовёшь.

Мистер Джордж распахнул передо мной входную дверь.

Маленький, кругленький он, как всегда, старался ободрить и поддержать меня. По крайней мере, мне так казалось. Среди всех этих людей мистер Джордж был единственным, кому я могла хоть немножко доверять. Кроме Гидеона. Хотя… нет, доверием это назвать сложно.

Здание, в котором располагалась ложа, с виду ничем не отличалось от остальных домов на узких улочках, окружавших церковь Темпл-Чёрч. В этом районе большинство квартир были отведены либо под адвокатские конторы, либо под личные апартаменты доцентов Института Правоведения. Но я знала, что внутри штаб-квартира хранителей намного больше и роскошней, чем кажется снаружи. Основная её часть простиралась под землёй.

Перед самым порогом Гидеон схватил меня за рукав и прошептал:

– Я сказал им, что ты страшно испугалась, так что делай вид, что тебе было очень страшно, если хочешь поскорей попасть обратно домой.

– Мне казалось, я только так себя и веду, – пробормотала я.

– Вас ожидают в Зале Дракона, – мистер Джордж с трудом переводил дух. – Вы поднимайтесь, а я распоряжусь, чтобы миссис Дженкинс принесла вам что-нибудь поесть. Вы ведь наверняка успели проголодаться. У кого какие пожелания?

Только я открыла рот, чтобы выразить эти самые пожелания, как Гидеон схватил меня за локоть и потянул наверх.

– Всего и побольше! – крикнула я на бегу. Уже через секунду мы с Гидеоном повернули в следующий коридор, и мистер Джордж скрылся из виду. Моя длинная юбка путалась в ногах, пару раз я чуть не упала.

Фигурка, слегка подпрыгивая, весело ковыляла за нами.

– Сдаётся мне, твой дружок не очень-то хорошо воспитан, – сказала она. – Так обычно знаешь, кого тащат? Коз на рынок.

– Ну не лети ты так, – сказала я Гидеону.

– Чем раньше мы с этим разделаемся, тем раньше ты попадёшь домой.

Что это было, забота обо мне или ему просто хочется поскорее от меня отделаться?

– Да, но… ты не учёл, что я бы тоже хотела поучаствовать в разговоре. У меня, между прочим, накопилось немало вопросов, и мне надоело, что все их игнорируют.

Гидеон немного сбавил ход.

– Сегодня тебе всё равно никто ничего не объяснит. Сегодня им нужно только одно – выяснить, каким образом Люси и Полу удалось нас выследить. И ты, к сожалению, наша основная подозреваемая в этом деле.

Это *наша* больно кольнуло меня прямо в сердце, за что мне сразу же стало стыдно.

– Я тут единственная, кто вообще не в курсе того, что же, собственно, происходит!

Гидеон вздохнул.

– Я уже пытался тебе объяснить. *Сейчас* ты, возможно, ничего не знаешь и ни в чём не виновата. Но никому не ведомо, что ты натворишь в будущем. Не забывай, ты ведь и через много лет сможешь путешествовать во времени. Таким образом, ты можешь сообщить Люси и Полу о наших планах, – он запнулся. – Э-э-э, то есть, могла бы сообщить.

Я сердито фыркнула.

– Но ведь и ты тоже вполне мог бы это сделать! Да и вообще – с чего это они взяли, что виноват кто-то из нас двоих? Может, Маргарет Тилни сама оставила себе послание в прошлом? Или хранители? Они могли бы передать кому-нибудь из путешественников во времени письмо, из одного времени в другое…

– Чё-чё? – пробормотала фигурка, которая как раз пролетала над нашими головами. – Может мне кто-нибудь объяснить, о чём речь? Ни слова не понимаю.

– Конечно, вариантов много, – сказал Гидеон и зашагал ещё медленнее. – Но сегодня у меня было такое чувство, будто Люси и Пол тебя… как бы это сказать… *поразили.*

Он остановился, отпустил мою руку и серьёзно заглянул мне прямо в глаза.

– Не будь меня рядом, ты бы с ними наверняка поговорила, послушала бы их лживые россказни и, может, даже добровольно сдала бы кровь для украденного хронографа.

– Нет, так бы я точно не поступила, – возразила я. – Но мне бы действительно хотелось услышать, что они хотели нам рассказать. Они вовсе не показались мне злыми.

Гидеон кивнул.

– Вот видишь, именно это я и имел в виду. Гвендолин, эти люди решили разрушить тайну, которая много веков оставалась неприкосновенной. Они захотели взять то, что им не принадлежит. И для этого им не хватает лишь нашей крови. Они не отступят ни перед какими препятствиями, чтобы её заполучить.

Он убрал со лба кудрявую прядь выбившихся волос, и у меня вдруг перехватило дыхание.

О Боже, как же хорошо он выглядел! Эти зелёные глаза, тонко очерченные линии губ, бледная кожа, кроме того, совершенно очаровательный запах – всё в нём было прекрасно. На секунду мне захотелось опустить голову ему на грудь. Но я, конечно же, этого не сделала.

– Кажется, ты забыл, что нам-то ведь тоже нужна их кровь. И именно ты держал пистолет у виска Люси, а не наоборот, – сказала я. – Они были безоружны.

Гидеон сердито нахмурил брови.

– Пожалуйста, Гвендолин, не будь такой наивной. Если бы всё пошло по их плану, нас бы заманили в ловушку. А там нас поджидали бы их помощники с пистолетами. И силы оказались бы неравны, поверь! Как минимум, четверо на одного.

– На двоих! – выкрикнула я. – Я-то тоже там была.

– Тогда пятеро на двоих, если учитывать леди Тилни. Не окажись у меня пистолета, нас бы уже, возможно, не было в живых. По крайней мере, они бы силой взяли у нас кровь, ведь именно с этой целью они туда и явились. И после всего ты хотела бы с ними *поговорить*?

– Эй, вы, там! – сказал демон. – Какие пятеро? Какие двое? Я чего-то не втираю?!

– Понимаю, ты растеряна, – сказал Гидеон. Голос его звучал теперь немного мягче, но в нём сквозило явное высокомерие. – За последние три дня тебе ведь так много пришлось узнать и пережить. Ты просто была к этому абсолютно не готова. Откуда тебе знать, что здесь происходит. Тебе давно пора домой. Ну, давай же скорей покончим с этим разговором, – он опять схватил меня за руку и потащил вперёд. – Я буду говорить, а ты кивай, ладно?

– Да, ты это повторил уже, наверное, раз двадцать! – раздражённо ответила я и вцепилась в ручку двери с надписью WC. – Можете начинать разговор, а мне надо в туалет. Между прочим, ещё с июля 1912-го.

Гидеон отпустил мою руку.

– Найдёшь без меня дорогу наверх?

– Конечно! – сказала я, хотя на самом деле сильно в этом сомневалась. В штаб-квартире хранителей было слишком много коридоров, лестниц, поворотов и дверей.

– Вот и славно! Одной заразой меньше, – сказало привидение. – Теперь ты можешь спокойно рассказать мне, что здесь у вас происходит.

Я подождала, пока Гидеон завернул за угол, потом открыла дверь туалета и прошипела, глядя прямо на демона:

– Ну, заходи скорей!

– Что? – привидение явно оскорбилось. – В туалет? Мне это кажется несколько…

– А мне всё равно, что тебе кажется. Здесь не так уж много мест, где можно спокойно пообщаться с демонами.

А мне бы очень не хотелось, чтобы нас кто-нибудь услышал! Давай же.

Фигурка зажала носик лапой и нехотя последовала за мной. В туалете лишь слабо попахивало лимонным освежителем воздуха. Я быстро заглянула в кабинку. Там никого не было.

– В общем, так. Послушай меня! Кажется, от тебя не так-то просто избавиться, но если хочешь остаться со мной, тебе придется соблюдать некоторые правила, понял?

– Не ковыряться в носу, не говорить неприличных слов, не пугать собак… – забубнило привидение.

– Что-что? Нет, я хочу, чтобы ты учитывал, что иногда я хочу отдыхать от твоей компании. Ночью, в ванной, и если меня кто-нибудь снова поцелует… – на этом месте мне пришлось перевести дух, – … то зрители мне не нужны, понятно?

– П-ф-ф… – фыркнула фигурка, – и это говорит девчонка, затянувшая меня в *туалет*!

– Так что, мы договорились?

– Ни под каким предлогом не стал бы ходить за тобой в туалет или… фи-и-и… смотреть, как ты целуешься, – твёрдо сказало привидение. – Можешь не бояться. А подглядывать за спящими – это вообще скукотища. Храпят вовсю, хрюкают во сне, я уж молчу о других вещах…

– Кроме того, не болтай мне на ухо, когда я с кем-нибудь беседую или отвечаю на уроке. Да, и, пожалуйста: если тебе уж так сильно хочется петь, будь добр, делай это, когда меня нет поблизости!

– А ещё я умею имитировать звук трубы, – сказала фигурка. – И звук почтового рожка. У тебя есть собака?

– Нет! – я глубоко вздохнула, чтобы успокоиться. Чтобы общаться с этим типом, никаких нервов не хватит.

– Может, заведёшь тогда, а? Ну или кошку, на худой конец. Но эти кошки всегда такие высокомерные, их так просто не позлишь. Меня могут видеть ещё некоторые птицы. Может, у тебя есть птица?

– Моя бабушка терпеть не может домашних животных, – сказала я и мысленно добавила, что, наверное, ей бы нашлось что возразить и против невидимых питомцев вроде этого. – Ладно, давай начнём всё с начала. Меня зовут Гвендолин Шеферд. Приятно с тобой познакомиться.

– Химериус, – сказал демон, сияя от удовольствия. – Очень рад знакомству, – он забрался на умывальник и заглянул мне в глаза. – Правда, я так рад! Купишь мне кошку?

– Нет. А теперь выкатывайся, мне действительно нужно в туалет!

– Упс, – Химериус поспешно засеменил к выходу и выскочил, не отворяя дверь. Я услышала, как в коридоре снова раздались завывания на тему «Friends will be friends».

В туалете я решила задержаться подольше: как следует вымыть руки и побрызгать холодной водой себе в лицо, в надежде, что в голове немного прояснится. Но там мельтешили спутанные мысли, они не желали останавливаться ни на секунду.

Я посмотрелась в зеркало. То, что я увидела у себя на голове, больше смахивало на воронье гнездо, чем на причёску. Я попыталась руками пригладить торчащие во все стороны волосы и поднять себе настроение, как это сделала бы моя подруга Лесли, будь она сейчас рядом.

– Ещё несколько часов, и всё будет позади, Гвендолин. Эй, для усталой и голодной девочки ты не так уж и плохо выглядишь.

Моё отражение в зеркале смотрело на меня с укоризной. Под глазами появились синяки, лицо совсем побледнело.

– Ладно, соврамши! – призналась я. – Вид у тебя страшненький. Но вообще-то, бывали случаи, когда ты выглядела и похуже. Например, когда болела ветрянкой. Так что выше голову, детка! Ты это сделаешь!

Выйдя из туалета, я тут же увидела Химериуса. Он раскачивался на люстре вниз головой, прицепившись к ней, как летучая мышь.

– Жутковато тут, – признался он. – Только что проходил какой-то однорукий рыцарь в доспехах, ты его знаешь?

– Нет, – сказала я, – слава Богу, нет. Пойдём скорей, нам сюда.

– А что это у вас за история с путешествиями во времени?

– Сама не понимаю, что в ней к чему.

– Купишь мне кошку?

– Нет.

– А я знаю место, где котят бесплатно раздают. Ой, там в доспехах – человек.

Я поглядела на доспехи, стоявшие возле стены, и действительно, мне показалось, что в шлеме мелькнули чьи-то глаза. Ещё вчера я радостно хлопала эти же самые доспехи по плечу, считая, конечно, что они пустые и просто украшают коридор.

Казалось, со вчерашнего дня прошло несколько лет. Перед входом в Зал Дракона я наткнулась на миссис Дженкинс с подносом. Я распахнула перед ней дверь. Она поблагодарила меня энергичным кивком.

– Сначала чай с пирожными, золотко, – сказала она и улыбнулась, как будто извиняясь. – Миссис Мелори давно ушла, так что придётся мне сходить в кухню и поискать, что там осталось для вас, голодных моих ребят.

Я кивнула, как и полагалось благовоспитанной девочке, но мой желудок недовольно пробурчал что-то вроде: «Просто закажи какой-нибудь еды в китайском ресторане!»

В зале нас уже заждались. Там были Гидеон, дядя Фальк, янтарными глазами и седой шевелюрой напоминавший мне волка, мрачный доктор Уайт в своём неизменном чёрном костюме и – к моему великому удивлению – наш учитель английского и истории мистер Уитмен, которого мы с Лесли прозвали «бельчонком». Мне сразу стало ещё больше не по себе, и я неуклюже вцепилась в подол своего светло-голубого платья.

Ещё сегодня утром мистер Уитмен строго отчитал нас с Лесли, когда мы болтали в туалете во время урока. А кроме того, он конфисковал все материалы, которые Лесли собрала, чтобы мне помочь. Раньше мы только предполагали, что мистер Уитмен принадлежит к Внутреннему Кругу Хранителей, но теперь мне пришлось в этом убедиться.

– Гвендолин, а вот и ты, наконец, – дружелюбно сказал Фальк де Виллер, но улыбки на его лице не было. Не мешало бы ему побриться, лицо уже покрыто густой щетиной. Но, возможно, он относится к тем мужчинам, которые утром бреются, а до вечера у них успевает отрасти маленькая бородка. Может, мне это просто показалось, потому что кожа вокруг рта у него была более грубая и тёмная. Во всяком случае, вид у Фалька де Виллера был гораздо строже и напряжённее, чем вчера или в среду.

Настоящий волк – вожак стаи.

Мистер Уитмен, несмотря на утреннее происшествие, подмигнул мне, а доктор Уайт пробормотал что-то невразумительное, я расслышала только «эти женщины» и «никакой пунктуальности».

Возле доктора Уайта, как всегда, стоял маленький светловолосый мальчик-привидение по имени Роберт. Казалось, он единственный, кто обрадовался моему приходу – малыш лучезарно улыбался. Он был сыном доктора Уайта. В семь лет мальчик утонул в бассейне. Он превратился в привидение и вот уже несколько лет не отставал от своего отца ни на шаг. Кроме меня его, конечно же, никто не видел. Нормально поговорить с Робертом мне пока не удалось, ведь рядом с ним всегда был доктор Уайт. А мне так хотелось бы выяснить, что же до сих пор держит его на земле.

Гидеон скрестил руки на груди и прислонился к одной из искусно украшенных резных стен. Он мимоходом взглянул на меня и сразу же перевёл глаза на поднос в руках у миссис Дженкинс. Надеюсь, в животе у него бурчало так же громко, как и у меня.

Химериус запрыгнул в зал ещё передо мной, сейчас же он беспокойно оглядывался по сторонам.

– Ничего себе, – сказал он, – отгрохали хоромы! – Химериус прогуливался по залу, оглядывая узоры на стенах. Я тоже не могла отвести от них глаз, хотя видела их уже не в первый раз. Особенно выразительной была русалка, которая плыла над диваном. Каждая чешуйка была вырезана с невероятной тщательностью, а плавники переливались голубым и бирюзовым светом.

Но своё название этот зал получил в честь огромного дракона, который извивался между люстрами. Зверь был вырезан так виртуозно, что казалось, он вот-вот расправит крылья и слетит с потолка.

Заметив Химериуса, Роберт попятился назад, прикрыл глаза и юркнул за спину доктора Уайта.

Мне так хотелось сказать ему что-то вроде «Он тебя не обидит, он хочет только поиграть» (надеясь, что это так и есть), но рассказывать призраку мальчика о демоне, да ещё и в присутствии стольких людей, не рекомендуется.

– Я пойду гляну, не осталось ли на кухне ещё какой-нибудь еды, – сказала миссис Дженкинс.

– Вам давно пора домой, миссис Дженкинс, – сказал Фальк де Виллер. – В последнее время вы и так много работаете сверхурочно.

– Правильно, идите домой, – поддержал его доктор Уайт. – Никто тут без вас с голоду не умрёт.

Я умру! Я была уверена на сто процентов, что Гидеон сейчас думает о том же. Когда наши глаза встретились, он улыбнулся.

– Но пирожные здоровым ужином для детей не назовёшь, – сказала миссис Дженкинс. Хотя голос её звучал тихо-тихо.

Мы с Гидеоном уже, конечно, детьми себя не считали, но нормальная порция чего-то вкусного к ужину нам бы точно не повредила. Жаль, что единственной, кто был со мной в этом солидарен, была миссис Дженкинс. А у неё права голоса, в общем-то, не было. В дверях она столкнулась с мистером Джорджем, который всё ещё тяжело дышал. Он тащил два тяжеленных фолианта в кожаном переплёте.

– О, миссис Дженкинс, – сказал он, – большое спасибо за чай. Пожалуйста, отправляйтесь домой и закройте офис.

Миссис Дженкинс поглядела на него с лёгким презрением, но голос её был вежливым, как и прежде:

– Тогда до завтра!

Мистер Джордж, пыхтя, закрыл за ней дверь и положил толстые книги на стол.

– Вот и я. Давайте начинать. Четыре члена Внутреннего Круга не имеют права принимать решение, но завтра утром мы будем практически в полном составе. Можем обойтись без Синклера и Хокинса, они передали своё право голоса мне. Сегодня нам предстоит только наметить план дальнейших действий.

– Давайте присядем, – Фальк указал на стулья, которые стояли вокруг стола прямо под резным драконом. Все уселись. Гидеон повесил свой сюртук на спинку стула и закатал рукава.

– Я повторяю, Гвендолин здесь сегодня присутствовать не обязана! Она устала и страшно перенервничала.

Ей нужно ещё немного проэлапсировать, а затем пусть кто-нибудь доставит её домой.

А перед этим пусть ей ещё закажут пиццу. С двойным сыром, пожалуйста.

– Не волнуйся. Дай Гвендолин возможность поделиться с нами своими впечатлениями, – сказал мистер Джордж. – А затем я сам отведу её к хронографу.

– Уставшей и нервной она совсем не кажется, – пробормотал «чёрный» доктор Уайт.

Роберт, маленькое привидение, стоял за спинкой его стула и с интересом поглядывал на диван, на котором развалился Химериус.

– Это что за *штука*? – спросил он меня.

Я, конечно, ничего не ответила.

– Я не штука, я добрый друг Гвендолин, – ответил за меня Химериус и высунул язык. – Даже, наверное, лучший друг. Она купит мне собаку.

Я окинула диван строгим взглядом.

– Случилось невозможное, – сказал Фальк. – Когда Гидеон и Гвендолин разыскали леди Тилни, их уже поджидали. Все здесь присутствующие могут подтвердить, что мы наугад выбрали дату и время прыжка. Но Люси и Пол подкараулили ребят. Совпадением это быть не может.

– Значит, кто-то донёс им о наших планах, – сказал мистер Джордж, перелистывая страницы одного из фолиантов. – Вопрос только один – кто.

– Скорее, когда, – сказал доктор Уайт, глядя на меня.

– И с какой целью, – сказала я.

Гидеон вдруг нахмурился.

– Цель очевидна. Им нужна наша кровь, чтобы считать её и занести в украденный хронограф.

– В записях нет ни единого слова о вашем визите к леди Тилни, – сказал мистер Джордж. – Но ведь вы общались по меньшей мере с тремя хранителями. Да ещё и стражи, которые охраняют коридоры. Может, вы запомнили чьи-нибудь имена?

– Первый секретарь принял нас лично, – сказал Гидеон и откинул локон со лба. – Вроде его звали Бёрджес, как-то так. Он сказал, что братья Джонатан и Тимоти де Виллеры должны прибыть на элапсацию вечером, а леди Тилни уже элапсировала с утра. Затем мужчина по фамилии Уинсли отвёз нас в Белгравию. Он должен был нас дождаться, чтобы отвезти обратно, но когда мы вышли из дома, его экипажа и след простыл. Нам пришлось бежать со всех ног. Затем мы спрятались в убежище, где можно было дождаться следующего прыжка.

Я почувствовала, что при упоминании об убежище мои щёки вспыхнули. Я поспешно схватила пирожное и опустила глаза.

– Отчёт об этом дне составлен хранителем Внутреннего Круга, неким Фрэнком Майном. Здесь всего пара строк, немного о погоде, затем о марше протеста суфражисток в Сити, а затем о том, что леди Тилни вовремя явилась на элапсацию. Никаких особых происшествий. Близнецы де Виллеры здесь не упоминаются, хотя в те годы они уже были членами Внутреннего Круга, – Мистер Джордж вздохнул и захлопнул фолиант. – Очень странно. Всё это напоминает какой-то заговор.

– Но главный вопрос остаётся прежним: откуда Люси и Пол узнали о том, что Гидеон и Гвендолин появятся у леди Тилни именно в этот день и именно в это время? – сказал мистер Уитмен.

– Уф-ф, – подал голос со своего дивана Химериус, – слишком много имён, прямо башка кругом!

– Ответ очевиден, – сказал доктор Уайт, снова поглядывая в мою строну.

Все, включая меня, задумчиво и напряжённо уставились перед собой.

Я ничего не совершила, но, кажется, все здесь присутствующие считали, что в будущем я захочу рассказать Люси и Полу, когда именно мы собирались посетить леди Тилни.

Всё это было очень запутанно. Чем больше я об этом думала, тем менее логичными казались мне эти мысли.

Мне вдруг стало так одиноко.

– Что это вообще за фрики? – сказал Химериус и перепрыгнул с дивана прямо на люстру, где он снова устроился вниз головой. – Путешествия во времени? Уж кто-кто, а наш брат на своём веку повидал немало, но даже для меня это что-то новенькое.

– Я одного не понимаю, мистер Джордж, – сказала я. – Почему вы решили, что в этих записях найдётся упоминание о нашем визите? То есть, если там что-то и было, вы ведь могли прочитать это раньше, вы бы *раньше* знали, что мы попадём туда именно в этот день и что нам придётся там пережить. Или это как в том фильме с Эштоном Кутчером? Каждый раз, когда кто-то из нас возвращается из прошлого, будущее полностью изменяется?

– Это очень интересный философский вопрос, Гвендолин, – сказал мистер Уитмен таким тоном, будто мы были на уроке. – Фильм, о котором ты говоришь, мне не знаком, но согласно законам логики, малейшая модификация прошлого влечёт за собой колоссальные изменения будущего. Например, в одном рассказе Рея Брэдбери…

– Давайте-ка всё же отложим философские дискуссии до следующего раза, – перебил его Фальк. – Мне хотелось бы услышать подробности вашего пребывания в доме леди Тилни. Любопытно также узнать, каким образом вам удалось сбежать.

Я посмотрела на Гидеона. Ну-ну, пускай выдаст свою версию про побег без пистолета. Я взяла ещё одно пирожное.

– Нам повезло, – сказал Гидеон. Голос его даже не дрогнул. – Я сразу заметил: что-то тут не так. Леди Тилни, казалось, ни капли не удивилась, когда нас увидела. Стол был накрыт и когда появились Люси и Пол, а в дверях вырос швейцар, мы с Гвендолин забежали в соседнюю комнату и спустились оттуда по боковой лестнице. Экипаж куда-то исчез, поэтому нам пришлось бежать.

Казалось, врать ему было не очень-то сложно. Он не краснел, не моргал, не смотрел в потолок. Голос его звучал так же уверенно, как и прежде.

Но всё-таки в этой истории оставались некоторые пробелы, из-за которых она была не похожа на правду.

– Странно, – сказал доктор Уайт. – Если бы они действительно решили вас задержать, то вооружились бы до зубов и позаботились о том, чтобы вам невозможно было уйти.

– У меня от вас голова кругом, – сказал Химериус. – Ненавижу эту мешанину – «если бы, вам бы», не люблю сослагательное наклонение!

Я с надеждой взглянула на Гидеона.

Теперь придётся ему выкручиваться, раз он так хочет убедить их в своей «безпистолетной» версии.

– Мне кажется, мы их просто перехитрили, – сказал Гидеон.

– Хм, – Фальк покачал головой. Остальные собравшиеся тоже недоверчиво смотрели на меня. Неудивительно! Гидеон всё испортил! Если уж решил врать, тогда будь добр, иди до конца – угости слушателей парочкой интересных деталей.

– Мы, правда, действовали очень быстро, – поспешно сказала я. – Ступеньки на боковой лестнице, наверное, только-только натёрли лаком, я чуть не поскользнулась. Вообще-то, я скорее съезжала по этой лестнице, чем бежала. Если б мне не посчастливилось вовремя схватиться за перила, лежала бы я сейчас со сломанной шеей в

1912 году. Кстати говоря, что происходит, если путешественник во времени умирает где-нибудь в прошлом? Тело прыгает само по себе обратно в настоящее время? Ну, как бы там ни было, нам крупно повезло – чёрный ход был открыт, через него только что зашла служанка, которая несла сумку с продуктами. Толстая светловолосая девушка. Мне казалось, что Гидеон вот-вот собьёт её с ног. Она несла полную корзину яиц, вот крику было бы! Но мы её не задели, пронеслись мимо и выбежали на улицу. Мы так летели, что я натёрла мозоль на пальце.

Гидеон откинулся на спинку стула и скрестил руки на груди. Я старалась поймать его взгляд, но он отвернулся. Благодарностью это не назовёшь.

– В следующий раз надо будет надеть кеды, – подытожила я, нарушая наступившую в зале тишину. Затем я потянулась за ещё одним пирожным. Кроме меня они, кажется, никому не понравились.

– У меня появилась догадка, – медленно сказал мистер Уитмен, покручивая на указательном пальце правой руки свой перстень с печаткой. – И чем дольше я думаю, тем больше убеждаюсь, что я прав. Если…

– Возможно, я выгляжу глупо, но повторюсь ещё раз: я действительно настаиваю на том, что ей не следует присутствовать при этом разговоре, – сказал Гидеон.

Я вздрогнула. Теперь Гидеон меня не просто обидел, а даже разозлил.

– Он прав, – поддержал Гидеона доктор Уайт. – С нашей стороны это полнейшее безрассудство – допускать её к нашим переговорам.

– Но мы ведь хотели услышать воспоминания Гвендолин, – сказал мистер Джордж. – Каждая деталь, как, например, впечатления об одежде или словах, может дать нам подсказку, в каком времени следует искать Люси и Пола.

– Она сможет рассказать нам об этом завтра или послезавтра, – сказал Фальк де Виллер. – А сейчас отправляйся, пожалуйста, вниз, отведи Гвендолин на элапсацию.

Мистер Джордж скрестил руки на своём толстеньком животе и молча смерил взглядом Фалька.

– Давайте я пойду с Гвендолин к хронографу и прослежу за ходом прыжка во времени, – сказал мистер Уитмен, вставая и отодвигая стул.

– Хорошо, – Фальк согласно кивнул. – Двух часов будет достаточно. Можно поручить кому-нибудь из адептов, чтобы он встретил её по возвращении. А ты нужен нам здесь.

Я вопросительно посмотрела на мистера Джорджа. Он немного смущённо пожал плечами.

– Пойдём, Гвендолин, – позвал мистер Уитмен, – чем раньше ты с этим справишься, тем быстрее отправишься спать. Тогда завтра в школе ты сможешь работать наравне со всеми. С нетерпением жду твоего сочинения о Шекспире.

Вот кошмар! Это у него, наверное, нервы шалят! В такой момент вспомнить о Шекспире, ну даёт! На секунду я задумалась, а не стоит ли мне возмутиться, но потом решила промолчать. Вообще-то мне и самой не хотелось больше слушать весь этот бред. Мне просто хотелось поскорей очутиться дома и забыть о прыжках во времени, хронографе, и о Гидеоне, кстати, тоже. А они пусть тут сидят в своём дурацком зале и переливают свои жутко важные секретные разговорчики из пустого в порожнее, пока совсем не охрипнут. А Гидеону вообще мои особые пожелания, счастливо оставаться!

Химериус был прав: все они полные фрики.

Меня смущало только одно: несмотря ни на что, я всё равно поглядывала на Гидеона, а в моей голове крутилась назойливая мысль: *если он сейчас улыбнётся, я всё ему прощу.*

Само собой, он не улыбнулся. Вместо этого он выразительно посмотрел мне в глаза. О чём он думал, я отгадать не могла. Вдруг мне показалось, что наш поцелуй остался далеко позади, в голову полезли глупые стишки, которые изрекала Синтия Дейл, наш школьный оракул в любовных делах: «Глазки-то зелёные, а в сердце чернота, от любви со стонами нету и следа».

– Спокойной ночи, – с достоинством произнесла я.

– Спокойной ночи, – пробормотали все. То есть, все, кроме Гидеона.

Он сказал:

– Не забудьте завязать ей глаза, мистер Уитмен.

Мистер Джордж раздосадованно хмыкнул. Выходя за дверь в сопровождении мистера Уитмена, я услышала, как мистер Джордж сказал:

– Неужели вам не приходило в голову, что как раз из-за столь ограниченного поведения происходит то, что происходит?

Ответил ли ему кто-то или нет, я уже не услышала. Тяжёлая дверь захлопнулась, голоса стихли.

Химериус почесал затылок кончиком хвоста.

– Да уж, такое странное сборище мне ещё не приходилось видеть!

– Не принимай всё слишком близко к сердцу, Гвендолин, – сказал мистер Уитмен. Он вытащил из пиджака чёрный платок, сложил его и приложил к моим глазам. – Ты для нас игрок новый. Таинственная незнакомка.

Что он хотел этим сказать? Это для меня всё вокруг было новым, а не наоборот!

Ещё три дня тому назад я и понятия не имела о существовании хранителей. Тогда моя жизнь была абсолютно нормальной. Ну, по крайней мере, в общих чертах.

– Мистер Уитмен, прежде чем вы завяжете мне глаза… мы можем заглянуть в ателье мадам Россини и забрать мои вещи? Я оставила тут уже второй комплект школьной формы, а мне ведь нужно будет что-то надеть завтра утром. Да и рюкзак с книгами тоже там.

– Конечно, – шагая по коридору, мистер Уитмен помахивал перед собой платком. Настроение у него явно было хорошее. – Можешь спокойно переодеваться в свои вещи, в этом путешествии тебе не придётся ни с кем встречаться. В какой год мы должны тебя отправить?

– Какая разница, если меня всё равно запрут в подвале, – сказала я.

– Да-да, нужно отправить тебя в тот год, где у тебя не будет шанса с кем-нибудь… случайно встретиться. Начиная с 1945 года никаких проблем не возникнет, а вот раньше это помещение использовали в качестве бомбоубежища. Как насчёт 1974-го? Это год, в котором я родился. Хороший был год, – он улыбнулся. – Или давай отправим тебя в 30 июля 1966-го. В этот день Англия выиграла у Германии в финале чемпионата мира. Но ты не рьяная болельщица, правда?

– Нет, особенно когда сидишь в какой-то дыре без единого окошка на глубине двадцати метров под землёй, – устало сказала я.

– Это для твоего же блага, – мистер Уитмен вздохнул.

– Погодите, погодите, – сказал Химериус, который кружил вокруг меня. – Я что-то снова не совсем понял. Значит, ты сейчас сядешь в машину времени и отправишься в прошлое?

– Да, правильно, – ответила я.

– Тогда давай зададим 1948-ой год, – сказал мистер Уитмен. – Летние Олимпийские Игры в Лондоне.

Он шёл впереди, поэтому не увидел, как я состроила раздражённую мину.

– Путешествия во времени! Ну ничего себе! Хорошенькую же я себе нашёл подружку! – сказал Химериус. В его голосе мне впервые послышалось что-то вроде уважения.

Комната, в которой стоял хронограф, находилась глубоко под землёй. Каждый раз меня приводили и уводили с завязанными глазами, но мне начинало казаться, что я примерно знаю, где нахожусь. Хотя бы потому, что в 1912 и в 1782 годах мне посчастливилось выбраться отсюда без повязки на глазах. Когда мистер Уитмен вывел меня из пошивочной мадам Россини и указал на коридор и лестницу перед собой, я почувствовала, что начинаю запоминать маршрут. Только в конце пути мне показалось, что мистер Уитмен сделал ещё парочку лишних поворотов, чтобы меня запутать.

– Вот чудаки, – сказал Химериус, – зачем это они запихнули машину времени в самый тёмный на свете чулан?

Я услышала, как мистер Уитмен с кем-то заговорил, затем открылась массивная дверь, мы куда-то вошли, и дверь снова затворилась. Мистер Уитмен снял с моих глаз повязку.

Я зажмурилась от света. Рядом с мистером Уитменом стоял какой-то рыжеволосый юноша в чёрном костюме. Казалось, он очень нервничает, на лбу у него выступили капельки пота. Я огляделась в поисках Химериуса. Тот развлекался вовсю: он просовывал голову сквозь закрытую дверь, а туловище при этом оставалось в комнате.

– Это самые толстые стены, которые мне когда-либо приходилось видеть, – сказал он, снова появившись передо мной. – Они такие толстые, что в них можно было бы замуровать слоновье ухо, хоть вдоль, хоть поперёк.

– Гвендолин, это мистер Марли, адепт первого уровня, – сказал мистер Уитмен. – Он будет ждать здесь и затем проведёт тебя обратно наверх. Мистер Марли, это Гвендолин Шеферд, Рубин.

– Знакомство с вами – большая честь для меня, мисс, – сказал рыжеволосый и легонько поклонился.

Я смущённо улыбнулась.

– Э-м-м, мне тоже приятно с вами познакомиться.

Мистер Уитмен тем временем суетился перед окошком суперсовременного сейфа. Раньше я его здесь не замечала. Сейф был спрятан за гобеленом со сказочными средневековыми сюжетами. Рыцари на лошадях и с плюмажами на шлемах и придворные дамы в остроконечных шляпках с вуалями восхищённо смотрели на полуголого парня, который победил дракона. Пока мистер Уитмен вводил какую-то комбинацию цифр, рыжеволосый мистер Марли скромно взирал на свои ботинки. Хотя подглядеть всё равно было невозможно, широкая спина мистера Уитмена полностью закрыла от нас сейф. Но вот дверца распахнулась, и перед нами предстал хронограф, завёрнутый в красный бархат. Мистер Уитмен вынул его из сейфа и поставил на стол.

Мистер Марли от восторга затаил дыхание.

– Мистер Марли сегодня впервые наблюдает хронограф в действии, – сказал мистер Уитмен и подмигнул мне. Кивком он указал на фонарик, который лежал на столе. – Возьми его на всякий случай с собой, вдруг там проблемы с электричеством. Чтобы не пришлось тебе сидеть в темноте и дрожать от страха.

– Спасибо, – я на секунду задумалась, не потребовать ли мне вдобавок аэрозоль против насекомых – такой старый подвал наверняка кишит пауками и, возможно, даже крысами! Как несправедливо всё-таки, что я должна отправиться туда совершенно одна. – Может, мне полагается ещё что-нибудь вроде дубинки?

– Дубинки? Гвендолин, ты всё равно никого не встретишь.

– Но там ведь могут водиться крысы…

– Крысы сами испугаются тебя гораздо сильнее, чем ты их, поверь мне, – мистер Уитмен развернул хронограф. – Впечатляет, не правда ли, мистер Марли?

– Да, очень впечатляет, сэр, – мистер Марли с благоговейным трепетом уставился на прибор.

– Вот пройдоха! – сказал Химериус. – С рыжеволосыми всегда надо держать ухо востро, скажи?

– Я представляла его более крупным, – сказала я. – Никогда бы не подумала, что машина времени так похожа на настенные часы.

Химериус тихонько присвистнул.

– Ничего себе камешки! Если они настоящие, тогда понятно, почему они запирают эту штуковину в сейф.

На хронографе действительно располагались двенадцать драгоценных камней невероятно больших размеров. Они сверкали как самые настоящие королевские сокровища, а вокруг них вились странные письмена и рисунки.

– Гвендолин выбрала для своего прыжка 1948-ой год, – сказал мистер Уитмен. Он отворил заслонку и начал заводить маленькие зубчатые колёсики. – Что случилось в том году в Лондоне, мистер Марли, вы знаете?

– Летние Олимпийские Игры, сэр, – сказал мистер Марли.

– Вот заучка, – сказал Химериус, – рыжие всегда заучки.

– Очень хорошо, – мистер Уитмен выпрямился.

– Гвендолин прибудет в двенадцатое августа ровно в полдень и проведёт в 1948-ом ровно сто двадцать минут. Ты готова, Гвендолин?

Я вздохнула.

– Мне бы ещё очень хотелось узнать… Вы правда уверены, что я там ни на кого не наткнусь?

Кроме пауков и крыс.

– Мистер Джордж давал мне своё кольцо, чтобы никто не сделал мне ничего дурного…

– Твой прошлый прыжок состоялся в документариуме, который активно использовался во все времена. Но эта комната всегда была совершенно пуста. Если ты будешь вести себя, как подобает, если будешь сидеть тихо и не станешь выходить из подвала – а он, кстати, всё равно заперт, – то совершенно точно никто тебя не увидит. В послевоенные годы эта часть здания практически всегда пустовала. В те времена лондонцы гораздо больше были озабочены наземным строительством, – мистер Уитмен вздохнул. – Такое увлекательное было время…

– Но если всё-таки кто-то случайно зайдёт в подвал именно в это время, а там – я? Скажите мне хотя бы пароль того дня.

Мистер Уитмен поднял брови, было видно, что он начинает сердиться.

– Никто сюда не войдёт, Гвендолин. Повторяю ещё раз: ты окажешься в закрытом помещении, посидишь там сто двадцать минут и прыгнешь обратно. Никто из 1948-го года даже не догадается, что ты побывала у них в гостях. Если бы случилось что-нибудь непредвиденное, в Хрониках Хранителей была бы соответствующая запись. Кроме того, у нас сейчас нет времени, чтобы смотреть, какой там был пароль дня.

– Главное – участие, – робко сказал мистер Марли.

– Что-что?

– Пароль во время Олимпийских игр звучал так: «Главное – участие», – мистер Марли смущённо вперился глазами в пол. – Случайно запомнил. Просто остальные пароли обычно на латыни.

Химериус состроил презрительную гримасу. У мистера Уитмена был такой вид, будто бы он тоже с удовольствием скривился.

– Вот как? Что ж, Гвендолин, теперь ты знаешь всё, что хотела. Пароль, конечно, не пригодится, но если тебе так будет спокойней… Ты идёшь?

Я подошла к хронографу и подала руку мистеру Уитмену. Химериус приземлился рядом со мной.

– А что теперь? – нетерпеливо спросил он.

Теперь пришло время неприятной процедуры. Мистер Уитмен открыл заслонку хронографа и вложил мой указательный палец в отверстие.

– Я буду держаться за тебя крепко-крепко, – сказал Химериус и обвил лапки вокруг моей шеи. Вообще-то, ощутить его прикосновение я не могла, но вдруг у меня возникло странное чувство, будто кто-то обмотал вокруг моего горла мокрый шарф.

Мистер Марли от нетерпения широко раскрыл глаза.

– Спасибо за пароль, – сказала я ему. Вдруг я зажмурилась, потому что в палец впилась острая иголка, и комната наполнилась красным светом. Я крепко сжала фонарик. Цвета и люди замелькали перед глазами, сильный толчок пронзил моё тело.

Из отчёта инквизитора ордена доминиканцев
Хуана Пьетро Бариби
Архив при университетской библиотеке, г. Падуя
(расшифровал, перевёл и отредактировал
д-р М. Джордано)

От 23 июня 1542, Флоренция

Глава ордена сообщил о странном происшествии, которое стало делом чрезвычайной секретности и возбуждает недюжинное любопытство: в Елизавету, младшую дочь М[5]*, которую десять лет назад заточили в монастырь, по слухам, вселился Суккубус*[6]*, а сие есть верный знак прелюбодеяний с Сатаной. В монастыре мне довелось воочию узреть, что девушка беременна и немного безумна. Госпожа аббатиса, которая располагает полнейшим моим доверием и является человеком глубоко разумным, не исключает и естественного объяснения сего явления.*

---

5 Предположительно речь идёт о Алессандро, графе ди Мадроне (1502–1572).

6 Здесь: отпрыск демонического происхождения.

Но отец девушки утверждает, что дочь его – ведьма. Он якобы собственными глазами видел, как Сатана в обличье красавца-юноши обнимал её в саду, а потом растаял в клубах дыма[7], оставив лишь слабый запах серы. Две послушницы монастыря подтвердили, что видели Сатану несколько раз в обществе Елизаветы и что он преподнес ей в дар драгоценные каменья. Сия история не похожа на правду, принимая во внимание сильнейшую привязанность М. к М.Р.[8] и некоторым братьям в Ватикане. Потому не разделяю опасений отца девушки, хотя следует безотлагательно покарать её за распутное поведение. С завтрашнего дня начну допрашивать свидетелей по этому делу.

---

7 Клубы дыма и запах серы обвинитель мог добавить для пущей убедительности своего рассказа.

8 Предположительно речь идёт о наследнике рода Медичи Рудольфо, который в 1559 г. стал широко известен тем, что инсценировал самоубийство. См. Павани «Легенды забытых Медичи», Флоренция, 1988, стр. 212.

Глава третья

– Химериус? – странное ощущение чего-то мокрого пропало.

Я скорее включила фонарик, но вокруг и без того было светло. С потолка свисала маленькая лампочка.

– Привет, – сказал чей-то голос.

Я оглянулась. Комната была заставлена ящиками, старыми шкафами и стульями. К подоконнику прислонился какой-то бледный юноша, он внимательно глядел на меня.

– Г-г-г... главное – участие, – запинаясь, промямлила я.

– Гвендолин Шеферд? – промямлил он в ответ.

Я кивнула.

– Откуда вы меня знаете?

Юноша вытянул из кармана смятый листок бумаги и передал его мне. Казалось, он волнуется не меньше, чем я. На нём были штаны на подтяжках и круглые маленькие очки. Светлые волосы уложены на косой пробор и тщательно зачёсаны назад, наверное, ему понадобилось очень много лака. С такой причёской этот парень вполне мог бы сниматься в фильме про гангстеров. Ему досталась бы роль умного, но, в сущности, безобидного помощника какого-нибудь опытного комиссара с неизменной сигаретой в зубах. Такой помощник обязательно должен влюбиться в даму сердца главного гангстера, расфуфыренную во всевозможные боа. А в конце фильма его, конечно же, застрелят.

Я немного успокоилась и окинула взглядом подвал.

Кроме нас двоих здесь никого не было, Химериуса тоже видно не было. Хоть он и умел проходить сквозь стены, путешествия во времени ему, очевидно, не давались.

Немного помедлив, я взяла записку. Бумага выцвела и пожелтела. Это был листок в клеточку из чьей-то записной книжки, вырвали его, наверное, впопыхах. Неровным, удивительно знакомым почерком там было написано вот что:

«Лорду Лукасу Монтроузу – это важно!!!!!

12 августа 1948 года в 12.00. Алхимическая лаборатория. Пожалуйста, никого с собой не бери.

Гвендолин Шеферд».

Моё сердце снова забилось как сумасшедшее. «Лорд Лукас Монтроуз» – так звали моего дедушку! Когда он умер, мне было десять лет. Я удивлённо рассматривала размашистую букву «Л». Никаких сомнений: такие каракули могла написать только я сама. Но как?

Я подняла глаза на юношу.

– Откуда у вас это? И кто вы такой?

– Это написала ты?

– Возможно, – сказала я. Мои мысли лихорадочно забегали. Если и так, то почему я этого не помню? – Откуда это у вас?

– Я храню эту записку уже пять лет. Кто-то засунул мне её вместе с письмом в карман пальто. В тот день, когда состоялась церемония по случаю моего посвящения в адепты второго уровня. В письме было написано вот что: *«Тот, кто хранит тайну, должен знать и тайну, которая скрывается за ней. Докажи, что ты можешь не только молчать, но и думать».*

Подписи не было. Слова были написаны совсем другим почерком, э-м-м… более элегантным и немного старомодным.

Я прикусила губу.

– Не понимаю.

– Я тоже. Все эти годы мне казалось, что текст записки – что-то вроде экзамена, – сказал юноша, – что это следующее испытание. Я никому ничего не рассказывал, всё ждал, что кто-нибудь сам со мной об этом заговорит или даст какие-нибудь дальнейшие указания. Но ничего такого не случилось. Сегодня я прокрался сюда и стал ждать. Всё было тихо, я уже хотел уходить. Но потом вдруг, из ниоткуда, прямо передо мной появилась ты. Ровно в двенадцать часов. Зачем ты мне писала? Почему мы встречаемся именно здесь, в этом заброшенном подвале? И из какого года ты прибыла?

– Из 2011-го, – сказала я. – Мне очень жаль, но на другие вопросы я ответить не могу.

Я откашлялась.

– А кто вы такой?

– О, прошу прощения. Меня зовут Лукас Монтроуз. Зови меня просто, без титула, никаких «лордов». Я адепт второго уровня.

Во рту у меня вдруг пересохло.

– Лукас Монтроуз, Бурдонплейс, дом номер восемьдесят один?

Юноша кивнул.

– Да, там живут мои родители.

– Тогда… – я не могла отвести от него глаз. Набрав в лёгкие побольше воздуха, я продолжила:

– Тогда вы – мой дедушка.

– Ох, неужели *снова*, – сказал юноша и глубоко вздохнул. Затем он развернулся, подошёл к стульям, которые были свалены в углу, вытащил один из них, смахнул с него пыль и поставил передо мной.

– Может, присядем? А то ноги совсем подкашиваются.

– У меня тоже, – призналась я и плюхнулась на стул.

Лукас вытащил ещё один стул и уселся напротив меня.

– Значит, ты моя внучка? – он слабо усмехнулся. – В голове не укладывается. Я-то ведь даже пока не женился. Более того, даже не обручился.

– А сколько тебе лет? О, прости, мне следовало посчитать самостоятельно. Так, родился ты в 1924-ом, значит, в 1948-ом тебе двадцать четыре года.

– Да, – сказал он. – Через три месяца мне исполнится двадцать четыре. А сколько тебе лет?

– Шестнадцать.

– Как и Люси.

Люси. Я вспомнила о том, что она выкрикнула мне вдогонку, когда мы убегали от леди Тилни. Я всё ещё не могла поверить, что передо мной сидит мой дедушка. Я пыталась найти сходство между этим юношей и стариком, который усаживал меня к себе на колени и рассказывал удивительные истории, дедушкой, который всегда вставал на мою защиту, когда Шарлотта утверждала, что я просто выпендриваюсь, рассказывая, что вижу привидений. Но молодое лицо человека, сидящего передо мной, казалось, не имело ничего общего с дряхлым, испещрённым морщинами обликом старика, которого я знала. Хотя мне показалось, что юноша чем-то похож на мою маму. У него были голубые глаза, острый подбородок, и улыбался он прямо как мама.

На какой-то миг от наплыва эмоций я закрыла глаза. Это уж слишком.

– Ну что ж, пусть так, – сказал Лукас, – ну и как, нормальный из меня... э-э-э... дедушка?

Я изо всех сил старалась не расплакаться, поэтому только кивнула в ответ.

– Остальные путешественники во времени обычно прибывают с официальным визитом либо в Зал Дракона, где стоит хронограф, либо в документариум. Почему ты выбрала эту тёмную, душную лабораторию?

Я шмыгнула носом.

– Это – лаборатория? Не знала. В моём времени здесь обычный подвал, в котором стоит сейф, а в сейфе лежит хронограф.

– Неужели? Знаешь, в наше время от лаборатории тут тоже остались только воспоминания, – сказал Лукас, – но изначально это помещение использовали в качестве тайного алхимического кабинета. Это одна из самых старых комнат во всём здании. За несколько веков до того, как граф Сен-Жермен основал ложу хранителей, здесь собирались известные маги и алхимики со всего Лондона. Они ставили множество опытов, пытаясь получить философский камень. Кое-где на стенах ещё остались мрачные надписи и таинственные формулы. Говорят, стены здесь такие толстые, потому что в них замурованы кости и черепа… – он замолк. Теперь Лукас принялся покусывать нижнюю губу. – Значит, ты тоже моя внучка, скажи, пожалуйста, ты дочь кого именно из моих… э-э-э… детей?

– Мою маму зовут Грейс, – сказала я. – Она похожа на тебя.

Лукас кивнул.

– Люси рассказывала мне о Грейс. Она сказала, что твоя мама – самая милая из моих детей. Остальные, вроде как, гнусные личности, – он вздохнул. – Не могу себе представить, что мои дети станут гнусными личностями… и вообще, что у меня будут дети…

– Возможно, проблема не в тебе, а в твоей жене, – пробормотала я.

Лукас снова вздохнул.

– Люси впервые появилась передо мной два месяца назад. С тех пор все меня подталкивают к женитьбе. У неё такие же точно рыжие волосы, как и у девушки, которая меня… ну… интересует. Но Люси так и не сказала мне, на ком я женюсь. Она считает, что тогда я, возможно, передумаю. И тогда вам всем не суждено будет родиться.

– Есть кое-что поважнее, чем цвет волос: ген путешественника во времени, который должна унаследовать твоя избранница, – сказала я. – Именно так ты её и узнаешь.

– В этом-то и загвоздка, – Лукас пододвинулся немного ближе ко мне, – потому что сразу две девушки из рода Нефрита кажутся мне… привлекательными. Номер четыре и номер восемь.

– Вот оно как, – сказала я.

– Понимаешь, я пока не могу разобраться. Но маленькая подсказка с твоей стороны, возможно, развеяла бы мои сомнения.

Я пожала плечами.

– Ну, мне не сложно. Мою бабушку зовут Ла…

– Нет! – крикнул Лукас и крепко прижал ладони к ушам.

– Я представлял себе этот выбор абсолютно по-другому, лучше не говори, – он смущённо почесал затылок. – Это форма школы Сент-Леннокс, да? Её герб у тебя на пуговицах.

– Ага, – сказала я и поглядела на свой тёмно-синий пиджак. Наверное, мадам Россини успела постирать и погладить мои вещи, потому что выглядели они совсем как новые, а от пиджака слабо пахло лавандой. Кроме того, она что-то такое с ним сделала, и теперь школьная форма сидела на мне гораздо лучше, чем раньше.

– Моя сестра Мадлен тоже учится в Сент-Ленноксе. Из-за войны она заканчивает школу только в этом году.

– Бабушка Мэдди? Вот уж не знала.

– Все девочки из рода Монтроузов учились только в Сент-Ленноксе. Люси тоже. У неё такая же точно форма, как у тебя. А у Мэдди – тёмно-зелёная с белым. А юбка в клетку, – Лукас кашлянул. – Э-м-м, ну это так, лирическое отступление… А сейчас нам следовало бы, наверное, сосредоточиться на цели нашей сегодняшней встречи. Итак, допустим, записку написала ты…

– Только не «написала», а «напишешь»!

– …и передашь её мне в каком-то из следующих путешествий во времени… как думаешь, зачем тебе это понадобилось?

– Ты хотел сказать «понадобится»? – я вздохнула. – Кажется, ситуация немного проясняется. Наверное, ты сможешь мне кое-что рассказать. Но я ведь даже не знаю…

Я беспомощно взглянула на своего молодого дедушку.

– Ты хорошо знаешь Люси и Пола?

– Пол де Виллер с января прибывает к нам на элапсацию. За это время он повзрослел на два года. Немного он мрачноватый, этот Пол. А Люси впервые оказалась здесь в мае. Я обычно контролирую их посещения. Это всегда очень… весело. Я помогаю им делать домашнее задание. И должен признаться, Пол – первый из де Виллеров, кто мне понравился, – он снова кашлянул. – Если ты из 2011 года, ты должна была застать их обоих. Так непривычно, в твоём времени им уже почти сорок… Передавай им от меня привет.

– Нет, этого я сделать не могу, – ох, как же всё сложно.

Наверное, мне стоило бы быть поосторожней с тем, что говорю, пока я сама как следует не разобралась, что же, собственно, происходит. В ушах у меня всё ещё звучали мамины слова: «Не доверяй никому. Даже собственным чувствам». Но кому-то же мне нужно излить душу? А кому довериться в такой ситуации, как не собственному дедушке? Я решила рискнуть:

– У меня не получится передать привет Люси и Полу. Они украли хронограф и вместе с ним прыгнули в прошлое.

– Что? – глаза Лукаса расширились от удивления. – Зачем они это сделали? Не могу поверить. Они бы не… Когда это случилось?

– В 1994-ом, – сказала я, – в том же году родилась я.

– В 1994-ом Люси исполнится восемнадцать, а Полу – двадцать, – сказал Лукас, скорее себе, чем мне. – Значит, через два года. Потому что сейчас ей шестнадцать, а ему восемнадцать, – он виновато улыбнулся. – Я имею в виду не *сейчас* в нашем времени, а сейчас в том году, откуда они прибывают на элапсацию.

– Последние несколько ночей я практически не сплю. Поэтому сейчас у меня такое чувство, будто мой мозг превратился в рулон сахарной ваты, – сказала я, – да и с математикой у меня всегда были проблемы.

– Но ведь Люси и Пол… то, что ты рассказываешь, никак не может быть правдой. Они бы никогда не совершили такой *безрассудный* поступок.

– И всё-таки они это сделали. Я думала, ты сможешь объяснить мне, зачем им это понадобилось. В моём времени все пытаются убедить меня в том, что они… плохие. Или сумасшедшие. Или и то, и другое. Как бы там ни было, все твердят, что они очень опасные ребята. Когда мы виделись с Люси, она велела расспросить тебя о зелёном всаднике.

Лукас смотрел на меня с недоумением.

– Ты виделась с Люси? Только что ты сказала, что они пропали в год твоего рождения.

Он задумался.

– Но если они забрали хронограф с собой, как ты вообще можешь путешествовать во времени?

– Мы встретились в 1912 году у леди Тилни. А насчёт хронографа: существует ещё и второй экземпляр, именно им пользуются хранители в нашем времени.

– Леди Тилни? Она умерла четыре года назад. А второй хронограф не работает.

Я вздохнула.

– Теперь работает. Послушай, дедушка, – при этих словах Лукас вздрогнул, – мне всё это кажется ещё более запутанным, чем тебе, потому что всего пару дней назад я ни малейшего понятия не имела об этом безобразии. И я ничего не могу тебе объяснить. Абсолютно. Меня просто отправили сюда на элапсацию. Что за дурацкое слово, я даже не знаю, как оно пишется. Вчера я услышала его в первый раз. И вообще, это моё третье путешествие во времени, которое происходит под контролем хронографа. Перед тем, как меня привели в Ложу, я три раза прыгнула сама по себе, о чём, кстати, у меня остались не самые приятные воспоминания. Вообще-то все считали, что ген путешественника во времени унаследовала Шарлотта, потому что именно она родилась в правильный день. Но мама подделала дату моего рождения. Поэтому не я, а Шарлотта ходила на танцы, зубрила всё о чуме и короле Георге, именно она умеет фехтовать и играть на фортепиано, а еще у неё были эти, как их там, уроки тайноведения. Но что они там проходили, я понятия не имею, – чем больше я говорила, тем быстрее одно за другим вылетали слова. – В общем, ничего я не знаю, кроме того минимума, который мне удалось услышать. Честно говоря, эти обрывки информации ничего не прояснили, даже наоборот, запутали. С тех пор, как всё это началось, у меня даже не было времени, чтобы перевести дух и обдумать, что же со мной происходит. Лесли всё поискала в Гугле, но мистер Уитмен отобрал у нас папку с материалами, хотя я с ними всё равно не очень разобралась. Кажется, все ожидали от меня чего-то особенного и теперь очень разочаровались.

– *«Магией ворона он окрылён, победным аккордом замкнёт круг времён»*, – пробормотал Лукас.

– Вот, о чём я и говорю, магия ворона, тыры-пыры… Нет у меня никаких суперспособностей. Граф Сен-

Жермен пытался меня задушить, хотя он стоял довольно далеко, а в голове у меня при этом раздавался его голос. Потом на нас напали какие-то трое мужчин в Гайд-Парке, у них были пистолеты и шпаги. Одного из них мне пришлось заколоть, потому что иначе он убил бы Гидеона… и этот Гидеон, он такой… – чтобы продолжать тираду, я набрала в лёгкие побольше воздуха: – Он такой противный. Обращается со мной, как с грязью. А сегодня утром он поцеловал Шарлотту, да, просто в щёку, но ведь это тоже что-то значит. Что бы там ни говорили, мне нельзя было позволять ему целовать меня, а сначала следовало бы спросить об отношениях с Шарлоттой. И вообще, мы знакомы всего пару дней, но вдруг всё… всё завертелось так быстро… и все уверены, что это я рассказала Люси и Полу, когда именно мы окажемся у леди Тилни, ведь нам нужна её кровь, но Люси и Полу она нужна не меньше. А ещё им необходимо заполучить кровь Гидеона и мою, тогда их круг замкнётся. И никто не удосужился мне объяснить, что же случится, когда кровь всех путешественников во времени будет считана в хронографе. Иногда мне кажется, они и сами не в курсе. А я же должна спросить тебя о зелёном всаднике, так сказала Люси.

Лукас крепко зажмурился, пытаясь, наверное, разобраться в моём неконтролируемом потоке слов.

– Даже не представляю, что это за зелёный всадник, – сказал он. – Мне жаль, но я никогда о нём раньше не слышал. Может, это название какого-то фильма? Почему ты не спросишь меня об этом в 2011-ом?

Я испуганно посмотрела ему в глаза.

– О, понимаю, – поспешно сказал Лукас. – Ты не можешь этого сделать в своём времени, потому что я, наверное, давно умер, а, может быть, ослеп, оглох и прозябаю в каком-нибудь доме для престарелых. Нет-нет, спасибо, об этом мне знать не обязательно.

На этот раз я не смогла сдержаться, и слёзы градом покатились из моих глаз.

Целых полминуты, а то и дольше, я горько-горько ревела, потому что, как ни странно это звучит, вдруг почувствовала, что до сих пор скучаю по дедушке.

– Я тебя очень сильно любила, – сказала я наконец.

Лукас протянул мне носовой платок и посмотрел на меня с сочувствием.

– Ты уверена? Что-то я не очень люблю детей, они иногда так действуют на нервы... Но ты, возможно, была особенным ребёнком, очень милым. Наверняка.

– Да, так и было. Но ты был добр ко всем детям без исключения, – я громко высморкалась. – Даже к Шарлотте.

Некоторое время мы молчали. Затем Лукас достал из кармана часы и сказал:

– Сколько у нас ещё времени?

– Они послали меня ровно на два часа.

– Не очень-то много. Но мы с тобой проговорили уже слишком долго, – он встал. – Я возьму ручку и бумагу, и мы попробуем немного упорядочить весь этот хаос. А ты лучше оставайся тут и никуда не ходи.

Я кивнула. Когда Лукас ушёл, я всё ещё смотрела вперёд, уткнувшись лицом в собственные ладони. Он был прав, именно сейчас важно сохранять спокойствие.

Кто бы мог поверить, что мне доведётся ещё хоть раз в жизни увидеться с дедушкой?

О чём мне следует ему рассказать, а о чём лучше умолчать? В панике я пыталась также сообразить, что же мне самой стоит спросить. Вообще-то, он был моим единственным союзником, вот только наше время не совпадало. Неужели из этого 1948-го он сможет приблизить меня к ответу хоть на один из этих мрачных вопросов?

Лукас всё не появлялся. Каждая минута, проведённая в ожидании, усиливала мои сомнения.

А вдруг он соврал, и сейчас сюда ворвутся Люси и Пол с большим ножом, чтобы взять мою кровь? Наконец, я встала и в панике принялась искать какой-нибудь предмет, который сгодился бы для самозащиты. В углу валялась доска с ржавым гвоздём посередине, но как только я её подняла, дерево раскрошилось под моими пальцами. В тот же миг дверь отворилась, и в подвал снова вошёл мой юный дедушка с блокнотом под мышкой и бананом в руке.

Я облегчённо вздохнула.

– Вот, держи, подкрепись, – Лукас бросил мне банан, взял ещё один стул, поставил его между двумя другими и положил на него блокнот.

– Прости, что я так долго. Мне на пути попался этот жуткий Кеннет де Виллер. Терпеть не могу де Виллеров, они так и норовят всюду сунуть свой любопытный нос, всё-то им хочется держать под контролем, всем управлять. Вдобавок, де Виллеры всегда уверены, что они абсолютно правы в любой ситуации!

– Точно сказано, – пробормотала я.

Лукас потёр запястье правой руки.

– Тогда давай приступим, внучка. Ты – Рубин, двенадцатая в Кругу. Алмаз из рода де Виллеров родился на два года раньше тебя. В твоём времени ему должно быть примерно девятнадцать. Как его зовут, ты говоришь?

– Гидеон, – сказала я, и на душе у меня сразу потеплело, просто от того, что я произнесла его имя.

– Гидеон де Виллер, – рука Лукаса заскользила по бумаге. – И он такой же неприятный тип, как и все де Виллеры, но ты его поцеловала, насколько я понял, так? Не слишком ли ты маленькая для таких вещей?

– Скорее наоборот, – ответила я. – В нашем классе все девчонки уже пьют таблетки.

Ну, то есть, почти все, за исключением Аишани, Пегги и Кейсси Кларк. Но Аишани из консервативной индийской семьи, родители убьют её, даже если она только посмотрит на какого-то мальчика. Пегги, кажется, больше увлекается девочками. А Кейсси пока что вся в прыщах, но, надеюсь, все угри когда-нибудь сойдут, и тогда она сразу же станет более дружелюбной и перестанет бурчать: «Чего вылупился?!», хотя пока что она именно так себя и ведёт, только лишь какой-нибудь мальчик осмелится глянуть в её сторону.

– О, Шарлотта тоже о сексе не помышляет. Поэтому Гордон Гельдерман называет её нашей Снежной Королевой. Но у меня теперь возникли большие сомнения, подходит ли ей такая кличка… – я заскрежетала зубами, потому что перед моими глазами снова всплыла отчётливая картинка: Шарлотта смотрит на Гидеона, и наоборот. Ведь если задуматься, как быстро Гидеону пришла мысль меня поцеловать, а именно – через два дня после нашего знакомства, даже представлять не хочется, что могло произойти между ним и Шарлоттой за четыре года тесного общения.

– Что за таблетки такие? – спросил Лукас.

– В смысле? – о Боже, у них в 1948-ом из всех противозачаточных средств только презервативы из коровьей кишки, и то, если повезёт.

Но мне об этом знать не обязательно.

– Что-то мне не хочется говорить с тобой о сексе, дедуля, правда, давай сменим тему.

Лукас покачал головой.

– А мне не хочется слышать из твоих уст это слово. Я не имею в виду слово *дедуля.*

– Ладно, – я принялась за банан, а Лукас что-то написал в свой блокнот. – Как же вы его называете тогда?

– Что называем?

– Секс?

– Мы об этом не разговариваем, – сказал Лукас и ещё ниже склонился над блокнотом. – По крайней мере, не с шестнадцатилетними девушками. Итак, продолжим: Люси и Пол украли хронограф прежде, чем в него внесли кровь двух последних путешественников во времени. Затем хранители решили использовать второй хронограф, но тогда предстоит собрать кровь остальных путешественников.

– Не всех. Гидеон разыскал почти каждого из них и взял кровь. Не хватает только леди Тилни и Опала, Элизы какой-то, забыла её фамилию.

– Элани Бёргли, – сказал Лукас. – Она была придворной дамой Елизаветы Первой и в восемнадцать лет умерла от лихорадки.

– Ага. Ну, и плюс кровь Люси и Пола, конечно. Поэтому мы охотимся за их кровью, а они – за нашей, если я всё правильно поняла.

– То есть, сейчас существуют два хронографа, с помощью которых можно завершить Круг Двенадцати? Невероятно!

– Что случится, когда Круг замкнётся?

– Тогда раскроется тайна! – торжественно сказал Лукас.

– Ну вот опять! Только не начинай, – я рассерженно махнула головой. – Может, скажешь что-нибудь более *конкретное*?

– В пророчестве говорится, что орёл взлетит, человечество преодолеет болезни и смерть, и начнётся новая эра.

– Угу, – сказала я таким же растерянным тоном. – Значит, всё будет хорошо, да?

– Даже очень хорошо. Эти события продвинут человечество далеко вперёд. Для того чтобы исполнилось пророчество, граф Сен-Жермен основал ложу хранителей. Среди членов ложи – самые влиятельные и умные люди из многих стран. Мы все хотим одного: сохранить тайну, чтобы в назначенный час она спасла этот мир.

Ура! Кажется, что-то проясняется. В его словах, по сравнению со всеми предыдущими объяснениями, было хоть немного конкретики.

– Но почему же Люси и Пол не хотят, чтобы Круг замкнулся?

Лукас вздохнул.

– Понятия не имею. Когда вы встречались, говоришь?

– В 1912 году, – сказала я, – в июне, двадцать второго числа. Или двадцать четвёртого. Что-то я не запомнила, – чем старательнее я вспоминала, тем больше сомневалась.

– Хотя, может, и двенадцатого. Число было чётное, это точно. Восемнадцатого? В любом случае, был вечер. Леди Тилни накрыла стол, потому что как раз пришло время пить чай, – затем до меня дошло, что я только что натворила. Я в отчаянии закрыла рот руками. – Ой!

– Что случилось?

– Я же тебе только что всё выложила, и *поэтому* Люси и Пол узнают, когда и где мы появимся. Так что предатель, вообще-то, *ты*, а не я. Хотя это, в сущности, всё равно.

– Что? О нет! – Лукас энергично затряс головой. – Я этого не сделаю. Я вообще ничего им о тебе не скажу – это было бы безрассудством с моей стороны! Представляешь, что будет, если завтра я сообщу им, что они скоро украдут хронограф и с его помощью убегут в прошлое. Да они умрут на месте, оба! Прежде чем сообщать человеку какие-нибудь факты из будущего, нужно как следует подумать, ты меня поняла?

– Ну, может, ты и не расскажешь им об этом завтра, но у тебя впереди ещё много лет, – я задумчиво жевала банан, – хотя… в какое время они решили убежать? Почему не в это? Здесь у них хотя бы один друг – ты. А вдруг ты просто меня обманываешь, и они тут за дверью, только и ждут, чтобы ворваться и взять мою кровь?

– Даже не представляю, в каком они времени, – Лукас вздохнул. – Не могу поверить, что они способны на такой безумный поступок. Да и зачем им это делать?

– В общем, мы с тобой пока что оба ничегошеньки не знаем, – бессильно подытожила я.

Лукас снова склонился над блокнотом. Он написал: *«зелёный всадник, второй хронограф»* и *«леди Тилни»*, а напротив поставил огромный знак вопроса.

– Ясно одно: нам нужно обязательно встретиться ещё раз! Возможно, мне удастся что-нибудь разузнать.

Тут меня осенило.

– Вообще-то, я должна была отправиться на элапсацию в 1956-ой. Может, встретимся там? Завтра вечером?

Лукас рассмеялся:

– Может, для тебя 1956-ой – это завтра вечером, но для меня… Ну, хорошо, дай-ка подумать. Тебя снова пошлют на элапсацию в это же самое помещение, так?

Я кивнула.

– Но ты всё равно не сможешь караулить дни и ночи напролёт. К тому же, в любую секунду здесь может появиться Гидеон, ему ведь тоже надо элапсировать.

– Я знаю, что нам делать, – Лукас вдруг воспрял духом. – Ты ведь можешь просто прийти ко мне, когда окажешься тут снова! У меня свой кабинет на третьем этаже. Нужно будет проскользнуть всего лишь мимо двух стражников, но это не сложно – скажешь, что заблудилась. Ты – моя двоюродная сестра. Хейзл. Приехала навестить меня. Из деревни. Прямо сегодня начну всем о тебе рассказывать.

– Но мистер Уитмен говорит, что этот подвал всегда заперт. Да и вообще, я совершенно не представляю, в какой части здания мы находимся.

– Тебе, конечно, понадобится ключ. И пароль текущего дня, – Лукас огляделся вокруг. – Я сделаю для тебя дубликат ключа и спрячу где-нибудь здесь. Так же поступим и с паролем. Я напишу его на листочке и положу в наш тайник. Давай устроим его прямо в стене. Вон там в дальнем углу один кирпич немного расшатался, видишь? Может, у нас получится его вытащить?

Он встал и направился в дальний угол подвала, расчищая себе дорогу в старом хламе. Затем Лукас присел на корточки и постучал по стене.

– Вот, глянь-ка. Я вернусь сюда с какими-нибудь инструментами, и у нас получится отличный тайник. Когда окажешься здесь снова, просто вынимай этот кирпич, тогда у тебя будут и ключ, и пароль.

– Но их тут так много, этих кирпичей, – сказала я.

– Постарайся запомнить. Пятый ряд снизу, примерно посередине. Ай! Сломал ноготь. Ну ладно, как бы там ни было, у нас есть хоть какой-то план, и мне он нравится.

– Но тебе придётся каждый день спускаться сюда и вкладывать новый листок с паролем. Неужели у тебя получится? Ты разве не в Оксфорде учишься?

– Пароль обновляется вовсе не каждый день, – возразил Лукас. – Бывает, один и тот же держится неделю, а то и дольше. Кроме того, другой возможности устроить нашу встречу я не вижу. Запомни этот камень. Я положу в тайник план здания, чтобы ты нашла мой кабинет. Отсюда расходятся подземные коридоры по всему Лондону, – он посмотрел на часы. – А сейчас мы снова возьмём блокнот и ручку и попробуем упорядочить информацию. Вот увидишь, всё прояснится.

– Или не прояснится. Мрачный подвал, мало времени, двое беспомощных родственников.

Лукас склонил голову набок и улыбнулся.

– Кстати, может, скажешь – имя твоей бабушки начинается на букву «А»? Или на букву «К»?

Я улыбнулась в ответ.

– А как бы тебе хотелось?

Имя	Камень	Алхимический термин
Ланселот де Виллер 1560-1607	Янтарь	Накаливание
Элани Бёргли 1562-1580	Опал	Разложение
Уильям де Виллер 1636-1689	Агат	Сублимация
Сесилия Вудвилль 1628-1684	Аквамарин	Растворение
Граф Роберт Леопольд фон Сен-Жермен 1703-1784	Изумруд	Дистилляция
Жанна де Понткаре (Мадам д'Юрфэ) 1705-1775	Цитрин	Застывание
Джонатан и Тимоти де Виллеры 1875-1944 1875-1930	Карнеол	Экстракция
Маргарет Тилни 1877-1944	Нефрит	Усвоение
Пол де Виллер *1974	Чёрный турмалин	Размягчение
Люси Монтроуз *1976	Сапфир	Брожение
Гидеон де Виллер *1992	Алмаз	Увеличение
Гвендолин Шеферд *1994	Рубин	Проекция

Животное	Дерево	Имя
Лягушка	Бук	Ланселот де Виллер 1560-1607
Сова	Грецкий орех	Элани Бёргли 1562-1580
Медведь	Сосна	Уильям де Виллер 1636-1689
Лошадь	Клён	Сесилия Вудвилль 1628-1684
Орёл	Дуб	Граф Роберт Леопольд фон Сен-Жермен 1703-1784
Змея	Гинкго	Жанна де Понткаре (Мадам д'Юрфэ) 1705-1775
Сокол	Яблоня	Джонатан и Тимоти де Виллеры 1875-1944 1875-1930
Лисица	Липа	Маргарет Тилни 1877-1944
Волк	Рябина	Пол де Виллер *1974
Рысь	Ива	Люси Монтроуз *1976
Лев	Тис	Гидеон де Виллер *1992
Ворон	Берёза	Гвендолин Шеферд *1994

Глава четвёртая

– Гвенни! Гвенни! Вставай! Тебе пора просыпаться!

Я едва очнулась от глубокого сна – в этом сне я была морщинистой старухой, сидела напротив испуганного Гидеона и уверяла его, что меня зовут Гвендолин Шеферд, и что я прибыла из 2080-го года. Но тут передо мной появился знакомый курносый носик Кэролайн, моей младшей сестрёнки.

– Ну наконец-то! – сказала она. – Я уже устала тебя будить. Мне так хотелось вчера тебя дождаться, но я всё-таки уснула раньше. Ты снова прибыла в каком-то странном платье?

– На этот раз нет, – я села на кровати. – Мне разрешили переодеться прямо там.

– Скажи, Гвенни, теперь всегда так будет? Ты всегда будешь приходить домой, когда я уже сплю? Мама так изменилась с тех пор, как всё это закрутилось. А мы с Ником так по тебе скучаем – без тебя ужин – просто кошмар.

– Он и со мной был не ахти, – утешила я Кэролайн и снова зарылась головой в подушку.

Вчера вечером я опять приехала домой на лимузине, шофёр был какой-то незнакомый, но вместе с нами поехал рыжий мистер Марли, он проводил меня до самых дверей.

С Гидеоном мы вчера больше не встречались, и так мне, в общем-то, было легче.

Хватит и того, что я целую ночь видела его во сне.

Дверь нам открыл мистер Бернхард, швейцар моей бабушки, предельно вежливый и невозмутимый, как всегда. Мама тоже выскочила мне навстречу, она подбежала к нам и обняла меня так крепко, будто я вернулась из какой-нибудь полярной экспедиции. Я так обрадовалась, когда её увидела, но всё-таки мне было немного обидно. Было неприятно осознавать, что она врала мне всё это время. А зачем ей это понадобилось, мама так и не сказала.

Она лишь обронила несколько загадочных слов вроде «Не доверяй никому – опасно – тайна – трам-пам-пам», но они не очень-то прояснили ситуацию.

Именно из-за этой обиды, а ещё из-за того, что я буквально с ног валилась от усталости, меня хватило только на то, чтобы втихомолку проглотить маленький кусочек курицы и поскорей юркнуть в постель. Поэтому я так и не рассказала маме о том, что со мной приключилось. Да и чем она сможет помочь? Мама что-то слишком волнуется. Мне показалось, она устала почти так же сильно, как и я.

Кэролайн потрясла меня за руку:

– Эй, Гвенни! А ну не засыпай!

– Ладно-ладно, – резким движением я сдёрнула с ног одеяло и с удивлением ощутила, что выспалась, несмотря на то, что вчера вечером мы с Лесли ещё довольно долго болтали по телефону. Но куда запропастился Химериус?

Перед сном я зашла в ванную, и тогда Химериус исчез. С тех пор он больше не появлялся.

Стоя под душем, я наконец окончательно проснулась. Я помыла голову дорогим маминым шампунем и ополаскивателем, хотя это и было запрещено. Я боялась, конечно, что меня тут же разоблачат из-за аромата роз и грейпфрута, который теперь исходил от моих волос. Пока я сушила голову, думать не получалось ни о чём, кроме одного: нравятся ли Гидеону розы и грейпфруты. Но я быстро спохватилась. Кажется, я совсем с ума сошла: стоило мне поспать пару часиков, как я опять только и думаю об этом снобе. Ну что, что такого между нами произошло? Ну, поцеловались мы немножко в церковной исповедальне, но ведь сразу же после этого Гидеон снова превратился в противного задаваку. Как-то мне не очень хотелось вспоминать о вчерашних разочарованиях, пусть даже на свежую голову. Я, кстати, всё подробно описала Лесли, а она никак не хотела менять тему и задавала всё новые и новые вопросы.

Я выключила фен, оделась и побежала, перескакивая через ступеньки, вниз в столовую. Кэролайн, Ник, мама и я занимали четвёртый этаж. Здесь было хоть немного уютнее, в отличие от остального пространства этого огромного дома, испокон веков принадлежавшего нашей семье.

Всё остальное пространство было доверху забито антиквариатом и портретами моих прадедов и прабабок, немногие из которых могли похвастаться приятной внешностью. А ещё у нас в доме был бальный зал, в котором я когда-то учила Ника кататься на велосипеде. Тайно, конечно, но ведь движение в большом городе – это просто кошмар, об этом знает любой ребёнок.

Как бы я хотела, чтобы мы могли завтракать и ужинать на своём уютном четвёртом этаже, но леди Ариста, моя бабушка, настаивала на том, что все должны собираться в этой мрачной и тёмной столовой. Стены в комнате были обиты тёмным деревом, поэтому казалось, что они покрыты слоем шоколада. Это единственное нормальное сравнение, которое приходило в голову, все остальные... э-э-э... немного портили аппетит.

Хотя атмосфера в столовой была сегодня поприветливее, чем вчера. Я почувствовала это, как только вошла.

Леди Ариста всегда чем-то напоминала мне строгую учительницу танцев, которая, если что, может больно ударить по пальцам. Но сегодня она поприветствовала меня вполне дружелюбно:

– Доброе утро, дитя моё.

Шарлотта и её мама улыбались мне так, словно знали что-то, о чём я не имела ни малейшего представления.

Тётя Гленда никогда раньше мне не улыбалась (она вообще мало кому улыбалась, если не считать её коронных презрительных усмешек), а Шарлотта ещё вчера бросила мне пару едких замечаний. Поэтому я начала подозревать недоброе.

– Что-то случилось? – спросила я.

Мой двенадцатилетний брат Ник расплылся в широченной улыбке, когда я села на своё место рядом с Кэролайн. Мама пододвинула мне огромную тарелку с бутербродами и яичницей. Когда аппетитный запах еды защекотал мне нос, я чуть сознание не потеряла от голода.

– Ну и ну, – сказала тётя Гленда. – Ты, наверное, хочешь, чтобы твоя дочь получила месячную дозу жиров и холестерина за один приём пищи, а, Грейс?

– Именно, – невозмутимо ответила мама.

– Когда она вырастет, то возненавидит тебя за то, что ты не следила за её фигурой должным образом, – сказала тётя Гленда и снова улыбнулась.

– Фигура Гвендолин идеальна, – сказала мама.

– Пока что – возможно, – сказала тётя Гленда. Она всё ещё улыбалась.

– Вы подсыпали тёте Гленде что-то в чай? Признавайтесь! – прошептала я Кэролайн.

– Кто-то позвонил по телефону и с тех пор тётю Гленду и Шарлотту как подменили, – прошептала мне в ответ Кэролайн.

В эту же секунду в проёме окна появился Химериус. Он сложил крылышки и просунул голову сквозь стекло.

– Доброе утро! – обрадовалась я.

– Доброе утро! – ответил Химериус и перепрыгнул с подоконника на пустой стул.

Пока все удивлённо посматривали в мою сторону, Химериус почесал живот и вздохнул.

– Ну у тебя и семейка! Не маленькая. Я пока тут не обжился, но гляжу, у вас куда не плюнь – одни тётки в хозяйстве. Что-то многовато их, как по мне. И у большинства из них такой вид, будто их необходимо срочно защекотать, – он расправил крылья. – Где же отцы всех этих деточек? И где домашние животные? Такой дом огромный, и даже канареечки не удосужились завести. Нет, ну я так не играю.

Я улыбнулась.

– А где бабушка Мэдди? – спросила я, набрасываясь на еду.

– Боюсь, моя любимая золовка предпочла удовлетворить свою потребность во сне, а не любопытство, – с достоинством сказала леди Ариста. Она восседала на своём стуле, прямая, словно свечка. Тремя пальцами она осторожно держала кусочек хлеба с тонким слоем масла (мне кстати, никогда ещё не приходилось видеть бабушку сгорбленной, спина у неё всегда была идеально прямая).

– Вчера она слишком рано встала, и весь день была в совершенно несносном расположении духа. Не думаю, что нам выпадет честь лицезреть её раньше десяти.

– Так-то оно и лучше, – пискляво поддакнула тётя Гленда. – Её болтовня о сапфирах в форме яйца и башнях с часами кого угодно с ума сведут. А как твои дела, Гвендолин? Представляю, как ты испугалась и запуталась.

– Хм, – буркнула я.

– Ужасное, должно быть, чувство, когда осознаёшь, что родился для высшей цели, а соответствовать возложенным на тебя ожиданиям не в силах, – тётя Гленда наколола на вилку кусочек помидора.

– Мистер Джордж сообщил, что до сих пор Гвендолин проявляла себя с хорошей стороны, – сказала леди Ариста. Но только я порадовалась её поддержке, как бабушка продолжила:

– Во всяком случае, она действовала по обстоятельствам. Гвендолин, сегодня тебя снова заберут из школы и доставят в Темпл. На этот раз тебя будет сопровождать Шарлотта.

Я не могла сказать ни слова, потому что рот был битком набит яичницей. Поэтому мне оставалось только испуганно выпучить глаза. Зато Ник и Кэролайн дружно озвучили мой вопрос:

– Это ещё почему?

– Да потому, – сказала тётя Гленда, многозначительно наклонив голову, – что Шарлотта умеет всё, что должна уметь Гвендолин, дабы исполнить столь высокую миссию. Из-за беспорядков, которые творились последние два дня, и которые мы с вами можем себе живо представить, в Темпле приняли решение, что Шарлотта поможет своей непутёвой кузине и подготовит её к последующим прыжкам во времени.

Вид у неё был такой, будто Шарлотта только что победила на Олимпийских играх.

К последующим прыжкам?! Что всё это значит?!

– Кто эта тощая и злющая рыжая метёлка? – осведомился Химериус. – Надеюсь, вы хотя бы не близкие родственники?

– Такая просьба нас нисколько не удивила, но мы всё же сомневались, стоит ли её удовлетворить. Ведь Шарлотта, в сущности, нисколько не обязана это делать. Но... – тут тощая и злющая рыжая ме... тётя Гленда театрально вздохнула, – Шарлотте слишком хорошо известно, насколько важна эта миссия, потому она готова пожертвовать собственными интересами и сделать свой вклад в успех операции.

Моя мама тоже вздохнула и бросила на меня взгляд, полный сочувствия. Шарлотта заправила прядь ярко-рыжих волос за ухо и невинно поморгала ресницами, повернувшись в мою сторону.

– Что-о-о? – удивился Ник. – Чему это Шарлотта должна научить Гвенни?

– О, – сказала тётя Гленда, и щёки её порозовели от удовольствия. – За такое короткое время проработать весь материал, который Шарлотта изучала годами, у Гвендолин всё равно не получится, и надеяться на это было бы совершенно бессмысленно. Я уже молчу о... ну... несправедливом распределении природных способностей. Но необходимо хотя бы попытаться передать все возможные сведения. Мне доложили, что у Гвендолин, к сожалению, не очень богатый запас общих знаний и хороших манер, присущих той эпохе.

Что за дикость! Это кто ей такое сказал?

– Да, хорошие манеры просто необходимы, когда сидишь один-одинёшенек в закрытом подвале, – сказала я. – А то какая-нибудь сороконожка случайно увидит, как я невоспитанно ковыряюсь в носу.

Кэролайн тихонько захихикала.

– О нет, Гвенни, не хотелось бы тебя разочаровывать, но теперь тебе придётся приложить немного больше усилий, – Шарлотта выразительно посмотрела в мою сторону. Наверное, этот взгляд должен был демонстрировать сочувствие, но на самом деле он скорее был полон злорадства и язвительности.

– Твоя кузина права, – сказала леди Ариста. Я всегда немного побаивалась её пронизывающего взгляда, а в последнее время меня начинало знобить, стоило ей лишь повернуть голову в мою сторону. – Согласно указаниям сверху, тебе придётся теперь много времени проводить в восемнадцатом веке, – сказала она.

– Среди людей, – дополнила Шарлотта, – которые могут удивиться, если ты не будешь знать, какой монарх сейчас у власти. Или, к примеру, что такое «ридикюль».

Что-что?

– А что такое этот ридикюль? – спросила Кэролайн.

Шарлотта растянула губы в ангельской улыбке:

– Спроси об этом свою сестричку.

Я раздосадовано уставилась на неё. Ну почему Шарлотта так любит выставлять меня полной дурочкой? Тётя Гленда тихо рассмеялась.

– Это чё-то вроде маленькой сумки, набитой всяким хламом, – сказал Химериус, – и носовыми платками. И пузырьками с ароматической солью.

Ага!

– Ридикюль – это устаревшее название маленькой сумочки, Кэролайн, – сказала я, даже не поглядев на Шарлотту.

Та удивленно заморгала, но всё равно продолжала улыбаться.

– Согласно указаниям сверху? Что всё это значит? – моя мама обернулась к леди Аристе. – Я думала, мы договорились, что Гвендолин не будут вмешивать в суть дела, она просто будет являться на элапсацию, и посылать её будут только в безопасное время. Как они могут подвергать её такой опасности?

– Это не твоё дело, Грейс, – сухо сказала леди Ариста. – Ты и так уже доставила нам немало беспокойства.

Моя мама прикусила губу. Она бросила гневный взгляд на меня и леди Аристу, а затем, отодвинув стул, резко встала.

– Мне пора на работу, – сказала мама. Она крепко поцеловала Ника в макушку и кивнула нам с Кэролайн.

– Удачи в школе, Кэролайн. Не забудь шарф на урок труда. Увидимся вечером.

– Бедная мамочка, – прошептала Кэролайн, когда мама вышла из столовой, – вчера вечером я видела, как она плачет. Кажется, ей не по душе, что у тебя обнаружился этот ген.

– Да, – сказала я. – У меня тоже такое впечатление.

– И не ей одной это не нравится, – сказал Ник и многозначительно посмотрел на Шарлотту и тётю Гленду, которая всё ещё продолжала улыбаться.

Никогда ещё в школе меня не встречали с таким любопытством. А всё потому, что вчера многие из моих одноклассников видели, как после уроков за мной приехал чёрный лимузин.

– Делайте ставки, делайте ставки, – вопил Гордон Гельдерман. – Вариант номер один: малохольный тип, похожий на гея, – это продюсер какого-то телешоу, Шарлотта и Гвендолин хотели сниматься в его программе, и Гвендолин прошла кастинг. Вариант номер два: этот тип – ваш кузен, он гей и он работает водителем лимузина. Вариант номер три…

– Гордон, заткнись, – прошипела Шарлотта. Она откинула волосы со лба и с достоинством уселась на своё место.

– Может, ты объяснишь нам, почему вчера любезничала с этим типом ты, а в конце концов в лимузин с ним села Гвендолин? – залебезила Синтия Дейл. – Лесли пыталась убедить нас, что он просто её репетитор!

– Ага, репетиторы только на лимузинах и разъезжают и всегда держатся за ручку с нашей Снежной Королевой! – сказал Гордон и злобно посмотрел на Лесли. – Совершенно ясно, что кое-кто просто хочет уйти от ответа, причём совершенно бездарно.

Лесли пожала плечами и улыбнулась мне.

– Ничего лучшего я впопыхах не придумала, – она плюхнулась на свой стул.

Я огляделась в поисках Химериуса. Последний раз он весело махал мне со школьной крыши. Конечно, я строго-настрого приказала ему держаться подальше, когда я в школе, но что-то мне не верилось, что он последует моим указаниям.

– Вся загвоздка в этом зелёном всаднике, – тихо сказала Лесли. В отличие от меня она сегодня ночью почти не спала, а до утра просидела в Интернете.

– «Зелёный всадник» – так называется маленькая фигурка из нефрита времён династии Мин, но она хранится в Пекинском музее. Есть ещё памятник зелёному всаднику на центральной площади немецкого городка Клоппенбурга, и две книги с таким названием: роман, опубликованный в 1926 году, и детская сказка, но она вышла уже после смерти твоего дедушки. Это пока всё.

– Может, речь идёт о картине? – сказала я. В фильмах тайны всегда скрывались за картинами или в картинах.

– Нет такой картины, – сказала Лесли. – Вот если бы это был синий всадник – тогда совсем другое дело... Ещё я несколько раз пропустила зелёного всадника через генератор анаграмм. Но результат не ахти – вряд ли лезёный савындк тебе о чём-то говорит. Парочку более-менее удачных вариантов я распечатала, вдруг они натолкнут тебя на какие-нибудь мысли.

Она передала мне листок бумаги.

– *Веленый даксниз,* – прочитала я. – *Кидал не звесный.* Гм-гм-гм... дай подумать...

Лесли хихикнула:

– А это моя любимая анаграммка: *зад не выл ни кейс.* Упс, а вот и господин Бельчонок!

Она имела в виду мистера Уитмена, который, как всегда размашисто, переступил порог класса. Такое прозвище он получил от нас из-за своих больших карих глаз. Тогда, несколько лет назад, нам и в голову не могло прийти, кто же он на самом деле.

– Мне всё кажется, он вот-вот влепит нам двойки по поведению за вчерашнее, – сказала я, но Лесли отрицательно покачала головой.

– Не выйдет, – коротко ответила она. – Или директор Гиллс узнает, что наш учитель английского состоит в одной очень-очень тайной организации. А именно этим я собираюсь ему пригрозить, если он нас тронет, – ай, он, кажется, идёт сюда. И смотрит опять так... высокомерно!

Мистер Уитмен действительно шёл прямо к нашей парте. Он положил перед Лесли толстую папку, которую вчера конфисковал у нас в девчачьем туалете.

– Мне показалось, что тебе бы очень хотелось вернуть эти чрезвычайно любопытные записи, – язвительно сказал он.

– Да, спасибо, – ответила Лесли, немного покраснев.

Любопытными записями мистер Уитмен обозвал огромное исследование, которое мы (в основном, Лесли) проделали на тему путешествий во времени, там говорилось и о хранителях, и о графе Сен-Жермене. На странице 34, сразу же под определениями понятия «телекинез» была приписка, которая касалась и самого мистера Уитмена.

Бельчонок – член ложи? Кольцо. Значение? Оставалось только надеяться, что мистер Уитмен не принял эту фразу на свой счёт.

– Лесли, мне не хочется этого говорить, но позволь дать тебе один совет: направляй свою энергию в более мирное русло, например, на некоторые школьные предметы, – мистер Уитмен криво улыбнулся, но в его голосе звучало нечто большее, чем просто издевка. Он понизил голос: – Не всё, что вызывает любопытство, оказывает благотворное влияние.

Это что, угроза? Лесли безмолвно взяла папку и засунула её в рюкзак.

Все наши одноклассники с интересом наблюдали за происходящим. Наверное, они гадали, о чём это мистер Уитмен так долго с нами разговаривает. Шарлотта сидела достаточно близко, чтобы расслышать его слова. Она пронзила меня злорадным взглядом.

Мистер Уитмен тем временем наклонился ко мне:

– А тебе, Гвендолин, следует усвоить, что от тебя ожидают и даже требуют одного важного качества: сдержанности в словах и поступках, – на этом месте Шарлотта согласно кивнула. – Мне очень жаль, что ты показала себя с такой… недостойной стороны.

Какая несправедливость! Я решила последовать примеру Лесли, и несколько секунд мы с мистером Уитменом молча взирали друг на друга. Затем его улыбка растянулась ещё шире, и вдруг мистер Уитмен похлопал меня по щеке: – Но не падай духом! Я уверен, что ты способна ещё многому научиться, – сказал он, отходя от нашей парты.

– Так, Гордон, как обстоят дела у тебя? Сочинение снова полностью списано из Интернета?

– Вы же сами говорили, что мы можем пользоваться любыми источниками, – защищался Гордон. В этом предложении он умудрился взять как минимум две октавы.

– Что от вас хотел мистер Уитмен? – Синтия Дейл обернулась к нам. – Что ещё за папка? И почему он тебя *погладил*, Гвендолин?

– Только не надо устраивать тут сцену ревности, – сказала Лесли. – Он любит нас точно так же, как и тебя.

– Ах, – сказала Синтия, – какая ревность, вы о чём? Ну почему, почему? Почему все считают, что я втюрилась в этого мужчину?

– Может, потому что ты его самая рьяная фанатка? – предположила я.

– Или потому что ты двадцать раз написала на бумажке *Синтия Уитмен*, только чтобы посмотреть, как это будет выглядеть, – сказала Лесли.

– Или потому...

– Ну хватит вам, – процедила сквозь зубы Синтия. – Это было только один раз и довольно давно.

– Это было позавчера, – сказала Лесли.

– С тех пор я стала гораздо взрослее и рассудительнее, – Синтия вздохнула и огляделась.

– Во всём виноваты только эти *малявки*. Если бы в нашем классе были нормальные мальчишки, никто бы не заглядывался на учителей. Это я вам точно говорю. Так что у тебя с тем типом, который вчера заезжал за тобой на лимузине, Гвенни? Между вами действительно что-то есть?

Шарлотта нарочито громко засопела и снова привлекла к себе внимание Синтии.

– Ну, давай же, не томи, рассказывай, кто-то из вас встречается с этим вчерашним парнем?

Тем временем мистер Уитмен подошёл к доске и объявил:

– Тема нашего сегодняшнего урока – «Уильям Шекспир и его сонеты».

Никогда ещё я так не радовалась началу урока. Лучше пускай все говорят о Шекспире, чем о Гидеоне! Перешёптывание стихло, вместо него отовсюду послышались скучающие вздохи и шелест страниц. Но я всё-таки успела услышать, как Шарлотта сказала:

– Ну уж точно не Гвенни.

Лесли посмотрела на меня, взгляд её был полон сочувствия.

– Она ведь не в курсе, – прошептала моя подружка. – Бедняжка Шарлотта, её можно только пожалеть.

– Да, – прошептала я в ответ, но на самом деле, единственным человеком, которого я жалела, была я сама. Вечер в компании Шарлотты обещал быть незабываемым.

На этот раз лимузин остановился не прямо перед воротами школы, а немного вдалеке, за поворотом. Из машины нервно выскочил рыжий мистер Марли. Когда он заметил нас с Шарлоттой, то разнервничался ещё больше.

– Ах, это вы, – нарочито нелюбезно сказала Шарлотта и мистер Марли покраснел. Через открытую дверцу Шарлотта заглянула в лимузин. Внутри никого не было кроме водителя и… Химериуса. Шарлотта, кажется, очень разочаровалась, и это снова больно кольнуло меня в самое сердце.

– Соскучилась по мне, признавайся? – Химериус с довольной миной устроился на сидении, зашумел мотор, и мы тронулись в путь. Мистер Марли занял место рядом с водителем, а возле меня села Шарлотта. Она молча отвернулась к окошку.

– Вот и хорошо, – сказал Химериус, не дожидаясь моего ответа. – Надеюсь, ты понимаешь, что у меня полно других хлопот и я не могу всё время за тобой приглядывать.

Я нахмурилась, а Химериус захихикал.

Это правда, я действительно по нему соскучилась. Уроки тянулись бесконечно долго. Пока миссис Каунтер скучнейшим голосом вещала о полезных ископаемых Балтики, я думала о Химериусе и его смешных словечках.

К тому же, мне бы очень хотелось познакомить его с Лесли, или хотя бы попытаться это сделать. Только что я попробовала нарисовать для неё портрет Химериуса, и Лесли пришла в полнейший восторг, хотя бедному маленькому демону моё произведение вряд ли понравилось бы. («А это что за прищепки?» – спросила Лесли, указывая на рога, которые я старательно вырисовывала.)

– Наконец-то у тебя появился невидимый друг, который может хоть как-то пригодиться! – восхищённо сказала она. – Только подумай, это тебе не Джеймс, который только и знает, что бурчать и жаловаться на неподобающее поведение. Химериус может стать твоим личным шпионом, он будет докладывать, что происходит за закрытыми дверями.

Я бы до такого не додумалась.

Но ведь действительно, сегодня утром, когда Шарлотта решила подколоть меня с этим, как его там, рити... риви... ну, в общем, с этим устаревшим названием сумочки, Химериус меня очень выручил.

– Химериус станет твоим тайным оружием, – сказала Лесли, – в отличие от неумехи Джеймса, он способен на многое.

К сожалению, насчёт Джеймса Лесли была совершенно права. Джеймс был... э-м-м... кем же он был-то? Если бы он гремел цепями и раскачивал люстры, он бы по праву мог считаться настоящим школьным привидением.

Джеймсу Августу Перегрину Пимпельботтому было около двадцати лет, он был симпатичным юношей в белом напудренном парике и в сюртуке с цветочками. А ещё он уже двести двадцать девять лет как умер. Когда-то наша школа была домом его родителей, и, как и большинство привидений, Джеймс никак не мог поверить в то, что он уже мёртв. Столетия скитаний в обличье призрака казались ему сплошным неприятным сном, от которого он всё ещё надеялся однажды проснуться. Лесли считала, что Джеймс просто прозевал свою дорогу в вечность с ярким светом в конце туннеля.

– Джеймс вовсе не такой уж и неумеха, – возразила я.

Вчера я решила, что он мог бы принести мне немалую пользу, ведь он родился в восемнадцатом веке, а значит, умел фехтовать и вести себя согласно правилам того времени. Как бы я хотела, чтобы Джеймс научил меня обращаться со шпагой так же искусно, как это делал Гидеон. Но, увы, из этой затеи ничего путного не вышло.

Во время нашего первого (и, кажется, последнего) урока фехтования, который мы решили устроить во время большой перемены в пустой аудитории, Лесли чуть не лопнула со смеху. Она ведь не могла видеть точные и красивые движения Джеймса и слышать его приказы: «Только отбивайте удары, мисс Гвендолин! Третья позиция! А теперь первая! Третья! Четвёртая!» Она видела только одно: как я растерянно размахиваю указкой миссис Каунтер. Моего противника можно было пронзить так же легко, как воздух.

Никакой пользы.

Смех один.

Вдоволь нахохотавшись, Лесли предложила Джеймсу сменить тему урока. Как ни странно, Джеймс был с ней полностью согласен.

– Фехтование, как и любой другой вид единоборства – это удел мужчины, – так сказал он. По его мнению, из всех колющих предметов женщина способна управляться только с одним – с иголкой.

– Мир стал бы гораздо лучше, если бы мужчины придерживались правил, – сказала Лесли. – Но пока они не могут этому научиться, женщинам нужно быть готовыми ко всему, – тут Лесли вытянула из рюкзака настоящий нож, длиной сантиметров двадцать, ни меньше, Джеймс при этом чуть в обморок не свалился от ужаса. – Вот, возьми, так ты будешь во всеоружии, если на тебя нападёт ещё какой-нибудь идиот из прошлого.

– Это похоже на...

– Японский кухонный нож. Овощи и сырую рыбу разрезает одним движением.

Я вздрогнула.

– Исключительно на крайний случай, – добавила Лесли. – Только чтобы ты чувствовала себя увереннее. Это единственное оружие, которое мне удалось достать в такой спешке и без специального разрешения.

Сейчас этот нож лежал в футляре для очков, который Лесли позаимствовала у своей мамы. В последний момент Лесли засунула мне в рюкзак ещё моточек скотча, уверяя, что он ещё сослужит мне добрую службу.

Водитель резко развернулся, Химериус не успел уцепиться лапками за кожаное сидение и съехал в сторону, прямо на Шарлотту. Он поспешно взобрался обратно на своё место.

– Прямо колонна какая-то, – буркнул он в сторону Шарлотты, покосившись на неё исподлобья. Химериус отряхнулся и расправил крылья.

– Так чё, нам целый день с ней таскаться?

– Увы, да, – сказала я.

– «Увы» – что? – спросила Шарлотта.

– Жалею, что опять не попала на обед, – сказала я.

– Сама виновата, – упрекнула меня Шарлотта. – Но вообще-то, тебе не помешает избавиться от парочки лишних килограммов. Тебе ведь придётся надевать то платье, которое мадам Россини пошила для меня, – она крепко сжала губы, и во мне шевельнулось что-то вроде сочувствия. Она ведь, наверное, искренне радовалась тому, что будет носить этот пышный наряд, который придумала мадам Россини. А потом появилась я и всё испортила.

Не специально, конечно, но тем не менее.

– Платье, которое я надевала на встречу с графом Сен-Жерменом, висит дома в шкафу, – сказала я. – Если хочешь, можешь его надеть, когда Синтия в следующий раз устроит костюмированную вечеринку. Все обалдеют, вот увидишь.

– Платье тебе не принадлежит, – сухо возразила Шарлотта, – это собственность хранителей, и ты ею распоряжаться не в праве. Дома в твоём шкафу ему делать совершенно нечего.

Она снова отвернулась к окошку.

– Бе-бе-бе, злюка какая, – сказал Химериус.

Полюбить Шарлотту действительно было непросто, она всегда была такой колючей. Но именно сейчас от этой холодности с её стороны мне стало отчего-то невероятно тяжело на душе. Я попыталась исправить ситуацию:

– Шарлотта…

– Мы скоро будем на месте, – перебила она. – Так хочется увидеть кого-нибудь из Внутреннего Круга, – от её угрюмого настроения не осталось и следа. – Ну, то есть, кроме тех, кого мы уже знаем. Это же так интересно. В эти дни в Темпл съедутся настоящие легенды. Известные политики, лауреаты Нобелевской премии, широко известные учёные – все они соберутся в этих стенах, втайне от всего мира. Приедет Коппе Йотланд, ох, и Джонатан Ривес-Хевиленд… Вот бы подойти к нему и пожать руку.

Кажется, Шарлотта действительно была в полнейшем восторге.

Я же не имела ни малейшего представления, о чём она говорит.

Я вопросительно посмотрела на Химериуса, но тот только пожал плечами.

– Прости, о таких чуваках не слышал, – сказал он.

– Ну, всё на свете знать невозможно, – ответила я и понимающе улыбнулась.

Шарлотта вздохнула:

– Так-то оно так, но пролистать какое-нибудь серьёзное новостное издание нам с тобой не повредит. Надо быть в курсе последних политических событий. Ну конечно, для этого придётся заставить мозг немного поработать… хотя у некоторых это вряд ли получится.

Я же говорю – любить такую, как Шарлотта, ой как непросто.

Марли галантно распахнул перед нами дверцу. С шарлоттиной стороны, кстати.

– Мистер Джордано ожидает вас в старой трапезной, – сказал мистер Марли. Мне показалось, он еле сдержался, чтобы не поклониться. – Мне поручено вас сопроводить.

– Я знаю, как туда пройти, – сказала Шарлотта.- Вылезай скорее!

– Интересно, почему всем так нравится тобою помыкать? – сказал Химериус. – Мне пойти с вами?

– Да, пожалуйста, – сказала я. Мы, тем временем, юркнули в одну из узких улочек Темпла. – Когда ты рядом, я чувствую себя увереннее.

– Купишь мне собаку?

– Нет!

– Но ты же меня полюбила, правда ведь? По-моему, мне стоит почаще исчезать!

– Или придумать, как ты можешь приносить пользу, – сказала я и подумала о том, что предложила Лесли. Химериус может стать твоим тайным оружием. А она права. Не часто встретишь друга, который умеет проходить сквозь стены.

– Ты чего там копаешься? – крикнула Шарлотта. – Они с мистером Марли успели уйти на несколько метров вперёд. Я вдруг заметила, насколько они друг на друга похожи.

– Бегу-бегу, – пробормотала я.

Встретим время так,
как оно встречает нас.

(Уильям Шекспир,
«Цимбелин»)

Глава пятая

Скажу сразу, урок с Шарлоттой и мистером Джордано оказался в сто раз ужаснее, чем я ожидала. А всё потому, что моя кузина и мистер Джордано старались научить меня всему и сразу. Мало того, что я изо всех сил старалась запомнить мелкие шажки менуэта, хотя ноги мои при этом страшно заплетались (на мне был кринолин в красную полоску, который в сочетании со школьной блузкой цвета картофельного пюре смотрелся просто чудовищно). В то же время мне растолковывали разницу между политическими воззрениями тори и вигов[9], показывали, как правильно держать веер, и объясняли, к кому надо обращаться «Ваша Светлость», к кому «Ваше Сиятельство», а к кому – «Ваше Высочество». Через час вместо того, чтобы научиться открывать веер семнадцатью разными способами, я заработала жуткую головную боль, и перестала понимать, где у меня правая рука, а где – левая.

Тогда я решила перевести всё в шутку:

– Может, прервёмся ненадолго, а то я набралась уже такой светлости…

Но никто даже не улыбнулся.

– Это не смешно, – прогнусавил Джордано, – ты глупая девчонка.

9 Противоборствующие политические партии в Великобритании.

Старая трапезная представляла собой огромное помещение на первом этаже. Здесь были высокие окна, выходившие во внутренний дворик. Мебели не было почти никакой, лишь пара стульев у стены и рояль в дальнем углу. Химериус взобрался на люстру и, аккуратно сложив крылышки, свесился оттуда вниз головой.

Мистер Джордано представился так:

– Джордано, просто Джордано. Кандидат исторических наук, известный кутюрье, мастер японских духовных практик, дизайнер украшений, знаменитый хореограф, адепт третьего уровня, специалист в области XVIII и XIX веков.

– Жуть, – сказал Химериус, – кое-кого, кажется, в детстве слишком часто подбрасывали. И однажды не успели поймать.

В ответ я могла только промолчать в знак согласия. Мистер Джордано, ой, то есть, *просто* Джордано, напоминал мне какого-то сумасшедшего ведущего в телемагазине. Он гнусавил так, будто нос его был зажат большой прищепкой. Говорил он быстро и взахлёб, поэтому казалось, что под столом за лодыжку его постоянно покусывает маленькая собачка. Он был похож на продавца тёрок и сковородок с одного канала. Мне всё казалось, что Джордано вот-вот расплывётся в улыбке и скажет: «А сейчас, дорогие телезрители, давайте посмотрим на следующую модель – это домашний фонтанчик высочайшего качества, маленький оазис счастья, всего за двадцать девять фунтов, звоните прямо сейчас, я сам приобрёл себе несколько таких...»

Вместо этого он (так и не улыбнувшись) развернулся к нам и сказал:

– Шарлотточка, зайка, приветики-приветики, – он чмокнул воздух сначала возле правого шарлоттиного уха, а потом возле левого. – Слышал-слышал, что произошло, и знаешь, это просто кош-мар-но! Столько лет упорных тренировок и такой талант – коту под хвост! Ай-ай, просто ужас, какой скандал, так несправедливо… Это она, да? Твоя *замена*? – изучающим взглядом он окинул меня с головы до пят, поджав при этом пухлые губы.

Я не могла сдержаться и уставилась на него в ответ. У мистера Джордано была очень своеобразная причёска, напоминающая атомный взрыв. Она крепко держалась на голове с помощью невероятного количества геля и лака. Нижнюю часть его лица, будто реки на карте местности, пронизывали маленькие чёрные бороздки. Брови его были тонко выщипаны и подведены чем-то вроде чёрного карандаша. Кажется (но тут я могла и ошибиться) он, вдобавок ко всему, напудрил нос.

– Вот *это* через два дня должно органично смотреться на суаре в 1782-ом? – сказал он?

«Этим» он обозвал меня. «Суарой» – что-то другое. Интересно, что.

– Ой-ой, кажется, этот губошлёп тебя неслабо обидел, – сказал Химериус. – Если ты подыскиваешь ругательство посмачнее, чтобы как следует его достать, можешь на меня рассчитывать, помогу, чем смогу.

По-моему, «губошлёп» вполне сойдёт для начала.

– «Суаре» – это французское слово, обозначает что-то вроде вечерней сходки. Все собираются вместе после ужина, играют друг дружке всякую всячину на пианино и пытаются не уснуть. Скукота. Ну, это я так, вдруг ты не в курсе.

– О, спасибо, – сказала я.

– Всё ещё не верится, что они решились на такой риск, – сказала Шарлотта и повесила пальто на спинку стула. – Выпустить Гвендолин на люди – значит свести на нет всю многовековую конспирацию. На неё только глянешь, и сразу закрадывается подозрение, что тут что-то не так.

– Ты просто мысли читаешь! – выкрикнул губошлёп. – Но граф всегда отличался резкой сменой настроений. Тут и кроется её легенда. Прямо волосы дыбом становятся, вот прочти.

Моя… что? Последний раз я имела дело с легендами, когда ещё читала сказки. Или когда рассматривала карты на уроке географии.

Шарлотта подошла к роялю, взяла с него папку и пролистала несколько страниц.

– Она представится подопечной виконта Баттона? А Гидеон – его сыном? Какой риск! Ведь на вечере может присутствовать какой-нибудь человек, знакомый с виконтом и его семьёй. Почему они не остановились на французском дворянине в изгнании?

Джордано вздохнул:

– Дело даже не в скудных знаниях французского. Наверное, граф просто решил устроить проверку, сумеем ли мы превратить эту девчонку в даму из восемнадцатого века. Мы *обречены*! – он заломил руки.

– А мне кажется, если у Киры Найтли это получилось, то и у меня тоже выйдет, – уверенно сказала я.

Кира Найтли, по-моему, самая современная девушка на планете, а в исторических фильмах она выглядит так естественно, даже если ей приходится играть в самых уродливых париках.

– Кира Найтли? – чёрные брови подпрыгнули чуть ли не до его роскошной причёски. – Может, для кино этого достаточно, но в восемнадцатом веке она не продержалась бы и десяти минут, её бы вычислили тут же. Когда она улыбается, то показывает зубы, когда смеётся – закидывает голову назад и широко открывает рот. Ни одна женщина в восемнадцатом веке такого бы себе не позволила!

– Вы же не можете знать наверняка, – сказала я.

– Что-о-о?

– Я говорю, вы же не можете…

Глаза губошлёпа гневно сверкнули.

– Кажется, нам пора установить первое правило. Оно звучит так: то, что говорит Мастер, не подлежит обсуждению и принимается безоговорочно.

– А Мастер – это кто? О, понимаю… это вы… – сказала я и немножко покраснела. Химериус зашёлся от хохота.

– Ага, значит, когда смеюсь – не показывать зубы, запомнила, – это, наверное, получится.

Не думаю, что во время этого званого ужина в восемнадцатом веке у меня будет повод посмеяться.

Брови мастера губошлёпа вернулись на место, трагически вздохнув, он начал занятие. Он-то не слышал, как Химериус пробурчал с потолка:

– Вот это у чувака заскоки!

Мистер Джордано попытался выяснить, что мне известно о политической ситуации, литературе, нравах и обычаях 1782 года. Мой ответ («Я знаю, что в то время ничего не было, например, нормальных туалетов и права голоса у женщин») заставил его на несколько секунд замереть, при этом мистер Джордано закрыл лицо руками.

– Сейчас умру от смеха, – закудахтал Химериус. И – о ужас – он заразил своим смешливым настроением и меня. Я еле сдержалась, чтобы не расхохотаться.

Шарлотта нежно сказала:

– О Джордано, я думала, они объяснили тебе, что она *совершенно* не подготовлена.

– Но я… хотя бы элементарные знания…

Мастер в возмущении убрал руки от лица. Я не решалась взглянуть в его сторону. Если вся его краска сейчас размазалась по лицу, я не виновата.

– Музыкальные способности есть? Поёшь? Играешь на пианино? На арфе? А как у тебя с бальными танцами? Ну, простому менуэту а дё, в паре, я тебя научу, а вот как у тебя с другими танцами?

Арфа? Менуэт а дё? Ну конечно! Каждый вечер упражняюсь! Тут я не смогла больше сдержаться и беззвучно захихикала.

– Как прекрасно, что хоть кому-то из нас весело, – растерянно сказал губошлёп. Наверное, именно в этот момент он решил для себя, что будет муштровать меня до той поры, пока не выбьет всю смешливость до последней капли.

Вообще-то, это случилось довольно скоро.

Уже через пятнадцать минут, несмотря на все старания Химериуса, я почувствовала себя последней тупицей и предателем.

– Давай, Гвендолин, покажи этим двум садистам, что ты уже всё умеешь!

Как бы мне этого хотелось! Но я, к сожалению, умела далеко не всё.

– Тур де мен[10], левая рука, ты, глупая девчонка. Левая рука, но идёшь вправо. Корнуоллис[11] побеждён, и в марте 1782-го лорд Норт[12] пошёл на попятную. Это привело к тому, что... Поворот вправо – нет, вправо! Какой кошмар! Шарлотта, будь добра, покажи ей ещё раз!

И Шарлотта показывала. Нужно отдать ей должное, танцевала Шарлотта восхитительно, казалось, это ей ни капельки не сложно.

Идёшь сюда, потом туда, потом вокруг, при этом постоянно улыбаешься, но зубы не показываешь. Где-то в стенах были вмонтированы колонки, из них лилась странная музыка, честно говоря, это была не такая мелодия, от которой ноги сами пускаются в пляс.

Наверное, я бы запомнила движения немного лучше, если бы губошлёп не бубнил мне на ухо.

---

10 Поворот вокруг руки *(франц.)*.

11 Уильям Корнуоллис (1744-1819) – британский адмирал.

12 Фредерик Норт (1732-1792) – премьер-министр Великобритании, во время правления которого страна потеряла свои колонии.

– Итак, в 1799-ом, то есть, после войны с Испанией… а сейчас вращение, пожалуйста, четвёртого танцующегося придётся просто вообразить, и реверанс, именно так, немного изящнее, пожалуйста. Ещё разок вперёд, улыбаемся, не забываем, голову прямо, подбородок вверх… и только Северная Америка потерпела поражение, о нет, направо, рука на уровне груди, резкий шаг в другую сторону, не разговаривать во время танца, ты же француженка, это непатриотично… Не смотри ты на свои ноги! Их всё равно не видно под этими юбками.

Шарлотта ограничилась странными вопросами («Кто правил в 1782-ом в Бурунди?»). Она постоянно покачивала головой, и от этого мне становилось ещё более не по себе.

Через час Химериусу стало откровенно скучно с нами. Он слетел с люстры, махнул мне на прощанье лапкой и вышел сквозь стену. Мне бы очень хотелось, чтобы он разузнал, чем там занимается Гидеон, но необходимость в этом отпала сама собой, потому что через четверть часа в наш танцевальный класс зашли мистер Джордж и Гидеон.

Они ещё успели насладиться этим чудным зрелищем, когда Шарлотта, губошлёп, я и четвёртый воображаемый танцор отплясывали фигуру, которую губошлёп назвал «лё шэн»[13], и я должна была подать невидимке руку.

Увы, я опять ошиблась.

– Правая рука, правое плечо, левая рука, левое плечо! – рассерженно выкрикнул губошлёп. – Неужели это так сложно? Посмотри на Шарлотту, у неё получается замечательно!

Замечательная Шарлотта танцевала себе дальше, хотя давно заметила, что за нами наблюдают. А я пристыженно остановилась – как бы мне хотелось в тот момент провалиться сквозь землю.

---

13 Le chain – цепочка *(франц.)*.

– О, – сказала Шарлотта, всем своим видом показывая, что только-только заметила Гидеона и мистера Джорджа. Она присела в грациозном реверансе, который, как я теперь знала, был чем-то вроде поклона, его исполняли в начале и в конце менуэта, а иногда и во время танца. По идее, Шарлотта должна была при этом выглядеть просто отвратительно, ведь вдобавок ко всему, она до сих пор была одета в школьную форму. Но вид у неё был почему-то очень… милый.

Мне сразу же стало ещё хуже. Во-первых, из-за полосатого красно-белого кринолина в сочетании со школьной блузкой (во всём этом я была похожа на несуразный шлагбаум), а во-вторых, из-за того, что губошлёп, не теряя ни секунды, тут же стал на меня жаловаться.

– …Не знает, где лево, где право… грузная и неповоротливая… туго соображает… невозможно осуществить… тупица… рождённый ползать летать не может… она не сможет… сразу же вызовет подозрения… ну посмотрите сами!

Последние несколько минут мистер Джордж и Гидеон только этим и занимались. Я чувствовала, что начинаю злиться. Ну всё, с меня довольно! Я резко расстегнула юбку и скинула её вместе с проволочным каркасом, который губошлёп обернул вокруг моих бёдер. При этом я шипела:

– Не понимаю, почему это я должна в восемнадцатом веке разговаривать о политике, я ведь и сегодня этого не делаю. Ни малейшего понятия ни о чём таком не имею! Ну и что с того?! Если какой-то маркиз спросит меня про всякую заумь, я просто отвечу, что ни бум-бум в политике, и дело с концом! А если кто-то обязательно захочет потанцевать со мной менуэт – что абсолютно исключено, потому что я там в восемнадцатом веке никогошеньки не знаю, – я очень вежливо скажу что-то вроде «нет, спасибо, я вывихнула ногу», и дело с концом. Думаю, без проблем получится, и зубы при этом показывать не придётся.

– Видите, о чём я? – спросил губошлёп и снова скрестил руки на груди. Наверное, это у него привычка такая. – Никакой усидчивости, зато жутчайшее невежество и бездарность во всех областях. А при упоминании о лорде Сэндвиче вдруг смеётся, как малое дитя.

О да, лорд Сэндвич. Страшно подумать, что парня действительно так зовут.

– Мне кажется, она обязательно... – начал мистер Джордж, но губошлёп его перебил.

– В отличие от Шарлотты у этой особы нет ни малейшего *эсплиеглери*[14]!

Ах! Не знаю, что это за штука, но если она есть у Шарлотты, то мне такого и даром не надо.

Шарлотта выключила музыку и села к роялю, заговорщицки улыбаясь Гидеону.

Он улыбался в ответ.

Меня он удостоил всего одним взглядом, и взгляд этот был не самым радушным. Наверное, ему было противно находиться в одном помещении с такой предательницей, как я. К тому же, он сам, очевидно, казался себе такой непревзойдённой величиной в этих дурацких потёртых джинсах и чёрной футболке. Я почему-то разозлилась ещё больше, почти заскрежетала зубами от ярости.

Мистер Джордж озабоченно переводил взгляд с меня на губошлёпа, а потом снова на меня. Затем он нахмурил лоб и сказал:

– У вас всё получится, Джордано. К тому же, у вас такая осведомлённая помощница – Шарлотта. И время пока что терпит, пара дней у нас ещё есть.

– Да хоть бы и недели! Времени всё равно не хватит, чтобы подготовить её к большому балу, – сказал губош-

14 Шалость, кокетство *(франц.)*.

лёп. – Суаре – ещё куда ни шло, в узком кругу и при большом везении, но бал, где, возможно, будут присутствовать герцог и герцогиня – нет, это полностью исключено. Осмелюсь предположить, что граф изволит шутить.

Взгляд мистера Джорджа стал холодным и беспристрастным.

– Вовсе нет, – сказал он. – Это никак не входит в вашу компетенцию: подвергать сомнениям решения графа. Гвендолин постарается, и у неё всё получится, правда, Гвендолин?

Я ничего не ответила. Слишком уж пострадала за последние два часа моя самооценка. Если от меня требуется только вести себя тихо и не причинять неудобств – думаю, с этим я справлюсь. Буду стоять себе смирно в уголке и изредка помахивать веером. Или не помахивать, а то ведь кто знает, что это может означать. Просто буду стоять и улыбаться, не показывая при этом зубы. Тогда мне никто не помешает, никто не спросит меня ни про какого маркиза фон Стаффорда, или – ужас-ужас – не пригласит на танец.

Шарлотта начала тихонько постукивать пальцами по клавишам рояля.

Она наиграла очень милую маленькую песенку в стиле той музыки, под которую мы прежде танцевали. Гидеон подошёл к роялю, Шарлотта подняла на него взгляд и сказала что-то, чего я не расслышала, потому что губошлёп как раз в эту секунду очень громко вздохнул.

– Мы попытались научить её основным фигурам менуэта, но это не возымело действия. Боюсь, придётся прибегнуть к более изощрённым способам обучения.

В это время я невольно восхитилась Шарлоттой: ей удавалось одновременно разговаривать, смотреть в глаза Гидеона, демонстрировать свои милые ямочки на щеках и при этом продолжать играть.

А губошлёп всё негодовал:

– …Может, если бы я чертил схемы и наносил шаги на пол мелом, это бы немного помогло. Но для этого нам нужно…

– Вы сможете продолжить урок уже завтра, – прервал его мистер Джордж. – А сейчас Гвендолин пора на элапсацию. Гвендолин, ты идёшь?

Я облегчённо вздохнула и схватила свои вещи: пальто и рюкзак. Свобода! Немного страшновато, но я уже начинала входить во вкус. Если всё пойдёт по плану, и меня отправят в какой-нибудь день после моей встречи с дедушкой, тогда я смогу отыскать в нашем тайнике пароль и ключ.

– Позволь мне, – сказал мистер Джордж. Он взял из моих рук рюкзак и ободряюще улыбнулся. – Ещё четыре часа, а потом ты поедешь домой. Сегодня ты выглядишь гораздо бодрее, чем вчера. Мы выберем для тебя годик поспокойнее, как тебе, например, 1953-й? Гидеон говорит, что в алхим… в подвале вполне уютно. Кажется, там даже диванчик имеется.

– 1953-й? Отлично! – сказала я, стараясь не очень показывать свою радость. Через пять лет после встречи с Лукасом! Возможно, он успел кое-что устроить за это время.

– Ах да, Шарлотта, миссис Дженкинс вызвала тебе такси. Сегодня ты свободна.

Шарлотта перестала играть.

– Да, мистер Джордж, – учтиво сказала она, а затем мило наклонила головку и улыбнулась Гидеону. – Ты тоже сегодня свободен?

Что это ещё за вопросики? Они что, в кино вместе собрались? Я напряжённо ждала ответа.

Но Гидеон отрицательно покачал головой.

– Нет, я должен сопровождать Гвендолин.

Мы с Шарлоттой, кажется, были одинаково разочарованы.

– Не должен, – сказал мистер Джордж. – На сегодня ты проэлапсировал более чем достаточно.

– И ты выглядишь уставшим, – сказала Шарлотта. – Что не удивительно. Мне кажется, тебе стоит хорошенько выспаться.

Редко я могла согласиться с Шарлоттой, но сейчас мы с ней были полностью солидарны. Если Гидеон пойдёт со мной, то мне не удастся вытащить из тайника ключ и разыскать дедушку.

– Без меня Гвендолин потратит эти четыре часа впустую, – сказал Гидеон. – Если же я буду рядом, то смогу её за это время чему-нибудь научить, – он немного улыбнулся и продолжил: – Например, различать право и лево. Думаю, с менуэтом она справится.

Что-о-о? О нет, только не танцевать!

– Напрасный труд, – сказал губошлёп.

– Мне надо делать уроки, – неприветливо сказала я. – К тому же, на завтра мне задали сочинение о Шекспире.

– И в этом с удовольствием помогу, – сказал Гидеон и посмотрел на меня. Что означал этот взгляд, я не поняла. Может, кому-то он мог показаться вполне невинным, но только не мне.

Шарлотта всё ещё улыбалась, но милые ямочки успели сойти с её щёк.

Мистер Джордж пожал плечами.

– Как знаешь. Может, ты и прав. Тогда Гвендолин не будет так одиноко и страшно в этом подвале.

– А я иногда вовсе не против того, чтобы побыть в одиночестве, – растерянно сказала я. – Особенно если целый день проведёшь среди людей.

Таких противных людей.

– Вот как? – язвительно спросила Шарлотта. – Хотя побыть в одиночестве тебе, наверное, не удаётся никогда, ведь с тобой постоянно какие-нибудь невидимые друзья, правда?

– Ага, – ответила я. – Гидеон будет только мешать.

Лучше катитесь в своё кино. Или рассуждайте о книжках. Мне всё равно.

Так я думала. Но желала ли я этого на самом деле? С одной стороны, мне ничего так не хотелось, как поскорее снова увидеться с дедушкой и расспросить его о зелёном всаднике. Но с другой стороны, откуда-то вновь всплыли воспоминания обо всех этих «О-о-о и М-м-м и Ещё-ё-ё».

Вот чёрт! Так, нужно собраться с силами и подумать обо всём, что мне так не нравилось в характере Гидеона.

Но он не оставил мне на это времени. Когда я повернула голову, Гидеон уже распахнул дверь, пропуская меня и мистера Джорджа.

– Идём же, Гвендолин! Вперёд! В 1953-й год!

Я была уверена на все сто, что своим гневным взглядом Шарлотта с удовольствием просверлила бы в моей спине пару дырок, если бы только могла.

Перед тем, как направиться в алхимическую лабораторию, мистер Джордж завязал мне глаза и даже не извинился. Глубоко вздохнув, он взял меня за руку и повёл вперёд. Гидеону достался рюкзак.

– Знаю, мистер Джордано – человек не из лёгких, – сказал мистер Джордж, когда мы спустились по винтовой лестнице, – но тебе придётся всё-таки постараться и делать так, как он говорит.

Я громко засопела.

– Пусть тогда и он постарается!

Мастер японских духовных практик, дизайнер украшений, знаменитый хореограф, кутюрье… что он вообще забыл в ложе? Мне казалось, все хранители – это знаменитые учёные и политики.

– Мистер Джордано немного отличается от остальных, это правда, он у нас что-то вроде белой вороны, – осторожно заметил мистер Джордж. – Но у него светлая голова. Несмотря на его экзотические… э-х-м… занятия, которые, кстати, помогли ему заработать огромное состояние, он также широко известен как историк и …

– … и когда пять лет назад он опубликовал собственное исследование, основанное на ранее неизвестных источниках, о тайном обществе, о его связи с масонами и легендарным графом Сен-Жерменом, хранители решили срочно познакомиться с ним поближе, – голос Гидеона долетел откуда-то издалека. Он гулким эхом отражался от каменных стен.

Мистер Джордж смущённо кашлянул.

– Да, и поэтому тоже. Осторожно, ступенька.

– Понимаю, – сказала я. – Джордано сделали членом Ложи, чтобы он не сболтнул лишнего. А что это за неизвестные источники?

– Каждый член общества привносит свой вклад, чтобы укрепить Ложу, – сказал мистер Джордж, оставив мой вопрос без внимания.

– Не сомневаюсь, – сказала я. – Какой ещё мужчина станет носить на каждом ногте по стразе?

Я услышала, как мистер Джордж фыркнул, будто вдруг чем-то поперхнулся.

Некоторое время мы шли молча.

Гидеона не было даже слышно, я решила, что он ушёл уже далеко вперёд (из-за моей повязки мы ползли жутко медленно).

Наконец, я собралась с духом и спросила:

– А зачем мне нужно обязательно присутствовать на этом званом ужине и на балу, а, мистер Джордж?

– О, тебе никто не сказал? Гидеон вчера был у графа, чтобы доложить ему о ваших последних… приключениях. Он вернулся с письмом, в котором граф изъявил огромное желание видеть вас с Гидеоном на званом ужине у леди Бромптон. Вы также будете сопровождать его на балу, который состоится через несколько дней. Кроме того, вам предстоит нанести ещё один визит в Темпл.

Цель всего предприятия заключается в том, чтобы граф смог узнать тебя поближе.

Я подумала о своей первой встрече с графом и содрогнулась:

– Понимаю, он хочет узнать меня получше. Но зачем ему понадобилось выставлять меня перед незнакомыми людьми? Это что-то вроде испытания?

– Это ещё раз доказывает тот факт, что держать тебя в стороне от наших дел попросту неразумно. Честно говоря, меня это письмо очень обрадовало. Оно показало, что граф доверяет тебе гораздо больше, чем себе воображают некоторые господа хранители. Они решили, что ты в этой игре не более чем простой статист.

– И предательница, – сказала я, подумав о докторе Уайте.

– *Или* предательница, – поправил мистер Джордж. – Наши мнения разошлись. А вот мы и на месте. Можешь снять повязку.

Гидеон уже ждал нас. Я попыталась последний раз избавиться от него, заявив, что мне надо учить наизусть сонет Шекспира, а учу я обычно вслух. Но Гидеон только пожал плечами и добавил, что у него с собой iPod, что он включит музыку и станет слушать её, а не меня.

Мистер Джордж вытащил из сейфа хронограф и дал нам последнее напутствие:

– Главное – ничего там не оставляйте! Ни малейшего клочка бумаги, слышишь, Гвендолин? Сделаешь уроки и соберёшь все принадлежности обратно в рюкзак. А его, конечно же, крепко возьмёшь в руки, когда придёт время возвращаться. Понятно?

Я кивнула, забрала у Гидеона рюкзак и крепко прижала его к себе. Затем я протянула мистеру Джорджу свой мизинец – указательный палец уже распух от постоянных уколов.

– А если вдруг в подвал кто-нибудь войдёт, когда мы будем там? – спросила я.

– Не войдёт, – заверил меня Гидеон, – там сейчас далеко за полночь.

– Ну и что? Кому-нибудь ведь может взбрести в голову именно в это время назначить там встречу. В качестве инспирации.

– Конспирации, – сказал Гидеон.

– Что-что?

– Не волнуйся, – сказал мистер Джордж и просунул мой палец в открытую дверцу хронографа.

Я прикусила губу, когда почувствовала знакомое головокружение, живот закрутило, а иголка глубоко вонзилась в подушечку пальца. Комната осветилась рубиново-красным светом, а затем я очутилась в полнейшей темноте.

– Эй, есть тут кто? – тихо спросила я, но мне никто не ответил. Через секунду возле меня очутился Гидеон и сразу же включил фонарик.

– Видишь, не так уж тут и неуютно, – сказал он, щёлкнув выключателем.

С потолка свисала всё та же лампочка, но в остальном за время моего отсутствия это помещение изменилось в лучшую сторону. Я сразу же уставилась на стену, в которой Лукас хотел устроить наш тайник. Возле этой стены всё также красовалась груда стульев, но теперь она выглядела гораздо аккуратнее.

В комнате стало намного чище и просторнее.

Кроме стульев здесь успели поставить стол и маленький диванчик, накрытый потёртым зелёным бархатом.

– Да, здесь действительно стало гораздо уютнее. В прошлый раз я всё боялась, что откуда-нибудь вылезет крыса и бросится на меня.

Гидеон опустил вниз дверную ручку и легонько надавил. Дверь не поддалась – мы были заперты.

– Они оставили дверь открытой только однажды, – улыбнувшись, сказал Гидеон. – Это был удивительно прекрасный вечер. Отсюда до самого Дворца Правосудия ведёт тайный ход. Он идёт глубоко под землей, там начинаются настоящие катакомбы с костями и черепами… и совсем близко отсюда находится винный погребок – как раз сейчас, в 1953-м.

– Вот если бы у нас был ключ… – и снова мой взгляд невольно остановился на противоположной стене. Где-то там, за одним кирпичом, лежал этот самый ключ. Я вздохнула. Какая ужасная несправедливость, что я не могу сейчас им воспользоваться. Но, честно говоря, знать что-то, о чём Гидеон и не догадывается, было так приятно.

– А ты пил вино?

– Ты о чём? – Гидеон взял стул и поставил его возле стола.

– Вот, это тебе. И удачи с Шекспиром!

– А, спасибо, – я села, вытащила из рюкзака всё необходимое и притворилась, что полностью поглощена чтением. Гидеон тем временем улёгся на диванчик и достал из кармана брюк свой iPod. Из наушников раздалась музыка. Через пару минут я отважилась глянуть на своего попутчика поверх книги и увидела, что глаза Гидеона закрыты.

Он что, уснул? Вообще-то, ничего удивительного в этом нет, если учесть, что сегодня ночью он снова выполнял какое-то задание в прошлом.

На мгновение я потеряла над собой контроль, и мой взгляд скользнул по тонким чертам его лица, прямому носу, бледной коже, мягким губам и пушистым загнутым ресницам.

Во сне Гидеон выглядел гораздо младше, и мне вмиг удалось совершенно чётко представить себе его маленьким. Он наверняка был очень милым карапузом. Его грудь мерно поднималась и опускалась, мне вдруг показалось, что, может, стоит рискнуть… нет, это было слишком опасно.

Мне больше нельзя даже смотреть на эту стену, если я хочу сохранить нашу тайну.

Ничего другого не оставалось, как только углубиться в домашнее задание. Не могла же я четыре часа подряд наблюдать за тем, как Гидеон спит, хотя, не скрою, мне бы очень хотелось поступить именно так. Но вместо этого я засела за полезные ископаемые Кавказских гор, а затем перешла к неправильным глаголам французского языка. К концу оставалось только написать сочинение про жизнь и творчество Шекспира, и я вместила его в одно-единственное предложение:

Последние пять лет своей жизни Шекспир провёл в Стратфорде-на-Эйвоне, именно там в 1616 году он и скончался. Ну, готово. Осталось только выучить наизусть сонет. Я особо не выбирала (они всё равно одинаковой длины), а открыла книгу и приступила к первому попавшемуся.

– Mine eye and heart are at a mortal war, how to divide the conquest of thy sight[15], – бубнила я.

– Это ты мне? – спросил Гидеон. Он открыл глаза, сел и начал скручивать наушники.

Как я ни старалась сохранить спокойствие, мои щёки сразу же предательски покраснели.

– Это Шекспир, – сказала я.

Гидеон улыбнулся.

«Mine eye my heart thy picture's sight would bar, my heart mine eye the freedom of that right …[16]» – вроде, как-то так.

– Слово в слово! – сказала я и захлопнула книгу.

– Но ты ещё не выучила, – сказал Гидеон.

---

15 Стихотворение У. Шекспира.

16 Стихотворение У. Шекспира.

– До завтрашнего утра я бы его всё равно сто раз забыла. Лучше выучу завтра утром, перед тем, как идти в школу. Тогда, возможно, я и сумею удержать его в голове до урока английского и нормально сдать его мистеру Уитмену.

– Тем лучше! Тогда мы можем приступать к уроку танцев, – Гидеон встал. – Места нам хватит.

– О нет, пожалуйста, только не это!

Но Гидеон уже склонился надо мной.

– Могу ли я пригласить вас на танец, мисс Шеферд?

– С превеликим удовольствием ответила бы вам согласием, – заверила я, обмахиваясь книжкой с сонетами, словно веером. – Но, к сожалению, я вывихнула ногу. Обратитесь к моей кузине. Это вон та дама в зелёном платье, – я кивнула на диванчик. – Она прелестно танцует, и с удовольствием продемонстрирует своё умение вам.

– Но я бы хотел пригласить именно вас, как танцует ваша кузина, я давно уже знаю.

– Я имела в виду мою кузину Диванну, а не кузину Шарлотту, – сказала я. – Уверяю тебя… Э-э-э… вас, что с Диванной танцевать ещё интереснее, чем с Шарлоттой. Возможно, она и не такая грациозная, но она мягче и приятней, да и вообще, у неё просто более сговорчивый характер.

Гидеон рассмеялся.

– Повторюсь, сударыня, меня интересуете лишь вы. Пожалуйста, будьте так любезны, окажите мне эту честь.

– Но такой джентльмен как вы, возможно, проявит сострадание к даме с вывихнутой ногой.

– Сожалею, не проявит, – Гидеон вытащил из кармана свой iPod. – Немного терпения, оркестр уже почти готов. – Он отдал мне сначала правый наушник, затем левый, и подал мне руку.

– О, круто, Linkin Park, – сказала я, а моё сердце в это время билось как сумасшедшее, потому что Гидеон оказался вдруг совсем близко.

– Что? Пардон, сейчас мы всё исправим, – его пальцы заскользили по экрану. – Вот – Моцарт, это подойдёт, – он передал мне iPod. – Нет, положи его в карман, обе руки должны быть свободны.

– Но ты ведь не слышишь музыку, – сказала я, а в ушах у меня при этом зазвучали скрипки.

– Я слышу достаточно. И незачем так кричать. Давай представим, что в этом танце участвуют восемь человек. Слева от меня стоит ещё один джентльмен, справа ещё два, все в один ряд. С твоей стороны та же картина, но в твоём ряду стоят дамы. Реверанс, пожалуйста.

Я присела и, помедлив, вложила свою руку в его ладонь.

– Но как только ты назовёшь меня тупицей, считай, мы закончили!

– Никогда бы не сказал тебе такое, – сказал Гидеон и провёл меня вдоль дивана. – Во время танца главное – это поддерживать светскую беседу. Позвольте узнать, почему у вас столь предвзятое отношение к танцам? Большинство дам находят это занятие весьма привлекательным.

– Т-с-с, дай сосредоточиться, – пока что всё шло хорошо. Я сама себе удивлялась. «Тур де ман» получился безупречно. Сначала влево, потом вправо.

– Может, давай ещё раз?

– Подбородок вперёд, да, вот так. И смотри на меня. Ты не должна сводить с меня взгляд, даже если рядом танцует настоящий красавец.

Я улыбнулась. Он что, напрашивается на комплимент? Пусть и не надеется. Хотя нельзя не признать, танцевал Гидеон действительно отлично.

С ним было совсем не так, как с губошлёпом – всё получалось само собой. Поэтому через некоторое время мне, кажется, действительно удалось справиться с этим заковыристым менуэтом. Гидеон тоже заметил, что у меня стало выходить вполне неплохо.

– Гляди-ка, ты это сделала. Правая рука, правое плечо, левая рука, левое плечо. Очень хорошо!

Он был прав. Я это сделала! Наконец-то менуэт мне покорился!

Дрожа от радости, я развернулась к невидимому партнёру, а затем снова положила свою руку на руку Гидеона.

– Как по мне, он не изящней ветряной мельницы! – сказала я.

– Какая дерзость, что за сравнение, леди! – отозвался Гидеон. – Но ты любую мельницу затанцуешь до упаду.

Я захихикала. А потом вздрогнула.

– Ой, а вот и снова Linkin Park.

– А, какая разница.

В ушах у меня гремела песня *21 guns*, а Гидеон, ни разу не сбившись, танцевал дальше, последнюю фигуру. Наконец, он поклонился. Я почти расстроилась, что танец закончился так быстро.

Сделав глубокий реверанс, я вытащила наушники.

– Вот, держи. Спасибо, что научил.

– Это всё из чистого эгоизма, – ответил Гидеон. – Ведь именно мне потом с тобой позориться, забыла?

– Нет, – моё хорошее настроение как ветром сдуло. Я опять невольно посмотрела на противоположную стену, заваленную стульями.

– Эй, это ещё не всё, – сказал Гидеон. – Это был уже очень неплохой танец, но далеко не идеальный. Ты почему насупилась?

– Как думаешь, зачем графу Сен-Жермену понадобилось непременно отправить меня на этот званый ужин, а потом и на бал? Мы бы могли спокойно пообщаться где-нибудь в Темпле, совсем не обязательно позорить меня перед другими людьми. Тогда бы никто обо мне не узнал, и граф смог бы сохранить свои тайны для потомков.

Гидеон пристально посмотрел на меня сверху вниз, и лишь потом ответил:

– Граф редко делится с кем-нибудь своими планами, но каждая из его идей оказывается поистине гениальной. Он догадывается, кто мог напасть на нас в Гайд-парке. Таким образом, представив нас своему окружению, граф хочет вывести злодея или злодейку на чистую воду.

– О, – ужаснулась я, – то есть, мужчины со шпагами снова…

– Нет, пока мы будем среди людей, – сказал Гидеон. Он присел на край дивана и скрестил руки на груди. – Но мне всё равно кажется, что это довольно опасное предприятие, по крайней мере для тебя.

Я облокотилась на стол.

– Ты считаешь, Люси и Пол могут быть замешаны в этом нападении в Гайд-парке?

– И да, и нет, – ответил Гидеон. – У такого человека как граф Сен-Жермен за долгую жизнь накопилось немало врагов. В Хрониках есть несколько отчётов о покушениях на его жизнь. Полагаю, чтобы достичь своей цели, Люси и Пол могли сговориться с кем-нибудь из этих врагов, а то и с несколькими.

– Граф тоже так думает?

Гидеон пожал плечами.

– Надеюсь.

Некоторое время мы молчали.

– Я за то, чтобы ты снова нарушил правила и прихватил с собой пистолет как у Джеймса Бонда, – сказала я наконец, – тогда мы покажем этим типам со шпагами. Откуда он у тебя, кстати? Мне бы тоже стало бы гораздо спокойнее, если бы у меня была такая штуковина.

– Если человек не умеет обращаться с оружием, оно причиняет ему только вред, – сказал Гидеон. Я подумала о японском ноже для овощей в своём рюкзаке. Было страшно представить, какой вред он может мне причинить.

– А Шарлотта хорошо фехтует? Она умеет обращаться с таким пистолетом?

Гидеон снова пожал плечами.

– Она занимается фехтованием с одиннадцати лет. Само собой, она хорошо фехтует.

Понятно. Шарлотта всё делает хорошо. Только вот характер у неё паршивый.

– Графу бы она понравилась, – сказала я. – А вот я, очевидно, не в его вкусе.

Гидеон засмеялся.

– Ты ещё можешь всё исправить. Именно поэтому он хочет познакомиться с тобой поближе, чтобы уж точно убедиться, что в пророчестве – ошибка.

– Ты об этой магии ворона? – когда речь заходила о магии, я сразу начинала чувствовать себя не в своей тарелке. – А что там такого сказано, в этом пророчестве?

Гидеон помедлил, но потом тихо продекламировал:

– *Ворон, поющий в рубиновом храме,*
Слышит песнь мёртвых он между мирами,
Не знает, что силою он наделён,
Но вот пробил час, завершён круг времён.

Он поперхнулся:

– Да у тебя прямо мурашки по коже.

– Это звучит жутко. Особенно про поющих мертвецов, – я обхватила себя за плечи. – А продолжение там есть?

– Нет. Это, в общем-то, всё. На тебя совсем не похоже, так ведь?

Да, в этом он, кажется, прав.

– А о тебе тоже что-то сказано в этом пророчестве?

– Конечно, – сказал Гидеон. – Там упоминается каждый путешественник во времени. Я – лев с алмазной пастью, при одном взгляде которого солнце… – тут он, кажется, смутился, и, улыбнувшись, продолжил: – Тра-та-та и всё в таком же духе. А твоя пра-прабабушка, строптивая леди Тилни, описана там как лисица, лисица из жадеита, которая прячется под липой, очень подходящее описание, по-моему.

– Разве можно в этом пророчестве хоть что-нибудь понять?

– Конечно. Оно переполнено символами. Надо просто правильно трактовать, – он посмотрел на часы. – У нас есть ещё немного времени. Может, продолжим урок танцев?

– А на званом ужине тоже нужно танцевать?

– Вообще-то, нет. Там обычно едят, пьют, разговаривают и… э-э-э… музицируют. Тебя тоже обязательно попросят что-нибудь сыграть или продекламировать.

– М-да, – сказала я. – Надо было всё-таки выбирать пианино, а не кружок хип-хопа, на который мы ходили вместе с Лесли. Но я неплохо пою. В прошлом году на вечеринке у Синтии я без труда выиграла в караоке. Я исполняла тогда собственную перепевку «Somewhere over the rainbow»[17]. И мне дали первое место, хотя я и была в совершенно дурацком костюме автобусной остановки.

– Ну ладно. Если кто-нибудь попросит тебя спеть, ты скажешь, что всегда робеешь, когда на тебя направлено такое внимание.

– *Это* мне можно говорить, а про вывихнутую ногу – нет?

– Вот, держи наушники. Ещё раз сначала.

Он поклонился.

– А что, если меня пригласит кто-нибудь другой? – спросила я и присела, ой, то есть, сделала реверанс.

17 «Где-то за радугой» *(англ.)* – песня, которую исполняет Тори Эймос.

– Тогда ты станцуешь всё то же самое, – сказал Гидеон и взял меня за руку. – Но в восемнадцатом веке было полно формальностей. Просто так незнакомую девочку никто танцевать не пригласит, сначала кавалера и даму должны друг другу официально представить.

– То есть, надо сделать парочку неприличных движений веером.

Постепенно наш танец стал лёгким, словно дыхание. Я перестала напрягаться и просто плыла по комнате.

– Каждый раз, когда я хоть капельку наклоняла веер, Джордано хватался за сердце, а Шарлотта качала головой из стороны в сторону, как китайский болванчик.

– Она ведь просто хочет тебе помочь, – сказал Гидеон.

– Ага. Я бы скорее поверила в то, что Земля плоская, – фыркнула я, хотя фыркать во время танца наверняка не разрешалось.

– Создаётся впечатление, что вы не очень-то дружны.

Мы как раз шли по кругу с воображаемым партнёром.

Правда? Неужели?

– Мне кажется, Шарлотту любят только тётя Гленда, леди Ариста и наши учителя.

– Не могу в это поверить, – сказал Гидеон.

– Ой, я совсем забыла: ещё Джордано и ты.

Упс! Кажется, я нахмурилась, а это наверняка запрещено в приличном обществе восемнадцатого века.

– Может, ты просто немного завидуешь Шарлотте?

Я засмеялась.

– Если бы ты знал её так же хорошо, как я, ты бы такого не говорил, поверь мне.

– Вообще-то я неплохо её знаю, – тихо сказал Гидеон и взял меня за руку.

Да, но только когда она притворяется белой и пушистой, хотела добавить я, и вдруг я действительно почувствовала, что страшно завидую своей кузине.

– Так насколько хорошо вы, собственно, друг друга знаете? – я убрала руку и подала её несуществующему второму партнёру.

– Ну, как люди, которые проводят много времени вместе, – проходя мимо меня, Гидеон коварно улыбнулся. – Ведь ни у меня, ни у неё не было времени на другие... э-м-м... знакомства.

– Понимаю. Тогда приходится довольствоваться тем, что имеешь, – моё терпение лопнуло. – Ну, и как же Шарлотта целуется, а?

Гидеон потянулся за моей рукой, которая зависла в воздухе сантиметров на двадцать выше, чем положено.

– Вы делаете огромные успехи в поддержании светской беседы, госпожа, но о таких подробностях джентльмен обычно умалчивает.

– Ага, хорошая отговорка, только никакой ты не джентльмен.

– Неужели я дал вам повод сомневаться в моей галантности...

– Ах, замолчи! Что бы там между вами не происходило, меня это не интересует. Но вот то, что ты в то же время решил... закрутить ещё и со мной, вот это подло с твоей стороны!

– «Закрутить»? Какое вульгарное слово. Я был бы вам чрезвычайно признателен, если бы вы объяснили мне причины своего недоверия, но при этом не забывали также о локтях, в этом пируэте они должны быть опущены.

– Ничего смешного не вижу, – прошипела я. – Если бы я знала, что между тобой и Шарлоттой что-то есть, никогда бы не позволила тебе меня целовать... – ай, Моцарт закончился и в наушниках снова заиграл Linkin Park, он, в общем-то, гораздо больше соответствовал моему настроению.

– Между мною и Шарлоттой – что?

– ...больше, чем дружба.

– Кто это сказал?

– Ты?

– Я такого не говорил.

– Ага. Значит, вы ещё ни разу… скажем, не целовались?

Я решила пропустить реверанс, а вместо этого гневно уставилась прямо в глаза Гидеона.

– Этого я не говорил, – он поклонился и потянулся к iPod-у, который лежал в моём кармане. – Помни о руках, а так всё замечательно.

– А твоё умение поддерживать беседу оставляет желать лучшего, – сказала я. – Так между вами что-то есть или нет?

– Мне кажется, тебе вовсе не интересно знать, что происходит между мной и Шарлоттой.

Я всё ещё не спускала с него глаз.

– Да, правда.

– Вот и хорошо, – Гидеон снова передал мне iPod.

Из наушников послышались аккорды *Hallelujah* в исполнении Джона Бон Джови.

– Это не та песня, – сказала я.

– Нет, как раз та, – сказал Гидеон и улыбнулся. – Мне кажется, тебе стоит послушать что-то мягкое и успокоиться.

– Ты… ты такой… такой…

– Какой?

– Идиот!

Он подошёл ещё ближе, между нами оставалось не более сантиметра.

– Видишь, какие вы разные. Она бы никогда такого не сказала.

У меня вдруг перехватило дыхание.

– Может, ты просто не давал ей повода.

– Не думаю. Она просто лучше воспитана.

– Да. И нервная система у неё покрепче моей, – сказала я. Почему-то я поглядела Гидеону прямо в рот. – И вот ещё: если ты вдруг захочешь это сделать ещё раз, когда мы будем торчать где-нибудь в исповедальне, и тебе вдруг станет скучно, так вот, знай – во второй раз я тебе этого не позволю!

– Значит, мне больше нельзя тебя целовать?

– Точно, – прошептала я, не в состоянии сдвинуться с места.

– Как жаль, – сказал Гидеон и наклонился ко мне ещё ближе, так что я почувствовала его дыхание. Не очень-то похоже, что он воспринял мои слова всерьёз. Да я и сама уже передумала. Да и вообще, я ведь не кинулась ему на шею, а это уже можно считать волевым решением. Момент, когда можно отвернуться или оттолкнуть его от себя, я, кажется, упустила.

Гидеон, наверное, думал о том же. Он погладил меня по волосам, и вдруг я наконец ощутила нежное прикосновение его губ.

There's a blaze of light in every word[18], – доносился из наушников голос Джона Бон Джови. Мне всегда нравилась эта песня, я могла слушать её десять-пятнадцать раз подряд. Но теперь она всегда будет напоминать мне о Гидеоне.

Аллилуйя.

---

18 «Вспышка света в каждом слове» *(англ.)*

Генеалогическое древо Монтроузов

HIC RHODOS
HIC SALTA

Семейный девиз Монтроузов.
Дословный перевод:
«Покажите, что вы действительно можете»

Глава шестая

На этот раз нам ничто не помешало: ни прыжок во времени, ни наглый маленький демон.

Пока не доиграла «Аллилуйя», поцелуй оставался очень нежным и осторожным. Но когда музыка закончилась, Гидеон запустил обе руки в мои волосы и крепко прижал меня к себе. Это уже нежностью не назовёшь, но больше всего меня удивила моя собственная реакция: моё тело вдруг стало очень лёгким и безвольным, а руки сами собою обвились вокруг шеи Гидеона.

Я не успела даже понять, как это произошло, но через несколько минут мы опустились на зелёный диванчик, где всё продолжали целоваться, пока Гидеон вдруг резко не вскочил и не посмотрел на свои часы.

– Жаль, однако, что мне больше нельзя будет тебя целовать, – сказал он, немного отдышавшись. Его зрачки расширились, а щёки сильно покраснели.

Интересно, какой же вид был в тот момент у меня. За время нашего поцелуя из нормального человека я превратилась в какой-то пудинг, у меня не хватило сил даже на то, чтобы встать с дивана. Я судорожно пыталась понять, сколько же времени прошло с тех пор, как закончилась «Аллилуйя». Десять минут? Полчаса? Ничего нельзя было сказать наверняка.

Гидеон посмотрел в мою сторону, мне показалось, что он немного смутился.

– Надо собрать вещи, – сказал он немного погодя. – И срочно сделай что-то со своими волосами – вид у них такой, будто какой-то идиот запустил в них обе руки, а потом повалил тебя на диван… Тот, кто будет нас встречать, может что-нибудь заподозрить… И не смотри ты так!

– Как?

– Будто ты и пошевелиться не можешь.

– Но именно так оно и есть, – серьёзно сказала я. – Ты превратил меня в пудинг.

Лицо Гидеона озарилось улыбкой. Затем он вскочил и начал запихивать мои вещи в рюкзак.

– Ну давай же, маленький пудинг, вставай скорее! У тебя есть с собой расческа?

– Где-то на дне, – вяло протянула я.

Гидеон вытащил футляр для очков, который Лесли одолжила у своей мамы. Он держал его на вытянутой руке прямо перед собой.

– Здесь?

– Нет! – выкрикнула я. От такого испуга моё пудингообразное состояние мигом улетучилось.

Я вскочила, вырвала из рук Гидеона футляр с японским ножом для резки овощей и бросила его обратно в рюкзак. Гидеон, казалось, ни капли не удивился, во всяком случае, виду он не подал. Он поставил стул у стены и снова посмотрел на часы. А я, тем временем, искала щётку для волос.

– Сколько у нас ещё времени?

– Две минуты, – сказал Гидеон и поднял с пола iPod. Понятия не имею, как он там оказался. И когда.

Я поспешно провела расчёской по волосам.

Гидеон не сводил с меня серьёзного взгляда.

– Гвендолин!

– Чего? – я опустила расчёску и посмотрела на него, изо всех сил стараясь сохранить спокойствие. О Боже! Он выглядел таким красивым, что часть меня опять захотела превратиться в безвольный пудинг.

– Ты уже…?

Я ждала:

– Что?

– Нет, ничего.

Вдруг я почувствовала, как в моём желудке снова началось знакомое кружение.

– Кажется, мы сейчас прыгнем обратно, – сказала я.

– Крепко держи рюкзак, ни в коем случае не отпускай его. И пройди немного вперёд, а не то приземлишься прямиком на стол.

Только я успела сделать несколько шагов, как перед моими глазами всё заплясало. И через долю секунды я мягко приземлилась прямо перед широко от открытыми глазами мистера Марли. Наглая мордочка Химериуса выглядывала из-за его плеча.

– Ну наконец-то, – сказал Химериус, – а то этот рыжеволосый уже минут пятнадцать разговаривает сам с собой, а мне приходится это выслушивать.

– С вами всё в порядке, мисс? – запинаясь, прошептал мистер Марли. Он подошёл ко мне поближе.

– Да, с ней всё хорошо, – ответил за меня Гидеон, который как раз приземлился за моей спиной и тщательно осматривал меня с головы до пят. Когда я попыталась ему улыбнуться, Гидеон быстро отвернулся.

Мистер Марли кашлянул.

– Мне велено передать, что вас ожидают в Зале Дракона, сэр. Внутренний… прибыл… номер семь, он желает с вами побеседовать. Если позволите, я провожу мисс к машине.

– Нет у мисс никакой машины, – сказал Химериус.

– Не нужно, она пойдёт со мной, – Гидеон взял в руки чёрную повязку.

– Это столь необходимо?

– Да, именно так, – Гидеон завязал узел на моём затылке. При этом туда попали несколько моих волос, было больно, но я только прикусила губу, возмущаться мне сейчас не хотелось.

– Так ты не будешь знать, где находится хронограф, и не сможешь никому об этом рассказать, если ты действительно предательница, и тогда нас никто не сможет подкараулить, когда мы окажемся в этой комнате в другом времени.

– Но ведь этот подвал во все времена принадлежал хранителям, на всех входах и выходах здесь постоянно стояла стража, – сказала я.

– Во-первых, в это место можно попасть не только из Темпла, а во-вторых, не исключено, что нас хочет подстеречь кто-нибудь из своих.

– *Не доверяй никому. Даже собственным чувствам*, – пробормотала я. – А здесь сплошь подозрительные личности.

Гидеон положил руку мне на талию и легонько подтолкнул вперёд.

– Вот именно.

Краем уха я услышала, как с нами попрощался мистер Марли, и дверь закрылась. Мы молча шли рядом.

Мне бы очень хотелось кое-что обсудить с Гидеоном, но заговорить первой я не решалась.

– Что-то мне подсказывает, что вы там опять тискались, – заметил Химериус. – Такой уж я проницательный.

– Чепуха, – ответила я и услышала, как Химериус зашёлся от смеха.

– Эх ты, я ведь не вчера родился, всё-таки живу почти тысячу лет, и мне известно, как выглядит девушка, которая только что выбралась из сеновала.

– Из какого ещё сеновала?! – возмутилась я.

– Это ты мне? – спросил Гидеон.

– А кому же ещё? – сказала я. – Который час? Я так проголодалась, даже сено пожевать не прочь.

– Почти половина восьмого, – моё замечание Гидеон оставил без ответа. Я услышала несколько гудков, а затем врезалась плечом прямо в стену.

– Эй!

Химериус снова захохотал.

– Вот это кавалер!

– Прости, здесь внизу нет сети, не могу дозвониться. Тридцать четыре пропущенных вызова, ну и ну. Это могла быть только… мама! – Гидеон тяжело вздохнул. – Она оставила сообщение на автоответчике.

Я на ощупь пробиралась вдоль стены.

– Или сними эту дурацкую повязку, или веди меня дальше!

– Ладно-ладно, – его рука снова вернулась на плечо.

– Даже не знаю что и сказать, вот это джентльмен – завязал своей девушке глаза, чтобы та не мешала ему звонить по телефону, – сказал Химериус.

Мне нечего было ему возразить.

– Что-то случилось?

Гидеон снова вздохнул.

– Пожалуй. Мы не очень-то часто созваниваемся. Сети всё ещё нет.

– Осторожно, ступенька, – сказал Химериус.

– Может, кто-нибудь заболел, – сказала я, – или ты забыл о чём-то важном. Моя мама недавно оставила мне целую кучу сообщений на автоответчике, чтобы я не забыла поздравить с днём рождения дядю Гарри. Уф!

Если бы не Химериус, я бы напоролась животом прямо на перила.

Гидеон всё ещё ничего не замечал. Я с горем пополам наощупь продвигалась по винтовой лестнице.

– Нет, дело в чём-то другом. Я никогда не забываю о днях рождения, – голос его звучал встревоженно. – Наверное, что-то случилось с Рафаэлем.

– Это твой младший брат?

– Он уже давно себя не бережёт. Ездит без водительских прав, прыгает со скал в море, лазает по горам без страховочного снаряжения. Не представляю, что и кому он хочет этим доказать. В прошлом году он попал в аварию на параплане и три недели лежал в больнице с сотрясением мозга. Я думал, это происшествие его чему-то научило, но нет, на день рождения он попросил у монсеньора моторную лодку. А этот идиот, конечно, во всём ему потакает.

Мы поднялись наверх, и Гидеон ускорил шаг. Я несколько раз споткнулась.

– Ну наконец-то! Сейчас должно получиться.

Наверное, он на ходу прослушивал свой автоответчик.

К сожалению, я не могла разобрать ни слова.

– О нет! – несколько раз пробормотал Гидеон. Он снова забыл обо мне, и я брела вперёд наощупь.

– Если не хочешь наткнуться на стену, поворачивай влево, – сообщил Химериус. – О, кажется, до него наконец дошло, что у тебя нет встроенной навигационной системы.

– Ладно… – пробормотал Гидеон. Его руки на миг коснулись моего лица и остановились на затылке.

– Гвендолин, прости, – заботливо сказал Гидеон, но было ясно, что думает он не обо мне. – Ты сможешь выбраться отсюда без моей помощи? – он развязал мне глаза, и я зажмурилась от яркого света.

Мы стояли перед ателье мадам Россини.

Гидеон торопливо погладил меня по щеке и натянуто улыбнулся:

– Ты ведь дорогу знаешь, правда? Машина ждёт, увидимся завтра.

Не успела я что-либо ответить, как он уже обернулся и поспешил прочь.

– И был таков, – сказал Химериус. – Не очень-то вежливо с его стороны.

– Но что случилось? – крикнула я ему вдогонку.

– Мой брат сбежал из дома, – ответил он, не повернувшись и не замедлив шаг. – И догадайся, куда он направляется? Давай, у тебя есть три попытки.

Но прежде, чем я могла потратить хоть одну из этих попыток, Гидеон уже завернул за угол.

– Кажется, не на острова Фиджи, – пробормотала я.

– Мне кажется, лучше бы ты с ним на сеновал не ходила, – сказал Химериус. – Теперь он вообразил, что добиваться тебя больше не нужно, вот он и не старается.

– Химериус, заткнись. Твои шуточки про сеновал меня раздражают. Мы просто немножко поцеловались.

– Эй, золотко, да ты покраснела как помидор!

Я приложила руки к щекам – они пылали.

– Всё, хватит, пошли, я так проголодалась. Сегодня у меня, по крайней мере, появился шанс ухватить кусочек ужина. И может, нам удастся ещё краем глаза взглянуть на этих таинственных хранителей из Внутреннего круга.

– Да ну, тоже мне, ценность! Я их целый день подслушивал, – сказал Химериус.

– О, супер, расскажи!

– Ску-ко-та! Я думал, они буду пить кровь мертвецов или рисовать на руках тайные знаки. Так нет! Сплошная болтовня, а сами все такие важные – в пиджаках и галстуках.

– А о чём именно они болтали?

– Ну, я не очень-то запомнил, – он кашлянул. – В основном, они говорили о том, можно ли нарушить Золотые Правила, чтобы обмануть Чёрного Турмалина и Сапфир. Одни говорят: отличная идея, другие: не-е-ет, ни за что, потом снова первые, потом опять вторые... Эй, так мы не сможем спасти этот мир, вы, трусы. А те, другие: не-е-ет, не-а, это, мол, нехорошо по отношению к континууму и к тому же аморально, а первые: да, но это не важно, когда речь идёт о спасении мира, потом вообще какая-то скукота началась, и тут я, кажется, уснул. Ну, и в конце концов они сошлись на том, что Алмаз, к сожалению, действует слишком самостоятельно, а Рубин вообще маленький тупица, и поэтому не подходит для операций «Опал» и «Жадеит», просто потому что он странненький. Эй, ты меня слушаешь?

– Э-м-м… да…

– Конечно, я защищал тебя, как мог, но они ко мне не прислушались, – сказал Химериус. – Речь шла о том, чтобы держать тебя подальше от всех возможных дел. Потому что ты недостаточно хорошо воспитана и страшно наивна. А особенно опасно твоё невежество и неумение держать язык за зубами. Да, к тому же, они хотят проследить и за твоей подружкой Лесли.

– О нет!

– А теперь хорошая новость: ты тут, вроде как, ни при чём, а виновата в твоей недотёпости только мама. Эти женщины вообще во всём всегда виноваты, тут они были единогласны. Вот тебе и джентльмены! А потом они обсуждали доказательства, оплату счетов за костюмы, письма, здравый смысл, и после долгих переливаний из пустого в порожнее они сошлись, наконец, на том, что Пол и Люси прыгнули с помощью хронографа в 1912 год, и теперь они живут там. Хотя, конечно, слово *теперь* в данном случае не очень подходит, – Химериус почесал затылок. – Ну, короче, они прячутся там, все были в этом абсолютно уверены. И при первой же возможности твой разлюбезный принц должен их там подкараулить, захапать их кровь и отобрать хронограф, если тот окажется где-то поблизости. Ну, а потом они снова начали всё сначала: тра-та-та… Золотые Правила… тра-та-та…

– Всё это очень интересно, – сказала я.

– Ты считаешь? Тогда это исключительно моя заслуга, я рассказываю гораздо интересней, чем эти зануды.

Я открыла дверь в следующий коридор и уже готова была что-то ответить Химериусу, как вдруг услышала голос:

– Ты всё такой же высокомерный, как и раньше!

Это был голос моей мамы! Когда я заглянула за угол, то увидела её и Фалька де Виллера. Они стояли друг напротив друга, мама крепко сжала кулаки.

– А ты всё такая же упрямая и неосмотрительная! – сказал Фальк. – Не знаю, зачем тебе понадобилось скрывать правду о рождении Гвендолин, но это существенно повредило операции.

– *Операции*! Эти операции были для вас всегда важнее людей! – крикнула мама.

Я осторожно прикрыла дверь и медленно пошла дальше.

Химериус карабкался по стене, словно по верёвочной лестнице.

– Фу-у-у, кажется, кое-кто рассердился не на шутку.

Он был прав. Мамины глаза блестели, щёки порозовели, а тембр голоса стал необычайно высоким.

– Мы договорились, что Гвендолин не будет в этом замешана! Что она будет вне опасности! А сейчас вы хотите подать её графу прямо на блюдечке с голубой каёмочкой. Она же совершенно... беспомощна перед ним!

– И виновата в этом только ты одна, – сказал Фальк де Виллер ледяным голосом.

Мама прикусила губу.

– Но ведь Магистр ложи – ты! Поэтому ты несёшь полную ответственность за мою девочку!

– Если бы ты с самого начала играла по правилам, Гвендолин сейчас была бы подготовлена, как полагается. Да, кстати, этой трогательной историей про свои мотивы и беззаботное детство Гвендолин ты можешь обмануть мистера Джорджа, но только не меня. Мне всё ещё очень интересно, что же нам расскажет эта акушерка.

– Вы так и не нашли её? – мамин голос звучал уже немного спокойнее.

– Это дело нескольких дней, Грейс. Наши люди есть везде.

Вдруг он заметил меня. Холод и надменность исчезли, как не бывало.

– Ты почему гуляешь тут в одиночестве, Гвендолин?

– Милая моя! – мама подбежала и обняла меня. – Я подумала, что если это снова затянется до позднего вечера, как вчера, то лучше мне самой тебя отсюда забрать.

– ... и, воспользовавшись случаем, упрекнуть меня в моих действиях, – с лёгким смешком дополнил Фальк. – Почему тебя не сопровождает мистер Марли, а, Гвендолин?

– Мне разрешили пройти немножко одной, – уклончиво сказала я. – А о чём вы спорили?

– Твоя мама считает, что путешествия в восемнадцатый век очень опасны, – сказал Фальк.

Да уж, тут проницательность её не подвела. И это при том, что она не знала и малейшей доли тех опасностей, которые подстерегали меня там. Она не знала о мужчинах из Гайд-парка, которые на нас напали – ей никто не сказал о них ни слова. Я бы, наверное, скорее дала отрезать себе язык, чем хотя бы намекнуть ей об этих происшествиях.

О леди Тилни и пистолетах она тоже узнать не могла. Да и о том, каким страшным способом мне угрожал граф Сен-Жермен. Пока что я решилась доверить это только Лесли. Ах, да, и дедушке, конечно.

Я внимательно посмотрела на Фалька.

– Размахивать веером и танцевать менуэт у меня уже получается, – заметила я. – Это вовсе не так рискованно, как кажется, правда, мама. Единственное, чего стоит опасаться – что я в щепки разобью веер о шарлоттину голову.

– Вот, Грейс, послушай сама, – сказал Фальк и подмигнул мне.

– Кого ты хочешь обмануть, Фальк!

Мама бросила в его сторону ещё один гневный взгляд, затем взяла меня за руку и потащила вперёд.

– Пойдём. Дома нас давно заждались к ужину.

– До завтра, Гвендолин, – крикнул нам вслед Фальк, – и… э-э-э… до следующей встречи, Грейс.

– До свидания, – пробормотала я. Мама тоже что-то сказала, но так тихо, что я не расслышала.

– Если хочешь знать моё мнение – здесь попахивает сеновалом, – сказал Химериус. – Меня не проведёшь. Я с первого взгляда распознаю любые сеновальные связи.

Я вздохнула. Мама вздохнула вместе со мной и прижала меня ещё крепче, пока мы шагали к выходу. Нам оставалось пройти ещё каких-нибудь метров десять. Сначала я немного сопротивлялась, а потом положила голову ей на плечо.

– Не ссорься с Фальком из-за меня, мам. Ты слишком много волнуешься.

– Тебе легко говорить… На самом деле, так сложно осознавать, что я всё сделала неправильно. Я же вижу, что ты на меня злишься, – она снова вздохнула. – И в чём-то ты права.

– Но я всё равно тебя люблю, – сказала я.

Мама едва сдерживала подступившие слёзы.

– А я люблю тебя больше, чем ты можешь себе представить, – пробормотала она.

Тем временем мы перешли через дорогу и оказались на узкой улочке напротив дома. Мама огляделась, будто боясь, что нас могут подслушать.

– Я бы всё отдала за нормальную семью, которая живёт нормальной жизнью, – сказала она.

– «Нормальная семья» – это какая?

– Какая угодно, но только не наша.

– Ко всему можно привыкнуть. Итак, какие у тебя новости? – насмешливо спросила я.

– О, всё как всегда, – ответила мама, слабо улыбнувшись. – Сначала маленькая ссора с мамой, потом большая ссора с сестрой, на работе мелкая ссора с начальником, а на закуску ещё и ссора с бывшим любовником, который, по удивительному стечению обстоятельств, оказался Магистром тайной ложи.

– Ну, я же говорил! – Химериус подпрыгнул на месте от восторга. – Сеновал!

– Но выглядишь ты вполне сносно, мама.

Мама всё ещё улыбалась.

– Как прошёл твой день, доченька?

– Тоже никаких особых новостей. В школе небольшие неприятности с Бельчонком, потом – урок танцев и хороших манер в этой престранной компании, которая только и интересуется, что прыжками во времени. Ну а потом, прежде чем я успела задушить свою разлюбезную кузину, меня отправили в 1953-й год, чтобы там я могла спокойно поделать домашнее задание. Потому что завтра меня снова ожидают неприятности от Бельчонка.

– Кажется, ты неплохо провела время, – мамины каблуки гулко стучали по брусчатке. Она снова огляделась.

– Не думаю, что за нами могут следить, – успокоила её я. – Им есть чем заняться. Дом кишмя кишит страшно таинственными людьми.

– Внутренний круг собирается не так уж часто. В последний раз всеобщее собрание случилось, когда Люси и Пол украли хронограф. Ведь представь, эти люди рассредоточены по всему миру.

– Мам! Может, пришло время рассказать мне то, что ты знаешь? Потому что такое неведенье только усложняет мою задачу.

– Чистейшая правда, – сказал Химериус.

Мама остановилась.

– Ты меня удивляешь! Те скудные знания, которыми я обладаю, тебе всё равно не помогут. Возможно, они даже запутают тебя ещё больше. Или и того хуже: ты окажешься в опасности.

Я покачала головой. Так быстро я не сдамся.

– Кто или что такое «зелёный всадник»? И почему Люси и Пол не хотят, чтобы круг замкнулся? Или они всё-таки хотят в конце концов сами замкнуть круг и использовать тайну в своих целях?

Мама сжала виски ладонями.

– О зелёном всаднике я слышу впервые в жизни. А что касается Люси и Пола, то тут я уверена, что они поступили так не из эгоизма. Ты познакомилась с графом Сен-Жерменом. Он обладает... – она снова замолчала. – Ах, доченька, ничто из того, что я могла бы тебе рассказать, тебе не поможет, поверь.

– Ну пожалуйста, мама! Здесь и так полно людей, которые творят что-то с таинственным видом и ни о чём мне не рассказывают, потому что не доверяют. Но ты ведь моя мама!

– Да, – сказала она, и в глазах её снова заблестели слёзы. – Так и есть, – но, кажется, этот аргумент её не убедил. – Пойдём, такси дожидается нас уже около получаса. Придётся, наверное, отдать за эту поездку половину месячной зарплаты.

Вздохнув, я поплелась следом за ней дальше по улице.

– Мы могли бы поехать на метро.

– Нет. Тебе как можно скорее надо скушать что-нибудь горячее. К тому же, твои брат и сестра ужасно по тебе соскучились. Ещё одного ужина без тебя они не выдержат.

Как ни странно, вечер выдался вполне уютным и спокойным, потому что бабушка, тётя Гленда и Шарлотта ушли в оперу.

– «Тоска» Пуччини, – довольно сказала бабушка Мэдди, кивнув седой головой. – Может, это растопит их сердца, – она хитро мне подмигнула. – Как хорошо, что у Вайолет нашлись три лишних билетика.

Я вопросительно посмотрела на маму, Ника и Кэролайн. Выяснилось, что подружка бабушки Мэдди, Вайолет (очень милая старушка со смешной фамилией Пурпельплюм, она всегда вязала нам шарфы и носки к Рождеству) вообще-то хотела отправиться в театр со своим сыном и его будущей женой, но, кажется, теперь эта будущая жена будет будущей женой какого-то другого мужчины.

Как бы там ни было, мы были несказанно рады любой ситуации, которая выманила леди Аристу и тётю Гленду из дома. Настроение у всех сразу же становилось немножко хулиганское, прямо как в младшей школе, когда учитель выходил из класса во время урока. Ещё во время еды мне пришлось в лицах показывать, как губошлёп и Шарлотта учили меня танцевать менуэт и пользоваться веером. А Химериус постоянно подсказывал всё новые и новые подробности. В конечном итоге мне и самой вся эта ситуация показалась скорее смешной, чем грустной, к тому же, было видно, что все остальные повеселились на славу. Через некоторое время все уже кружились по комнате в танце (кроме мистера Бернхарда. Но даже он не мог удержаться и отбивал ногой такт) и гнусавили, копируя Джордано. Время от времени кто-то из нас выкрикивал:

– Тупица! Посмотри, как танцует Шарлотточка!

– Направо! Нет, право, это там, где большой палец слева!

И:

– Я вижу твои зубы! Спрячь зубы! Это непатриотично!

Ник придумал двадцать три способа, как размахивать в воздухе салфеткой, и, не говоря при этом ни слова, передавать партнёру какое-нибудь сообщение.

– Вот это означает: «Упс, кажется, вы забыли застегнуть ширинку», а когда ты хитренько выглядываешь из-за веера вот так, это значит: «Ку-ку, я хочу за тебя замуж». Но если ты выглянешь снизу, а не сверху, это будет значить: «Р-р-р, сейчас у нас война с Испанией!»

С таким талантом Ник сможет стать замечательным актёром. Кэролайн совсем затанцевалась, и при этом так высоко задирала ноги (её танец больше напоминал канкан, чем менуэт), что в конце концов её ботинок угодил прямиком в миску со взбитыми сливками, которые мы оставили на закуску.

Это событие немного вернуло нас к действительности, пока мистер Бернхард двум пальцами не выловил злополучный ботинок, не положил его на тарелку Кэролайн и убийственно-серьёзным голосом не заметил:

– Как отрадно, что осталось ещё столько сливок. По возвращении из театра дамы наверняка захотят отведать немного угощения.

Бабушка Мэдди одарила его благостным взглядом.

– Вы такой заботливый человек, дорогой вы мой.

– Это моя работа. Я слежу за тем, чтобы всем было хорошо, – сказал мистер Бернхард. – Я пообещал это вашему брату незадолго до его смерти.

Я задумчиво переводила взгляд с бабушки Мэдди на мистера Бернхарда.

– Скажите, а дедушка случайно ничего вам не рассказывал о зелёном всаднике? Вам, мистер Бернхард, или тебе, бабушка?

Бабушка Мэдди лишь отрицательно покачала головой.

– Зелёный всадник? А кто это?

– Понятия не имею, – сказала я. – Знаю только, что мне обязательно надо его найти.

– Когда мне надо что-нибудь найти, я, как правило, отправляюсь в библиотеку вашего дедушки, – совиные глаза мистера Бернхарда блеснули сквозь оправу очков. –

Там мне всегда удавалось разрешить свои вопросы. Если вам потребуется помощь, я всегда к вашим услугам. Я неплохо ориентируюсь в книгах, потому что регулярно стираю с них пыль.

– Хорошая идея, голубчик, – сказала бабушка Мэдди.

– Всегда рад помочь, мадам, – мистер Бернхард подложил в камин ещё несколько поленьев, а затем раскланялся и пожелал всем спокойной ночи.

Химериус последовал за ним.

– Очень уж хочется посмотреть, снимает он очки, когда ложиться спать, или нет, – сказал он. – И если он тайно покидает дом под покровом ночи, чтобы поиграть тяжёлый рок на барабанах в какой-нибудь группе, я тебе непременно об этом сообщу.

Вообще-то, моим братику и сестричке в учебные дни велено было ложиться спать вовремя, но сегодня мама сделала исключение. Насмеявшись и наевшись вдоволь, мы уютно устроились возле камина, Кэролайн пригрелась в маминых объятьях, Ник присел возле меня, а бабушка Мэдди примостилась в кресле леди Аристы, смахнула с лица седую прядь и с довольным видом посмотрела на нас.

– Можешь рассказать нам что-то о давних временах, бабушка Мэдди? – попросила Кэролайн. – Например, как ты была маленькой девочкой и ездила в деревню, чтобы навестить твою ужасную кузину Хейзл.

– Да ну, вы слышали эту историю уже сотни раз, – сказала бабушка Мэдди и поставила свои розовые войлочные тапочки на подставку для ног.

Но долго уговаривать её не пришлось. Все истории про её ужасную кузину начинались словами:

«Хейзл была самой несносной задавакой, которую только можно себе представить». Потом мы всегда дружно восклицали: «Прямо как Шарлотта!»

А бабушка Мэдди качала головой и говорила: «Нет, Хейзл была гораздо, гораздо хуже. Она дёргала кошек за хвосты и вертела ими над головой».

Я зарылась подбородком в волосы Ника и в который раз слушала, как бабушка Мэдди, будто бы вернувшись обратно в детство, становилась на защиту всех кошек Глостершира и устраивала Хейзл испытание навозной ямой. Но в моих мыслях вновь и вновь возникал Гидеон. Где он сейчас? Чем занимается? С кем общается? Может, он тоже сейчас обо мне думает. В тот же миг из живота, а может, и не оттуда, поднялось ощущение невероятного тепла, и мне еле удалось его подавить. Я вздохнула, подумав о нашем прощании перед ателье мадам Россини.

Гидеон тогда на меня даже не взглянул, хотя всего несколько минут назад мы целовались.

И вот опять. Хотя вчера вечером по телефону я клялась Лесли, что это никогда больше не повторится. «По крайней мере, пока мы не проясним, что же между нами происходит!»

Но Лесли только рассмеялась: «Ой, ну не ломайся, кого ты хочешь обмануть? Не нужно быть большим умником, чтобы догадаться, что именно между вами происходит. Ты влюбилась в него по уши!»

Но как можно влюбиться в человека, с которым знакома всего пару дней? В человека, который так часто вёл себя просто ужасно по отношению ко мне? Хотя, в те короткие моменты, когда он всё-таки вёл себя иначе, он был таким… таким невероятно…

– А вот и я, – прокаркал Химериус, проносясь в бреющем полёте над обеденным столом. Затем он присел на середину стола и устроился прямо возле свечи.

Кэролайн у мамы на коленях вздрогнула и посмотрела в его сторону.

– Что там, Кэролайн? – тихо спросила я.

– Да так, ничего, мне показалось, что там промелькнула какая-то тень.

– Что, правда? – я сконфуженно посмотрела на Химериуса. Он только пожал плечами и усмехнулся.

– Скоро полнолуние. В это время чувствительным людям иногда удаётся нас увидеть. Но только на секунду. Когда они присматриваются лучше, нас уже, вроде как, и нет… – он снова взлетел на люстру, – эта старая дама с завиточками видит и чувствует гораздо больше, чем хочет показать. Я вот решил зацепиться за её плечо, и она тут же за него схватилась… В твоей семейке меня уже ничем не удивишь.

Я нежно посмотрела на Кэролайн. Чувствительный ребёнок – только бы она не унаследовала от бабушка Мэдди её дар пророчицы.

– Она подходит к моему любимому месту, – сказала Кэролайн, глаза её горели. А бабушка Мэдди, зажмурившись от удовольствия, рассказывала, как садистка Хейзл стояла по горло в навозе в своём воскресном платье и шипела: «Мы ещё посмотрим, кто кого, Мэделин, я тебе ещё отомщу!»

– И она действительно отомстила, – вздохнула бабушка Мэдди. – И не раз.

– Но об этом ты расскажешь нам в следующий раз, – энергично сказала мама. – Детям пора спать. Завтра им вставать в школу. На этих словах все мы вздохнули, а бабушка Мэдди сделала это громче всех.

По пятницам в школьной столовой давали блинчики. От обеда не отказывался никто, потому что это было единственное блюдо, которое у столовских поваров получалось неплохо. Я знала, что Лесли умереть готова за маленький блинчик, поэтому не позволила ей остаться на перемене в классе, где мы договорились встретиться с Джеймсом.

– Иди и поешь, – сказала я. – Мне будет ужасно обидно, если из-за меня ты пропустишь любимые блинчики.

– Но кто тогда постоит на стрёме? К тому же, мне бы очень хотелось узнать поподробнее, что там вчера случилось между тобой, Гидеоном и зелёным диванчиком...

– Как бы я ни старалась, подробнее рассказать у меня не получится, – сказала я.

– Тогда просто расскажи всё с начала, это так романтично!

– Иди уже за блинчиками!

– Обязательно попроси у него сегодня номер телефона, – сказала Лесли. – Это ведь главное правило: целовать мальчишку можно только тогда, когда ты знаешь номер его телефона.

– Вкусненькие, поджаристые блинчики с яблочным повидлом, – сказала я.

– Но...

– Со мной ведь останется Химериус, – я кивнула на парту у окна, на которой действительно сидел Химериус и со скучающим видом покусывал кончик своего хвоста.

Лесли сдалась.

– Ну ладно! Только позволь научить тебя сегодня чему-нибудь полезному! То, что ты умеешь размахивать указкой миссис Каунтер, тебе не поможет! А если тебя кто-нибудь застанет за этим занятием, то скоро ты окажешься в психушке, так и знай!

– Ну иди же поскорей! – сказала я и вытолкнула её за дверь, сквозь которую как раз проскользнул Джеймс.

Джеймс очень обрадовался, что на этот раз мы остались одни.

– Эта веснушчатая девчонка заставляет меня нервничать, она так и норовит вмешаться со своими глупейшими комментариями. Она совершенно со мной не считается.

– Она просто… а, не важно.

– Итак, чем я могу быть полезен сегодня?

– Я подумала, что ты мог бы рассказать мне, как на званом ужине в восемнадцатом веке говорят «Привет».

– *«Привет»?*

– Ну да. Привет, здорóво, добрый вечер, ну ты понимаешь, обычное приветствие, когда сталкиваешься с каким-нибудь человеком лицом к лицу. Ну так что там у вас было принято: рукопожатие, поцелуй ручки, поклон, реверанс, светлость, сиятельство, высочество… Всё это так сложно, можно ошибиться в два счёта.

Джеймс приосанился и выпятил грудь колесом.

– Не ошибёшься, если сделаешь всё так, как я тебе скажу. Сперва я научу тебя, как дама должна присесть в реверансе перед кавалером, который принадлежит к тому же сословию, что и она.

– Супер, – сказал Химериус, – только как Гвендолин вообще узнает, к какому сословию принадлежит этот кавалер?

Джеймс выпучил на него глаза.

– Это ещё что такое? Кыш, кыш отсюда! Поди вон, кошка!

Химериус недоверчиво фыркнул:

– Что за дела?

– Ах, Джеймс! – сказала я. – Присмотрись повнимательнее! Это Химериус, мой друг… э-э-э… демон с водосточного жёлоба. Химериус, это Джеймс, тоже мой друг.

Джеймс вытащил из рукава носовой платок, и в нос мне ударил запах ландышей.

– Что оно такое мне безразлично, пускай уходит! Оно напоминает мне о том, что я всё ещё нахожусь в этом кошмарном болезненном бреду, и в этом бреду я должен преподавать невоспитанным девчонкам урок хороших манер.

Я вздохнула.

– Джеймс, ты не бредишь, всё здесь – реальность, когда ты, наконец, сможешь с этим примириться? Лет двести назад ты, наверное, действительно лежал в бреду, но затем ты… Ну, в общем, вы с Химериусом, вы оба… вы…

– Умерли, – сказал Химериус. – Если называть вещи своими именами. Он склонил головку. – Такова правда. Что тут ещё рассусоливать?

Джеймс помахал носовым платком.

– Ничего не хочу слышать! Кошки разговаривать не умеют!

– Я что, похож на кошку, глупое ты привидение? – крикнул Химериус.

– Есть немного, – сказал Джеймс, даже не посмотрев в его сторону, – может, разве что уши у тебя не кошачьи. И рога. И крылья. И этот странный хвост. Ах, как же я ненавижу эти бредовые фантазии!

Химериус встал прямо перед носом Джеймса, широко расставив лапки и разъярённо помахивая хвостом.

– Никакая я тебе не фантазия. Я – демон, – сказал он и от возбуждения выплеснул на пол целую лужицу воды. – Я – *могущественный* демон. Маги и зодчие в одиннадцатом веке нашли заклинание, которое сделало из меня фигурку, украшающую церковную башню. Но сегодня всё изменилось. Песчаник, из которого я был высечен, через несколько столетий рассыпался, и от меня осталось только то, что вы видите сейчас – только бледная тень моего прежнего естества. Я обречён вечно блуждать по этой земле, пока она не исчезнет. А этого события придётся ждать пару миллионов лет, никак не меньше.

– Ла-ла-ла, ничего не желаю слышать, – сказал Джеймс.

– Ты просто жалкий трусишка, – сказал Химериус. – В отличие от тебя у меня просто нет другого выхода – один маг проклял меня на вечное пребывание здесь. Но ты ведь можешь прекратить своё ужасное призрачное существование в любой момент, и отправиться туда, куда уходят люди, когда им суждено умереть.

– Но я не умер, ты, глупая кошка! – крикнул Джеймс. – Я просто болен, я лежу в кровати и брежу. И если мы сейчас же не сменим тему разговора, я просто развернусь и уйду!

– Ладно вам, – сказала я, растирая губкой для доски лужицу, которую наплевал Химериус. – Давайте лучше сосредоточимся на деле. Реверанс перед кавалером, который принадлежит к тому же сословию…

Химериус покачал головой, покружил над нами и зацепился за косяк двери.

– Ладно, я тогда постою на вахте. Не хотелось бы, чтобы кто-то увидел, как ты тут упражняешься в приседании.

Большая перемена оказалась слишком короткой, её никак не хватало на то, чтобы научиться всем премудростям, которые хотел преподать мне Джеймс. Но к концу перемены я уже умела делать реверанс тремя разными способами и подавать ручку для поцелуя. (Как всё-таки хорошо, что некоторые обычаи, такие, как этот, давно забыты.) Когда в кабинет вернулись мои одноклассники, мы с Джеймсом поклонились друг другу на прощание, и я даже успела поблагодарить его быстрым шёпотом.

– Ну как? – спросила Лесли.

– Джеймс решил, что Химериус – это какая-то странная кошка из его бредовых фантазий, – сообщила я. – Остаётся только надеяться, что всё, чему он меня научил – это тоже не плод его больного воображения. Если всё-таки нет – то я теперь знаю, как вести себя, когда меня представят герцогу Девонширскому.

– Вот и хорошо, – сказала Лесли. – И как же?

– Присесть в глубоком медленном реверансе, – сказала я. – Почти таком же почтительном, как перед королём, но менее почтительном, чем перед маркизом или графом. В общем-то, ничего сложного. А в остальных случай – знай себе подавай ручку для поцелуев и улыбайся.

– Вот это да, Джеймс хоть на что-то сгодился, кто бы мог подумать, – Лесли огляделась вокруг. – Они там в своём восемнадцатом веке будут от тебя просто в шоке.

– Надеюсь, – сказала я. До конца занятий ничто не могло омрачить моего хорошего настроения.

Шарлотта и противный губошлёп ужасно удивятся, когда я им скажу, что усвоила разницу между светлостью и высочеством. Хотя они и старались, как могли, объяснить мне это как можно более запутанно.

– У меня тут появилась версия насчёт магии ворона, – сказала Лесли после уроков, пока мы шли по коридору к кабинету с нашими портфелями. – Она настолько проста, что никто до неё не додумался. Встретимся завтра у вас, принесу с собой все материалы, всё, что я смогла найти. Если только мама снова не решит устроить генеральную уборку, и мне не придётся целый день ходить в резиновых перчатках.

– Гвенни! – Синтия хлопнула меня по спине. – Помнишь Регину Кёртиз, она раньше ходила в один класс с моей сестрой, а потом ушла. Она сейчас в больнице, лечится от дистрофии. Ты что, тоже решила составить ей компанию?

– Нет, – сконфуженно сказала я.

– Ладно, тогда кушай! *Прямо сейчас*! – Синтия бросила мне сосательную конфету. Я словила её и послушно раскрыла обёртку. Но как только я поднесла конфету ко рту, Синтия схватила меня за руку.

– Стой! Ты что, действительно хочешь это съесть? Ты разве не сидишь на диете?

– Нет, – ответила я.

– Тогда Шарлотта соврала. Она утверждала, что ты не приходишь в столовую обедать, потому что хочешь похудеть и стать такой же тощей, как и она. Дай сюда конфету. Ты ни капельки не подвержена похудению, – Синтия уже положила конфету себе в рот. – На, держи, это приглашение на мой день рождения. У нас снова будет вечеринка с переодеваниями. В этот раз задание для костюмов звучит так: зелёный зелёного зеленее. Можешь привести своего парня.

– Э-э-э…

– Знаешь, я сказала Шарлотте то же самое, и мне всё равно, кто из вас его приведёт, главное – чтобы он присутствовал на моей вечеринке.

– Она совсем с ума сошла, – прошептала Лесли.

– Я всё слышу, Лесли. Ты тоже можешь привести с собой Макса.

– Син, мы уже полгода как расстались.

– Ох, как плохо, – сказала Синтия. – В этот раз что-то очень мало мальчиков получается. Значит так, или вы приведёте с собой по парню, или мне придётся отказать кому-то из девчонок, Аишани, например, хотя она, наверное, всё равно не придёт, её родители не терпят вечеринок, на которых мальчики танцуют с девочками.

– О боже, что это там такое? Ущипните меня кто-нибудь, кажется, я сплю, а это – лишь прекрасный сон!

«Это там» оказалось рослым парнем со светлыми волосами. Он стоял перед кабинетом директора вместе с мистером Уитменом. Мне показалось, что я его уже где-то видела.

– Ай, – пискнула Синтия, потому что Лесли выполнила её просьбу и ущипнула Синтию за руку.

Мистер Уитмен и светловолосый парень обернулись. Когда сквозь густые ресницы молодой человек посмотрел на меня своими зелёными глазми, я сразу же поняла, кем был этот незнакомец.

Вот это новости! Может, мне тоже себя ущипнуть?

– Вы как раз вовремя, – сказал мистер Уитмен. – Рафаэль, это три ученицы из твоего класса. Синтия Дейл,

Лесли Хей и Гвендолин Шеферд. Девочки, познакомьтесь с Рафаэлем Бертелином. С понедельника он переходит в ваш класс.

– Привет, – пробормотала Лесли. А мы с Синтией в один голос спросили:

– Что, правда?

Рафаэль улыбнулся. Он стоял, засунув руки в карманы брюк. Парень действительно был очень похож на Гидеона, но было заметно, что он младше. Его губы были полнее, его кожа имела бронзовый оттенок, как будто он недели четыре отдыхал на Карибах.

Наверное, так выглядят все счастливцы с юга Франции.

– А почему ты решил перейти в новую школу посреди учебного года? – спросила Лесли. – У тебя что, неприятности?

Улыбка Рафаэля стала ещё шире.

– Зависит от того, что ты считаешь неприятностями, – сказал он. – Вообще-то, я здесь, потому что школа мне уже в печёнках сидит. Но...

– Рафаэль переехал сюда из Франции, – перебил его мистер Уитмен. – Пойдём, Рафаэль, нам пора, директор Гиллз уже ждёт.

– Тогда до понедельника! – сказал Рафаэль, и мне показалось, что обращался он исключительно к Лесли.

Синтия подождала, пока мистер Уитмен и Рафаэль скроются в кабинете директора Гиллза, а потом простёрла к потолку обе руки и завопила:

– Спасибо!!! Спасибо тебе, дорогой Боженька, что услышал мои молитвы!

Лесли ткнула меня локтем в бок.

– У тебя такой вид, будто тебе на ногу только что наехал автобус.

– Подожди, скоро узнаешь, кто это был, – прошептала я. – И тоже будешь выглядеть не хуже!

Любое время – это Сфинкс, низвергающийся в пропасть,
как только решена его загадка.

Генрих Гейне

Глава седьмая

Сначала мы встретили брата Гидеона, потом мне пришлось второпях объяснять всё Лесли (она раз десять переспросила меня: «Ты уверена?», и десять раз я ответила: «На все сто!», и обе мы раз сто повторили: «С ума сойти!», «Как же так?» и «Ты видела, какие у него глаза?»). Поэтому, когда я подошла к лимузину, Шарлотта уже была там. За нами снова послали мистера Марли, он дожидался меня перед машиной, и вид у него при этом был ещё более взволнованный, чем обычно.

Химериус примостился на крыше лимузина, неторопливо помахивая хвостом вправо-влево. Шарлотта уже залезла на заднее сидение и посмотрела на меня с нескрываемым раздражением.

– И где только тебя носит? Такой человек, как Джордано, ждать не будет. Кажется, ты до сих пор не поняла, какая это для тебя честь, что он согласился нам преподавать.

Мистер Марли со смущённым видом сопроводил меня к машине и закрыл за мной дверцу.

– Что-то не так? – во мне шевельнулось нехорошее предчувствие, что я пропустила что-то важное. Недовольное лицо Шарлотты только усиливало подозрение.

Когда автомобиль тронулся, Химериус пролез внутрь и плюхнулся на сидение напротив меня. Мистер Марли, как и в прошлый раз, сидел впереди рядом с водителем.

– Было бы замечательно, если бы ты сегодня всё-таки приложила немного усилий, – сказала Шарлотта. – Меня так коробит вся эта ситуация, ведь ты, в конце концов, моя кузина.

Я громко рассмеялась.

– Ой, Шарлотта, ну хватит тебе! Передо мной можешь не прикидываться. Ты ведь только и ждёшь случая, когда я выставлю себя на посмешище – чтобы позлорадствовать всласть!

– Неправда! – Шарлотта покачала головой. – Вот опять ты за своё, думаешь только о себе, как невоспитанный ребёнок. Все желают тебе только добра, хотят помочь, чтобы ты... не разрушила всё из-за своей непутёвости. Хотя, кажется, тебе такая возможность больше не представится. Я с самого начала была уверена, что они всё отменят.

– Это ещё почему?

Несколько секунд Шарлотта молча смотрела мне в глаза, а потом произнесла:

– Не волнуйся, всему своё время. Они всё тебе расскажут, если сочтут нужным.

В голосе её звучало нескрываемое презрение.

– Что-то случилось? – спросила я, обращаясь при этом вовсе не к Шарлотте, а к Химериусу. Меня не так-то просто запугать.

– Я что-то пропустила? Мистер Марли о чём-то рассказывал, пока я шла к машине?

– Так, побрюзжал немного, – сказал Химериус, а Шарлотта поджала губы и обернулась к окошку, – кажется, сегодня утром с одним носителем гена, пока он путешествовал в прошлом, произошёл несчастный случай. Это был... – он пригладил хвостиком брови.

– Ну, давай же, говори скорее, из тебя надо всё клещами тянуть, честное слово!

Шарлотта, которая, естественно, восприняла эту тираду на свой счёт, сказала:

– Если бы ты не опаздывала, то давно уже была бы в курсе событий, так-то.

– *Алмаз*, – сказал Химериус, – кто-то его… как бы это лучше сказать… кто-то хорошенько заехал ему между глаз.

У меня внутри всё сжалось от ужаса.

– Что?

– Только не волнуйся, – сказал Химериус, – жив твой принц. Во всяком случае, я так понял из всей этой невнятной болтовни нашего рыжего. Ну, дела! Да ты побелела как молоко! Ой-ой, тебя ведь не стошнит прямо тут, правда? Ну же, возьми себя в руки.

– Не могу, – прошептала я. Мне действительно вдруг стало невероятно плохо.

– Чего ты там не можешь? – прошипела Шарлотта. – Главное, что должен запомнить носитель гена: на первое место следует ставить интересы дела, а потом уже думать о своих потребностях. Ты же делаешь всё с точностью до наоборот!

Моё воображение услужливо рисовало мне самые страшные картины: истекающий кровью Гидеон лежит на сырой земле… У меня перехватило дыхание.

– Другие всё на свете готовы отдать, лишь бы получить хоть один урок у Джордано. А ты ведёшь себя так, будто тебя силой заставляют с ним общаться.

– Шарлотта, помолчи! – крикнула я.

Шарлотта снова отвернулась к окошку. Меня проняла дрожь.

Химериус положил на моё колено свою когтистую лапку, изо всех сил стараясь меня успокоить.

– Сделаю всё, что в моих силах. Я найду твоего дружка и обо всём тебе доложу, договорились? Только не реви! А не то я и сам разнервничаюсь и начну плеваться водой прямо на это добротное кожаное сидение. Тогда твоя кузина решит, что ты не добежала до туалета.

Он вылетел сквозь крышу машины и был таков. Химериус отсутствовал часа полтора, но мне они показались вечностью. За это время я успела нафантазировать себе самое ужасное развитие событий, так что теперь едва понимала, где я, и что со мной происходит. Между тем мы прибыли в Темпл, но лучше мне от этого не стало. Ведь там нас уже поджидал наш непреклонный Магистр. Однако я никак не могла собраться с мыслями, поэтому не вникала ни в рассказ Джордано о колониальной политике Англии, ни в шарлоттины танцевальные па. Что, если на Гидеона снова напали мужчины со шпагами, и на этот раз он не смог себя защитить?

Картинку с истекающим кровью Гидеоном в моём воображении сменила больничная палата, отделение интенсивной терапии. Гидеон лежал ничком на больничной койке, подключённый к тысячам трубочек и бледный как мел. Ну почему же никого вокруг нельзя спросить, как он?

И вот наконец-то прямо сквозь стену в старую трапезную влетел Химериус.

– Ну и? – спросила я, не обращая внимания ни на Джордано, ни на Шарлотту. Они как раз пытались научить меня, как правильно аплодировать, когда находишься на званом ужине в восемнадцатом веке. Конечно, по их мнению, я снова делала всё совсем не так.

– Ты, тупица, мы тут не куличи лепим! – сказал Джордано. – Так хлопают малыши в песочнице, когда им весело… И куда это ты опять уставилась? Я скоро *сойду с ума*!

– Всё замечательно, ты, девица-на-сеновале-не-спится, – сказал Химериус и широко улыбнулся. – Парня чем-то огрели по голове и он пару часов провалялся без сознания, но, кажется, у него и правда не череп, а алмаз, потому что даже лёгкого сотрясения мозга твой дружок не схлопотал. А рана на лбу… о нет, только не бледней здесь снова! Я же говорю, всё с ним в порядке!

Я глубоко вздохнула. У меня отлегло от сердца.

– Ну, так-то лучше, – сказал Химериус, – и не пыхти ты как паровоз. У твоего принца пока что все милые белые зубки на месте. К тому же, он всё время ругается почём зря, смею предположить, что это хороший знак.

Слава Богу. Слава Богу. Слава Богу.

Вот кто тут действительно пыхтел как паровоз, так это Джордано. Но мне в тот момент всё было нипочём. Его пустая болтовня вдруг перестала меня раздражать. Даже наоборот, очень даже любопытно было наблюдать, как кожа его подбородка из тёмно-розовой вдруг превратилась в фиолетовую.

В дверях показался мистер Джордж, он подоспел как раз вовремя, а не то губошлёп запросто влепил бы мне пару оплеух, его прямо трясло от бешенства.

– Сегодня урок прошёл ещё хуже, если с ней возможно провести что-то *ещё хуже*, – Джордано опустился на изящный стул и промокнул пот платком, платок был точь-в-точь такого же цвета, как и его кожа в тот момент. – Глаза у неё сегодня стали словно стеклянные, и смотрела она не на меня, а куда-то в пустоту. Если бы обстоятельства были другими, я бы предположил, что её накачали наркотиками!

– Джордано, пожалуйста... – сказал мистер Джордж, – у нас у всех сегодня день не задался...

– Как... он себя чувствует? – спросила Шарлотта, покосившись при этом в мою сторону.

– Согласно сложившимся обстоятельствам, – серьёзно ответил мистер Джордж.

Шарлотта снова бросила на меня короткий изучающий взгляд. Я хмуро посмотрела на неё в ответ и почувствовала что-то вроде удовлетворения от того, что я знала что-то такое, о чём уже давно хотела услышать.

– Ага, заливай дальше, – сказал Химериус, – всё с ним в порядке, поверь, золотко! Он только что проглотил огромную телячью отбивную с жареной картошкой и салатом. Ну как, это очень *согласно сложившимся обстоятельствам*?

Джордано разозлился, никто не удосужился его выслушать.

– Вот только не хочется, чтобы в конце концов все шишки полетели именно на меня, – сказал он пискливым голосом и отодвинул свой стульчик. – Мне довелось работать с разными людьми: и со скрытыми талантами, и с сильными мира сего, но никогда, никогда мне не попадалось ничего *похожего вот на это.*

– Дорогой мой Джордано, вы прекрасно знаете, как мы вас ценим. И никто так хорошо не смог бы преподать Гвендолин... – мистер Джордж умолк, потому что Джордано капризно оттопырил нижнюю губу и запрокинул голову, потрясая своей железобетонной причёской.

– Только не говорите потом, что я вас не предупреждал, – поспешно проговорил он. – Это всё, о чём я прошу.

– Договорились, – вздохнув, ответил мистер Джордж. – Я... ну да ладно. Я передам ваши пожелания. Пойдём, Гвендолин.

Я уже отстегнула кринолин и аккуратно повесила его на стульчик возле пианино.

– До свидания, – сказала я Джордано.

Тот всё ещё обижался на меня и на мистера Джорджа.

– Боюсь, следующего свидания нам действительно не избежать.

По дороге в старую алхимическую лабораторию (я, кстати, уже почти свободно ориентировалась в этих коридорах даже с завязанными глазами) мистер Джордж рассказал мне, что же произошло сегодня утором. Он был немного удивлён, что мистер Марли до сих пор не проинформировал меня о случившемся, а я решила не пускаться в объяснения, почему так вышло.

Утром Гидеона послали в прошлое с помощью хронографа для выполнения какого-то маленького задания (какого именно, мистер Джордж мне так и не сказал), а через два часа его нашли без сознания недалеко от комнаты, в которой лежит хронограф. С открытой раной на лбу, которую, вероятно, нанесли чем-то вроде дубинки. Гидеон не смог вспомнить никаких подробностей. Тот, кто это сделал, должно быть, поджидал его в засаде, откуда и совершил нападение.

– Но кто...?

– Мы этого не знаем. Удручающая ситуация. Особенно в нашем теперешнем положении. Мы провели тщательное обследование его тела, никаких следов иглы или признаков того, что у него брали кровь.

– А раны на лбу для такого дела хватило бы? – содрогнувшись, спросила я.

– Возможно, – признал мистер Джордж, – но если бы этот... кто-то действовал наверняка, он бы взял кровь каким-нибудь другим способом. Но, конечно, объяснений можно придумать великое множество. О том, что Гидеон прибудет именно в тот момент, не знал никто, поэтому вряд ли кто-то поджидал там именно его. Более вероятно, что это была неожиданная встреча. В... некоторые годы здесь на каждом шагу попадались какие-нибудь подозрительные личности, воры, разбойники, низшие слои общества, короче говоря. Я лично считаю, что происшествие с Гидеоном – это досадная случайность... – он кашлянул, – но, в сущности, Гидеон неплохо справился с этой неожиданной сложностью, доктор Уайт не нашёл никаких серьёзных повреждений. Поэтому вы, как и планировалось, сможете участвовать в званом вечере в воскресенье днём, – он засмеялся. – Отлично звучит: званый вечер, который состоится днём.

Ха-ха-ха, очень смешно.

– А где сейчас Гидеон? – нетерпеливо спросила я. – В больнице?

– Нет. Он отдыхает.

Хотелось бы верить.

– Мы отвезли его в больницу только для того, чтобы сделать томографию, но она, слава Богу, не показала ничего тревожного. Поэтому Гидеон решил вернуться сюда. Ведь вчера вечером к нему неожиданно пожаловал его младший брат...

– Я знаю, – сказала я. – С сегодняшнего дня Рафаэль учится в Сент-Леннoксе, благодаря мистеру Уитмену.

Я услышала, как мистер Джордж глубоко вздохнул.

– Мальчик сбежал из дома после того, как они с друзьями учинили какие-то неприятности. И вот Фальку пришла в голову сумасшедшая идея оставить мальчика в Англии. В столь тревожные времена у всех нас, а прежде всего, у Гидеона, есть дела поважнее, чем забота о непослушном юнце... но Фальк никогда не мог отказать Селине, и, кажется, это последний шанс маленького Рафаэля закончить школу, подальше от друзей, которые так тлетворно на него влияют.

– Селина – это мама Гидеона и Рафаэля?

– Да, – сказал мистер Джордж, – именно от неё мальчики унаследовали зелёный цвет глаз. Вот мы и пришли. Можешь снять повязку.

На этот раз в комнате никого, кроме нас, не было.

– Шарлотта сказала, что из-за всех этих перипетий вы решили отменить наш визит в восемнадцатый век, – сказала я с надеждой в голосе. – Или хотя бы отложить. Только за тем, чтобы Гидеон немного отдохнул, а я смогла ещё чуть-чуть потренироваться...

Мистер Джордж отрицательно махнул головой.

– Нет. Этого мы делать не станем. Нужно будет предпринять все возможные меры безопасности, но при этом не выбиться из поставленного графом плана. Для него скорейшее исполнение операции имеет огромное значение. Послезавтра вы с Гидеоном отправитесь на званый вечер, это не обсуждается. А вот в какой год ты хотела бы прыгнуть сегодня? Может, у тебя есть какие-нибудь пожелания?

– Нет, – сказала я с напускным равнодушием. – Какая разница, в каком ты году, если приходится сидеть в закрытом подвале, правда ведь?

Мистер Джордж осторожно развернул бархатное полотно и достал хронограф.

– В сущности, ты права. Гидеона мы в основном посылаем в 1953-й, этот год выдался довольно спокойным. Нужно только следить за тем, чтобы он не встретился там случайно с самим собой, – он усмехнулся. – Жутковатая, должно быть ситуация, когда ты заперт где-то непонятно где со своим будущим я, – он погладил свой круглый живот и задумчиво посмотрел куда-то вдаль. – Как ты находишь 1956-ой? Это тоже очень спокойный год.

– Звучит заманчиво, – сказала я.

Мистер Джордж выдал мне фонарик и снял с пальца кольцо.

– Это только на тот случай... Но не волнуйся, в подвал никто не должен войти, ты ведь прибудешь в половине третьего ночи.

В половине третьего ночи? – озадаченно повторила я. Как, интересно, я смогу разыскать своего дедушку посреди ночи? Ни один человек не поверит моей истории о том, что я просто заблудилась в подвале. В половине третьего ночи. Может, во всём здании вообще никого не будет. Тогда всё напрасно!

– О, мистер Джордж, пожалуйста, пожалейте меня! Только не посылайте меня в эти жуткие катакомбы посреди ночи...совсем одну...

– Но Гвендолин, это решительно всё равно, в какое время суток ты прибудешь, ведь ты находишься глубоко под землёй, в закрытом помещении…

– Но по ночам… мне страшно! Пожалуйста, только не посылайте меня одну… – я так расстроилась, что слёзы навернулись сами собой, мне даже не пришлось притворяться.

– Ну-ну, успокойся, – сказал мистер Джордж и нежно посмотрел на меня своими маленькими глазками. – Я совсем забыл, что ты… Давай тогда действительно выберем другое время суток. Давай, например, установим три часа пополудни?

– Да, так будет лучше, – сказала я, – спасибо, мистер Джордж.

– Не за что, – мистер Джордж на секунду оторвался от хронографа и улыбнулся мне. – Наши требования к тебе и вправду непомерно высоки, мне кажется, я бы на твоём месте тоже побоялся сидеть в одиночестве в тёмном подвале. К тому же, ты ведь видишь вещи, которые никто кроме тебя видеть не может…

– Да, спасибо, что напомнили, – сказала я. Химериуса рядом не было, а то бы он наверняка обиделся, услышав, что его обозвали «вещью». – А что там за могилы, полные костей и черепов, прямо за углом?

– О, – сказал мистер Джордж, – я не хотел тебя пугать ещё и такими подробностями.

– Не волнуйтесь, – сказала я, – мёртвых я не боюсь. Они, в отличие от живых, вреда причинить не могут, это из личного опыта, – я увидела, как брови мистера Джорджа поползли вверх от удивления, и быстро добавила: – Конечно, мне всё равно немного не по себе, и я ни за какие коврижки не согласна сидеть среди ночи рядом с какими-то там могилами… – я подала ему руку, другой рукой крепко прижала к себе рюкзак. – Возьмите на этот раз безымянный палец, он ещё без единого укола.

Когда я вытащила из тайника ключ и развернула записку, которую туда вложил Лукас, сердце моё забилось так быстро, что чуть не выпрыгнуло из груди. На листе бумаги было всего лишь несколько слов на латыни, никакого личного послания. Пароль дня показался мне невероятно длинным, поэтому я даже не пыталась выучить его наизусть, а, вытащив из пенала ручку, записала его на ладони. Лукас приложил также план подземных переходов. Согласно его рисунку, мне надо было сначала повернуть направо, потом три раза налево, а потом я должна была прийти к большой лестнице и там встретить первых стражников. Дверь открылась одним движением, как только я повернула ключ. Немного помешкав, я всё же решила не запирать её снова, ведь кто знает, может, на обратном пути мне придётся спешить. Воздух в этом подвале был сырым и затхлым, а по стенам можно было определить, какими старыми были эти переходы. Потолок был очень низким, а проходы – совсем узкими. Через каждые несколько метров от основного коридора отделялся новый ход, или появлялась новая дверь, вмурованная в стену. Без фонарика и карты, которую для меня нарисовал Лукас, я бы наверняка заблудилась, несмотря на то, что всё здесь внизу казалось мне каким-то до боли знакомым. И вот я подошла к последнему повороту налево и услышала голоса, которые доносились с лестницы. Глубоко вздохнув, я шагнула вперёд.

Самое главное сейчас – убедить этих стражников в том, что меня надо обязательно пропустить.

В отличие от своих коллег из восемнадцатого века, они вовсе не выглядели такими уж угрожающими. Эти стражники сидели на ступеньках и резались в карты. Решительным шагом я подошла ближе.

При моём появлении один стражник выронил карты, а второй быстро встал и стал лихорадочно искать свою шпагу, которая стояла у стены.

– Добрый день, – смело сказала я. – Не утруждайте себя, я вас не задержу.

– Как... как... как? – запинаясь, проговорил первый стражник. В то же время второй схватился за шпагу и застыл в нерешительности, осматривая меня с головы до пят.

– Кажется, шпага – не самое распространённое оружие двадцатого века, – удивлённо сказала я. – Что же вы будете делать, если здесь появится кто-нибудь с ручной гранатой? Или с пулемётом?

– Сюда нечасто захаживают гости, – сказал тот, который держал шпагу, и смущённо улыбнулся. – Это в большей степени дань традициям... – он резко махнул головой, будто пытаясь призвать к порядку самого себя, затем он встрепенулся и встал по стойке смирно. – Пароль?

Я посмотрела на свою ладонь.

– «Nam quod in iuventus non discitur, in matura aetate nescitur.[19]»

– Всё верно, – сказал первый, он так и продолжал сидеть на ступеньках. – Но откуда вы взялись, позвольте вас спросить?

– Из Дворца Правосудия, – сказала я. – Отличный способ сократить путь. Я вам покажу, когда выдастся свободная минутка. Но сейчас у меня важная встреча с Лукасом Монтроузом.

– Монтроузом? Я даже не уверен, здесь ли он сегодня, – сказал тот, который держал шпагу, а второй добавил:

– Мы препроводим вас наверх, мисс, но сначала вы должны сказать нам своё имя. Для отчётности.

---

19 Что не освоил в юности, в старости уже выучить не дано. *(лат.)* М.А. Кассиодор

Я брякнула первое, что пришло мне в голову. Наверное, даже слишком поспешно.

– Вайолет Пурпельплюм? – недоверчиво повторил тот, что со шпагой. А второй уставился на мои ноги.

Кажется, короткие школьные юбочки не вполне вписывались в моду 1956 года. Плевать, главное сейчас – пройти этот конвой.

– Да, – резко сказала я, злясь сама на себя. – А почему это вы так заулыбались? Не могут же все на свете зваться Смитами или Миллерами. Может, давайте уже пойдём?

Стражники немного поспорили, кому же выпадет честь отвести меня наверх, затем тот, что со шпагой, сдался и снова присел на ступеньку. Пока мы поднимались наверх, второй стражник поинтересовался, бывала ли я уже когда-нибудь в этом доме. Я ответила, что конечно, даже несколько раз, а как красив Зал Дракона, не правда ли, почти все мои родственники – члены ложи, и тут стражник даже вспомнил, как он видел меня на одном из праздников, которые проводились в саду.

– Вы – та девушка, что разливала лимонад, ведь так? Вместе с леди Гейнсли.

– Э-э-э, точно, так и было, – сказала я. Между нами тут же завязался непринуждённый разговор о праздниках, розах и разных людях, о которых я раньше и слыхом не слыхала (что, вообще-то, не помешало мне отпускать замечания по поводу смешной шляпки миссис Лэмотт и распространить слух о том, что мистер Мейсон запирался в кабинете со своей секретаршей, фи!).

Проходя мимо окна, я с любопытством выглянула наружу. Всё казалось таким знакомым. Было странно осознавать, что за стенами Темпла этот город совершенно не такой, как в моё время. Хотелось прямо сейчас выбежать куда-то в другой район и посмотреть на жизнь в этом времени поближе, чтобы поверить, что она действительно изменилась с тех пор.

Когда мы поднялись на второй этаж, стражник постучал в какую-то дверь. На табличке стояла фамилия моего дедушки, на какое-то мгновение я преисполнилась невероятной гордости. Я смогла, я сделала это!

– Мистер Монтроуз, к вам мисс Пурпельплюм, – сказал стражник, открывая передо мной дверь.

– Спасибо, что проводили, – сказала я, стараясь при этом как можно скорее проскользнуть в кабинет. – Увидимся на следующем празднике!

– Да, очень надеюсь, что именно так оно и будет, – сказал он, но тут я захлопнула дверь перед самым его носом.

Радостно улыбаясь, я обернулась.

– Ну, что скажешь?

– Мисс... э-э-э... Пурпельплюм? – мужчина за письменным столом смотрел на меня во все глаза. Сомнений быть не могло, передо мной сидел вовсе не мой дедушка, а совсем другой человек. Я в страхе попятилась обратно к двери. Этот человек был очень молод, у юноши было круглое гладкое лицо и светлые добрые маленькие глазки. Где же я видела их раньше?

– Мистер Джордж? – недоверчиво спросила я.

– Мы знакомы? – молодой мистер Джордж встал со своего стула.

– Да, конечно, мы виделись на последнем празднике в саду, – пролепетала я заплетающимся языком. Мои мысли в это время лихорадочно метались. – Я – та девушка, которая с лимонадом... а где же де... Лукас? Неужели он не говорил, что мы с ним договорились сегодня встретиться?

– Я – его ассистент, я здесь совсем недавно, – смущённо пробормотал мистер Джордж. – Нет, он ничего такого не говорил. Но он должен прийти с минуты на минуту. Может, вы присядете и подождёте его, мисс... э-э-э...?

– Пурпельплюм!

– Да-да. Выпьете чашечку кофе? – он вышел из-за стола и пододвинул мне стул, который пришёлся как раз кстати, потому что я никак не могла унять дрожь в коленках.

– Нет, спасибо, кофе не надо.

Он нерешительно осматривал меня с головы до ног. В ответ я молча уставилась на него.

– Вы… состоите в скаутской организации?

– Что-что?

– Я просто подумал… ваша одежда…

– Нет, – я не могла оторвать взгляд и всё продолжала смотреть на мистера Джорджа. Это действительно был он, собственной персоной! Он был невероятно похож на себя через пятьдесят лет, только вот волос на его голове в нашем времени уже не было, зато были очки, а в ширину он был теперь такого же размера, как и в длину.

У молодого мистера Джорджа, напротив, была пышная шевелюра, которую он тщательно расчесал на прямой пробор и уложил с помощью большого количества бриолина. И он был очень, очень стройным.

Кажется, мистеру Джорджу было не совсем приятно, что я так на него пялюсь. Он покраснел, спрятался обратно за свой письменный стол и зарылся в бумаги.

Я размышляла над тем, что он скажет, если я достану из кармана его перстень с печаткой и покажу ему.

Так мы промолчали по меньшей мере четверть часа, затем дверь распахнулась, и в кабинет вошёл мой дедушка. Увидев меня, он на секунду оторопел, но быстро взял себя в руки и сказал:

– Ах, ну кто бы мог подумать, моя дорогая кузина!

Он подбежал ко мне. За то время, что мы не виделись, Лукас стал заметно старше. На нём были пиджак и галстук, он отрастил усы, которые ему, вообще-то, не очень шли. Эти усы, оказалось, страшно щекотались, мне пришлось об этом узнать, когда Лукас поцеловал меня сначала в правую щёку, а затем в левую.

– О Хейзл, как же я рад тебя видеть! Как долго ты планируешь пробыть в наших краях? Твои дорогие родители тоже приехали?

– Нет, – пробормотала я. Ну почему я должна была притвориться именно этой противной Хейзл! – Они остались дома... с кошками...

– Познакомься, это Томас Джордж, мой новый помощник. Томас, это Хейзл Монтроуз из Глостершира. Я же тебе говорил, что она скоро приедет меня навестить.

– Я думал, её фамилия – Пурпельплюм! – сказал мистер Джордж.

– Да, – сказала я. – У меня двойная фамилия. И двойное имя. Хейзл Вайолет Монтроуз-Пурпельплюм – ну кто, скажите на милость, такое запомнит?

Лукас посмотрел на меня, наморщив лоб.

– Мы с Хейзл пойдём немного прогуляемся, – обратился он затем к мистеру Джорджу. – Договорились? Если я кому-то понадоблюсь, я разговариваю с клиентом.

– Да, мистер Монтроуз, сэр, – сказал мистер Джордж, стараясь сохранять спокойствие.

– Увидимся! – сказала я.

Лукас взял меня за руку и потянул за собой, мы быстро вышли из кабинета.

Шагая по извилистым коридорам, мы с Лукасом молчали и лишь улыбались один другого шире. Только после того, как за нами захлопнулась тяжёлая дверь дома, и мы очутились на залитой солнцем узкой улочке, я решилась, наконец, заговорить.

– Не хочу я быть этой противной Хейзл, – укоризненно сказала я и с любопытством огляделась по сторонам. Казалось, Темпл не слишком изменился за эти пятьдесят лет, если только не обращать внимание на странные автомобили. – Я что, похожа на девчонку, которая дёргает кошек за хвосты и вертит ими над головой?

– Пурпельплюм! – не менее укоризненно произнёс Лукас. – Ты не могла придумать ничего более запоминающегося, а? – Затем он взял меня за плечи и внимательно посмотрел мне в глаза. – Дай-ка я на тебя погляжу как следует, внученька! Ты ничуть не изменилась за эти восемь лет.

– Ну да, это было только позавчера, – сказала я.

– Невероятно, – сказал Лукас. – Все эти годы я не мог избавиться от мысли, что мне просто померещилось…

– Вчера меня послали в 1953-й, но там я была не одна.

– Сколько у нас сегодня времени?

– Я прыгнула к вам в половине третьего, то есть ровно в половине седьмого меня унесёт обратно.

– Тогда у нас есть ещё немного времени, чтобы пообщаться. Пойдём, за углом есть маленькое кафе, там можно выпить чаю.

Лукас взял меня под руку, и мы пошли по направлению к Стрэнду[20].

– Ты не поверишь, три месяца назад я стал отцом, – рассказывал он, шагая рядом со мной. – Должен признаться, это такое замечательное чувство. Думаю, я правильно сделал, что выбрал Аристу. Клодин Сеймор ведёт себя совершенно неподобающим образом, да и вообще, она любит пропустить рюмку-другую. Даже с утра.

Мы прошли по маленькой улочке и оказались на широком шоссе. От удивления я остановилась как вкопанная.

Машины неслись и справа, и слева, все они смахивали на авто из ретро-фильмов. Здесь были красные двухэтажные автобусы, точно такие же я как-то видела в музее, оказывается, они ужасно дребезжали, а люди, которые шли по тротуару, все были в шляпах – и мужчины, и

20 Центральная улица Лондона, соединяющая районы Вестминстер и Сити.

женщины, и даже дети! На стене дома кто-то криво приклеил плакат с рекламой фильма «Высшее общество», на нём красовались прекрасная Грейс Келли и ужасный Фрэнк Синатра.

Широко открыв рот и глаза, я вертела головой то вправо, то влево, и едва продвигалась вперёд. Улица была похожа на снимок с чёрно-белой открытки «под старину», только здесь, вокруг, всё было в цвете.

Лукас привёл меня в милое кафе на углу двух улиц и заказал чай с булочками.

– В прошлый раз ты была голодна, – вспомнил он. – Они здесь готовят неплохие бутерброды.

– Нет, спасибо, – сказала я. – Дедуля, знаешь, а ведь мистер Джордж в 2011-ом ведёт себя так, будто никогда меня раньше не видел.

Лукас пожал плечами.

– А, не бери в голову. Прежде чем вы снова встретитесь, пройдёт целых пятьдесят пять лет. Может, он просто-напросто тебя забыл.

– Да, наверное, – сказала я и с раздражением обернулась к курильщикам, которых в этом кафе было предостаточно. Прямо возле нас за овальным столиком сидел какой-то толстяк с сигаретой, а перед ним стояла стеклянная пепельница величиной с человеческий череп. В кафе было так много дыма, хоть топор вешай. Неужели они тут в 1956-ом не в курсе, что существует рак лёгких?

– Узнал ли ты что-нибудь о всаднике?

– Нет, но у меня появилась информация поважнее. Теперь я знаю, почему Люси и Пол украдут хронограф, – Лукас быстро огляделся и пододвинул свой стул поближе ко мне. – После того как мы с тобой виделись, Люси и Пол ещё несколько раз прибывали к нам на элапсацию, ничего особенного при этом не происходило. Мы пили вместе чай, я проверял у них формы французских глаголов, в общем, мы четыре часа скучали и плевали в потолок. Они не должны выходить за пределы дома – таков был указ Кеннета де Виллера, этот старый сморчок строго следил за тем, чтобы мы не отступали от правил. Однажды мне удалось провести Пола наружу, чтобы он сходил в кино и немного осмотрелся, но нас поймали, так глупо получилось! Ах, если бы нас застал какой-нибудь из низших по званию хранителей, возможно, всё бы обошлось. Но нет, нас поймал сам Кеннет. Все ужасно рассердились. Мне выписали дисциплинарный штраф, а целых полгода после этого происшествия, когда Люси и Пол прибывали на элапсацию, перед Залом Дракона выставляли караул. Всё изменилось, когда я стал адептом третьего уровня. О, большое спасибо, – последние его слова были адресованы официантке, которая выглядела как Дорис Дэй в фильме «Человек, который слишком много знал». Её светлые крашеные волосы были коротко подстрижены, на ней была широкая юбка, и от неё пахло какими-то особыми духами. Приветливо улыбнувшись, она поставила перед нами чай и булочки, и я бы ничуть не удивилась, если бы официантка при этом запела *«Que sera, sera»*[21].

Лукас подождал, пока она отойдёт достаточно далеко и только затем продолжил свой рассказ:

– Конечно, я пытался осторожно выспросить у них, какие причины могли подвигнуть их на то, чтобы украсть хронограф. Но ничего не выходило. Их единственная проблема состояла в том, что они были ужасно влюблены друг в друга. Кажется, в их времени остальным не очень нравились их отношения, поэтому они держали их в тайне. Всего несколько человек знали об этом, например, я и твоя мама Грейс.

---

21 «Что должно случиться, то и случится» *(исп.)* – популярная в 50-х гг. песня из фильма А. Хичкока «Человек, который слишком много знал» в исполнении Дорис Дэй.

– Может, они сбежали в прошлое, чтобы навсегда остаться вместе, как Ромео и Джульетта? – ах, как романтично.

– Нет, – сказал Лукас. – Нет, причина была всё же не в этом, – он помешивал свой чай, а я с вожделением уставилась на корзинку, полную свежих булочек, которые лежали под салфеткой и пахли так аппетитно.

– Причина – во мне, – сказал Лукас.

– Что? *В тебе?*

– Ну, то есть, не прямо во мне. Но именно я во всём виноват. Однажды мне в голову пришла совершенно нелепая идея послать Люси и Пола ещё дальше в прошлое.

– С помощью хронографа? Но как…

– Я же говорю, это была совершенно нелепая идея, – Лукас пригладил волосы. – Но мы каждый день проводили по четыре часа в этом постылом Зале, взаперти, вместе с хронографом. Поэтому-то я и додумался до такой глупейшей затеи. Я тщательно изучил старинные планы, тайные записи и Хроники Хранителей, затем достал подходящую одежду и, наконец, считал кровь Люси и Пола нашим хронографом и, в качестве эксперимента, послал их на два часа в 1590 год. Всё прошло гладко. Через два часа они прыгнули обратно ко мне в 1948-й, их отсутствия даже никто не заметил. А ещё через полчаса оттуда они переместились обратно в свой 1992-ой. Всё получилось просто отлично.

Я откусила булочку, намазанную толстым слоем масла. Странно, но когда жуёшь, думается почему-то гораздо легче. В моей голове теснились сотни вопросов, и я решила озвучить первый, который пришёл мне на ум.

– Но ведь в 1590-ом ложи хранителей ещё не существовало, верно?

– Именно, – сказал Лукас. – Даже этого здания тогда не было. Поэтому-то нам так повезло. Или не повезло. Зависит от того, с какой стороны посмотреть, – он отхлебнул чаю. Лукас до сих пор даже не притронулся к еде, и я невольно подумала о том, как же ему удалось к старости отрастить такой живот. – Из старинных карт я узнал, что здание с Залом Дракона было построено прямо на месте, где с конца шестнадцатого и до начала восемнадцатого века была расположена маленькая площадь с фонтаном посередине.

– Я не совсем понимаю...

– Погоди. Это открытие лишь укрепило нашу решимость. Люси и Пол могли прыгать из Зала Дракона в прошлое прямо на эту площадь. Им просто надо было следить за временем и снова оказаться на этой же площади в назначенный час, тогда они переносились обратно в Зал Дракона. Понимаешь?

– Но если они возникали на этой площади из ниоткуда среди белого дня, как их не арестовали, не заподозрили в колдовстве и не спалили?

– Это была тихая маленькая площадь. Их почти никто не замечал. А если какой-то случайный прохожий и замечал, как они появлялись или исчезали, то он лишь протирал глаза от удивления и шёл своей дорогой. Конечно, такое предприятие было всё равно чрезвычайно опасным, но тогда эта задумка казалась нам просто гениальной. Мы радовались как дети, что сами всё это придумали и смогли всех обмануть, а Люси и Пол, скитаясь во времени, от восторга забывали обо всём. Я, в общем-то, тоже, даже когда мне приходилось как на иголках часами ждать их возвращения в Зале Дракона. Даже представить боюсь, что бы случилось, зайди кто-то в это время...

– Очень смело с твоей стороны, – сказала я.

– Да, – согласился Лукас, но вид у него при этом был немного виноватый. – На такие поступки можно решиться только в молодости. Сегодня бы я так не поступил, ни за что. Но тогда я решил, что если бы это было действительно опасно, то *мудрый я из будущего* вмешался бы в ход событий. Понимаешь, о чём я?

– Какой такой «мудрый ты из будущего»? – улыбнувшись, спросила я.

– Ну как же, – повысил голос Лукас, но тут же спохватился и продолжил торопливым шёпотом: – Ведь и в 1992 году я буду прекрасно помнить, на какую затею мы с Люси и Полом решились в 1948-ом, и если бы всё провалилось, я из будущего мог бы предупредить молодого легкомысленного себя из прошлого... так я думал тогда.

– Та-а-ак, – протянула я и взяла ещё одну булочку – так сказать, пищу для ума. – Но ты этого не сделал?

Лукас покачал головой.

– Да, какой же я идиот. Поэтому мы день ото дня вели себя всё более легкомысленно. Когда Люси по литературе задали читать «Гамлета», я послал их в 1602 год. Три дня подряд они могли своими глазами видеть премьеру «Гамлета», представленную самой «Труппой лорда Чемберлена»[22] в театре «Глобус».

– В Саутварке[23]?

Лукас кивнул.

– Да. Это стоило нам немалых усилий. Им пришлось перебираться с Лондонского моста на другой берег Темзы, там найти, где же ставят «Гамлета», постараться как можно больше увидеть и запомнить, а потом что есть духу мчаться обратно, чтобы вовремя прыгнуть в 1948-ой. Два дня всё шло хорошо, но на третий день на Лондонском мосту случилась несчастье, Люси и Пол стали свидетелями одного ужасного происшествия. Поэтому они не успели попасть на другой берег вовремя, и очутились в Саутварке 1948-го, в холодной воде Темзы, а я тем временем с ума сходил от волнения, – кажется, на Лукаса

22 С 1595 года Шекспир упоминается как совладелец этой труппы.

23 Район на юге Лондона.

нахлынули воспоминания, потому что он стал бледным как мел. – Они добрались до Темпла чуть ли не в последнюю минуту, промокшие до нитки, в костюмах семнадцатого века. Я узнал обо всём этом только когда они снова прибыли к нам на элапсацию.

У меня уже голова шла кругом от всех этих дат и чисел.

– А что за происшествие на мосту, дедушка?

Лукас пододвинул свой стул ещё немного ближе ко мне. Его глаза за стёклами очков совсем потемнели, вид у него был очень серьёзный.

– В этом-то всё дело! Люси и Пол видели, как граф Сен-Жермен кого-то застрелил.

– Граф Сен-Жермен?

– До этого Люси и Пол встречались с графом всего дважды. Но они были совершенно уверены, что там, на мосту, был именно он. После инициации, первого прыжка, их, как и всех остальных, представили графу в 1784 году. Этот год выбрал сам граф, он хотел знакомиться с путешественниками, которые родятся после него, уже в зрелом возрасте. Думаю, тебя ему тоже представили где-то в это же время, – он запнулся, – то есть, представят. То есть… не важно. В общем, Люси и Пол вместе с хранителями и хронографом отправились на север Германии, где граф коротал последние годы своей жизни. Я сам их сопровождал тогда. То есть, буду сопровождать. Это моя обязанность как Магистра ложи – ты только представь!

Я наморщила лоб.

– Может, мы…?

– Ах, кажется, я слишком увлёкся, прости. Но у меня в голове не укладывается, что события ещё не произошли, а при этом они уже давным-давно произошли. На чём мы остановились?

– Как мог граф совершить убийство в 1602 году… о, поняла! Он убил кого-то во время путешествия во времени!

– Именно так. Тогда он был совсем молодым. Удивительнейшее совпадение, что Люси и Пол оказались в том же самом месте в тот же самый момент. Если, конечно, в этом отношении вообще применимо такое понятие как «совпадение». Сам граф пишет в одном из своих многочисленных трудов:

Глупцы, что верят в совпаденья, не постигли величья Рока.

– Но кого он убил? И зачем?

Лукас снова огляделся по сторонам.

– Этого, моя дорогая внученька, мы тоже сначала не знали. Прошло ещё несколько недель, прежде чем мы догадались, что к чему. Его жертвой стал Ланселот де Виллер, первый путешественник во времени. Янтарь!

– Он убил своего предшественника? Но зачем ему это понадобилось?

– Ланселот де Виллер был бельгийским бароном, в 1602 году он вместе с семьёй переехал в Англию. В хрониках и тайных записях графа Сен-Жермена, которые он оставил хранителям, указано, что Ланселот умер в 1607 году, поэтому мы не сразу о нём подумали. Но на самом деле – я избавлю тебя сейчас от подробностей нашего детективного расследования – именно в 1602 году барону перерезали горло, в его же собственной карете.

– Не понимаю, – пробормотала я.

– Я сам пока не могу составить полную картину событий, – сказал Лукас. Он вытащил из кармана пачку сигарет и закурил. – Кроме того, мы с Люси и Полом больше ни разу так и не встретились после 24 сентября 1949 года. Думаю, украв хронограф, они прыгнули в какое-то время до моего рождения, иначе бы они давно уже меня разыскали. О нет… *мы пропали*! Только не смотри в ту сторону!

– Что случилось? И с каких это пор ты куришь?

– К нам направляется Кеннет де Виллер со своей ужасной сестрёнкой, старой каргой, – Лукас попытался прикрыться картонкой меню.

– Просто скажи, что хочешь побеседовать со мной с глазу на глаз, – прошептала я.

– Не могу, он мой начальник, и в ложе, и в обычной жизни. Ему принадлежит эта треклятая канцелярия... Если нам повезёт, они нас не заметят.

Но нам не повезло. Высокий мужчина лет сорока пяти и дама в бирюзовой шляпе подошли к нашему столику. Не дожидаясь приглашения, они уселись на свободные стулья.

– Ну что, кажется, сегодня нам двоим не да работы, а, Лукас? – приветливо сказал Кеннет де Виллер и хлопнул Лукаса по плечу. – Я не мог не заметить, как ты вчера положил этого Фолла Паркера на обе лопатки. Прими ещё раз мои поздравления. Мне уже доложили, что у тебя гостья из деревни, – его янтарные глаза пристально смотрели в мою сторону. Я старалась непринуждённо глядеть на него в ответ. Удивительно всё-таки, насколько эти де Виллеры похожи между собой, у каждого из них выдавались скулы, а носы у всех были аристократически прямыми. Этот де Виллер был вообще поразительным экземпляром, хотя выглядел он похуже, чем Фальк в моём времени.

– Хейзл Монтроуз, моя кузина, – представил меня Лукас. – Хейзл, это мистер и миссис де Виллер.

– Но я ему не жена, а сестра, – сказала миссис де Виллер и захихикала. – О, замечательно – вижу, у вас есть сигареты, не угостите ли даму?

– К сожалению, мы уже уходим, – сказал Лукас, при этом он галантно подал миссис де Виллер сигарету и поднёс горящую спичку. – Мне нужно ещё закончить кое-какие бумаги...

– Только не сегодня, мой друг, только не сегодня.

Начальник дружелюбно подмигнул Лукасу.

– С Кеннетом всегда так скучно, – сказала миссис де Виллер и выпустила дым через нос. – С ним не поговоришь ни о чём, кроме политики. Кеннет, будь добр, закажи-ка чаю на всех. Откуда же именно вы приехали, милочка?

– Из Глостершира, – сказала я и немного закашлялась.

Лукас вздохнул.

– Мой дядя, то есть, отец Хейзл, хозяин большого поместья, там много животных.

– Ах, как же я люблю жизнь в деревне. И как же я люблю животных! – восхищённо сказала миссис де Виллер.

– А я как люблю, – подхватила я, – особенно кошек.

Хроники Хранителей

Протокол вахты «Цербер»

от 24 июля 1956

«Nam quod in iuventus non discitur, in matura aetate nescitur.»

7.00 Послушник Картелл, который потерялся во время ночного экзамена «Ариадна», нашёл выход с опозданием на семь часов. Он некрепко стоял на ногах, и от него разило алкоголем. Это даёт основания полагать, что он не сдал экзамен и каким-то образом взломал запертый винный погреб. В качестве исключения я пропустил его с паролем предыдущего дня.

Кроме этого никаких особых происшествий.

Отчёт составил: Дж. Смит, новициат[24], утренняя смена

24 Новый член ложи.

13.12. Мы увидели крысу. Я хотел пронзить её шпагой, но Лерой накормил её остатками своего бутерброда и нарёк именем Одри.

15.15. По неизвестному нам ходу пришла мисс Вайолет Пурпельплюм. Она без ошибки назвала пароль дня.

15.24. Снова приходила Одри. Кроме этого никаких особых происшествий.

Отчёт составил: П. Вард, новициат, дневная смена

18.00 – 24.00 Никаких особых происшествий

Отчёт составил: Н. Картелл, новициат, вечерняя смена

24.00 – 6.00 Никаких особых происшествий.

Отчёт составили: К. Элберт и М. Вард, новициаты

Глава восьмая

Уже знакомый мне стражник мирно посапывал, сидя на ступеньках и склонив голову на перила. Мы неслышно проскользнули мимо.

– Бедняга Картелл, – прошептал Лукас. – Боюсь, не стать ему адептом, если он и дальше будет так пить... Но тем лучше для нас. Пойдём скорее!

Я уже совсем выбилась из сил, потому что от кафе до самого подвала нам пришлось бежать со всех ног.

Кеннет де Виллер и его сестра ужасно нас задержали. Мы просидели с ними целую вечность. Сначала мы просто болтали о прелестях сельской жизни, потом переключились на Глостершир (тут я ввернула парочку анекдотов о своей кузине Мэделин и овечке по имени Кларисса), потом на какого-то Фолла Паркера (о нём я поняла только одно: дедушка что-то там у него выиграл), потом мы поговорили о симпатяге Чарльзе, наследнике престола (это ещё кто?), а на закуску обсудили все фильмы с Грейс Келли и перемыли косточки её жениху, правителю Монако. Время от времени я показательно кашляла и старалась мягко перевести разговор на тему здорового образа жизни и вреда курения, но мои собеседники как-то не горели желанием его поддержать. Когда мы наконец-то вырвались из этого кафе, времени оставалось так мало, что я даже не успела забежать в туалет, хотя в желудке у меня булькал целый литр чая, а то и больше.

– Ещё три минуты, – пропыхтел Лукас. Мы, что есть духу, неслись по одному из подземных коридоров. – Мне столько ещё надо было с тобой обсудить! Если бы этот старый хрыч не пожаловал в самый ответственный момент…

– Не знала, что ты *работаешь* на одного из де Виллеров, – сказала я. – Ведь в будущем тебе пожалуют титул лорда, и ты войдёшь в верхнюю палату парламента.

– Да, – угрюмо согласился Лукас. – Но все эти регалии я унаследую от отца только после его смерти, а до того мне нужно на какие-то средства содержать семью. А тут эта работа подвернулась… Давай лучше сосредоточимся на другом! Всё, что граф Сен-Жермен оставил хранителям: все тайные записи, Хроники, письма – все они сначала должны были пройти тщательную цензуру самого графа. Хранителям известно только то, что пожелал сам граф. Все эти знания сводятся к одному: последующие поколения должны изо всех сил стремиться замкнуть Круг Двенадцати. Но ни один из хранителей не знает всей тайны до конца.

– А ты? Ты знаешь? – вырвалось у меня.

– Т-с-с-с! Нет. И я тоже.

Мы завернули за последний поворот, и я распахнула дверь алхимической лаборатории. Мой рюкзак всё также лежал на столе, за эти четыре часа здесь ничего не изменилось.

– Но Люси и Пол узнали тайну, в этом я совершенно уверен. Когда мы виделись с ними в последний раз, они напали на след секретных документов, – он посмотрел на часы. – Вот чёрт.

– Дальше! – настаивала я, пытаясь схватить в охапку рюкзак и фонарик. В последнюю секунду я вспомнила про ключ от лаборатории и поспешно бросила его Лукасу. Откуда-то из глубины уже поднималось знакомое чувство, живот переворачивало, как будто на американских горках. – И пожалуйста, сбрей эти усы, дедушка!

– У графа были враги, упоминаний в хрониках о них почти не сохранилось, – скороговоркой забормотал Лукас. – Особенно сложные отношения у него сложились с одной тайной организацией, приближённой к церкви, она называлась «Флорентийский Альянс». Её члены поселились в Лондоне в 1745-ом, в год основания ложи, и им удалось похитить до… Думаешь, усы мне не идут?

Комната завертелась перед моими глазами.

– Дедушка, я очень тебя люблю, помни об этом! – выкрикнула я.

– … документы графа Сен-Жермена, в которых говорится, что главное условие заключается вовсе не в том, чтобы считать в хронографе кровь всех двенадцати путешественников во времени. Тайна откроется только… – в моих ушах всё ещё звенел голос Лукаса, а ноги уже оторвались от земли.

Через долю секунды на меня обрушилась волна яркого света.

И белая рубашка. Ещё несколько сантиметров, и я приземлилась бы прямо на ноги мистеру Джорджу.

Я вскрикнула от испуга и попятилась назад.

– В следующий раз надо будет дать тебе кусок мела для маркировки, – сказал мистер Джордж, качая головой. Он взял у меня из руки фонарик. Но моего возвращения в комнате ждал не только он один. Рядом с мистером Джорджем стоял Фальк де Виллер, за столом сидел доктор Уайт, а Роберт, мальчик-привидение, выглядывал из-за его спины. К стене прислонился Гидеон, на лбу у него красовался огромный белый пластырь.

Когда я посмотрела на Гидеона, у меня перехватило дыхание. Он принял свою обычную позу и скрестил руки на груди. Но лицо его было почти таким же белым, как и пластырь. В тусклом свете лампочки его глаза казались почему-то неестественно зелёными. Мне вдруг ужасно захотелось сорваться с места, подбежать к Гидеону, обнять его и подуть на ранку, успокоить его так же, как я успокаивала Ника, когда тот был ещё совсем маленьким, часто падал и ушибался.

– Гвендолин, ты в порядке? – спросил Фальк де Виллер.

– Да, – ответила я, не в силах отвести глаз от Гидеона. О, как же я по нему соскучилась, и поняла я это только теперь.

Неужели наш поцелуй на зелёном диване был только вчера? Хотя это вряд ли можно считать одним поцелуем, скорее, поцелуями.

В ответ на мой долгий взгляд Гидеон лишь беспристрастно посмотрел в мою сторону, так, будто бы видел меня впервые в жизни. Лицо его было холодным и отчуждённым, вчерашние чувства исчезли без следа.

– Я отведу Гвендолин наверх и посажу в машину, – спокойно сказал мистер Джордж. Он положил руку на мою спину и легонько подтолкнул меня вперёд, мимо Фалька, прямо к Гидеону.

– Как ты… как ты себя чувствуешь? – спросила я.

Гидеон ничего не сказал, он лишь взглянул на меня. Но от этого взгляда по коже побежали мурашки. Он смотрел так, будто перед ним не человек, а какой-нибудь предмет. Будто он увидел что-то обычное, не достойное внимания, как, например… стул.

Может, у Гидеона всё-таки случилось сотрясение мозга, он потерял память и теперь не знает, кто я? Внутри у меня всё похолодело.

– Гидеону следовало бы отлежаться в кровати, но сейчас ему придётся проэлапсировать несколько часов, чтобы избежать неконтролируемого прыжка во времени, – недовольным голосом пояснил доктор Уайт. – Это так легкомысленно с нашей стороны, снова отпускать его одного…

– Два часа в спокойном подвале в 1953 году, Джейк, – перебил его Фальк де Виллер. – На диване. Думаю, его это не очень обременит.

– Ничуть, – сказал Гидеон, и взгляд его стал ещё более мрачным, хотя ещё секунду назад мне казалось, что мрачнее его быть не может. Мне вдруг захотелось плюхнуться на пол и разреветься, как маленькой.

Мистер Джордж открыл дверь.

– Пойдём, Гвендолин.

– Одну секунду, мистер Джордж, – Гидеон крепко схватил меня за руку. – Мне бы хотелось уточнить ещё одну деталь: в каком году только что была Гвендолин?

– Только что? В июле 1956-го, – сказал мистер Джордж. – А почему ты спрашиваешь?

– Просто… от неё пахнет сигаретами, – сказал Гидеон, и его рука ещё сильнее сжалась вокруг моего запястья, мне стало больно.

От страха я чуть не выпустила рюкзак.

Машинально я поднесла к носу рукав своего пиджака – точно, пока мы торчали в кафе, вся одежда успела насквозь пропитаться этим ужасным дымом. Ну и как мне теперь выкручиваться?

Все повернулись ко мне, и я поняла, что срочно должна изобрести какую-нибудь правдоподобную версию событий, иначе всё пропало.

– Ладно, подловили, – сказала я и виновато потупилась. – Я немножко покурила. Но это были всего три сигареты. Честное слово.

Мистер Джордж покачал головой.

– Гвендолин, как же так, я ведь строго-настрого запретил тебе брать с собой какие-либо посторонние предметы!

– Простите меня, – поспешно добавила я. – Но там было так скучно, в этом тёмном подвале, а сигарета так хорошо помогает отвлечься и преодолеть страх… – я постаралась изобразить на лице раскаянье. – Все окурки я собрала и положила в портфель. Не волнуйтесь, никто не обнаружит мою пачку «Lucky Strike», и не будет задаваться вопросом, откуда она здесь взялась.

Фальк рассмеялся.

– А наша принцессочка не такая уж тихоня, какой хочет казаться, – сказал доктор Уайт, а я облегчённо выдохнула. Кажется, они поверили. – Ну, не смотри ты с таким удивлением, Томас, я выкурил свою первую сигарету в тринадцать лет.

– И я тоже. Первую и последнюю, – Фальк де Виллер склонился над хронографом. – Курение до добра не доведёт, Гвендолин. Я уверен, твоя мать была бы в ужасе, узнай она об этом.

Даже маленький Роберт быстро-быстро закивал головой и посмотрел на меня с укоризной.

– Да и вообще, станешь бледной и некрасивой, – дополнил доктор Уайт. – Кожа от никотина портится, а зубы желтеют.

Гидеон молчал. Он всё ещё крепко держал меня за руку. Я постаралась невинно поднять взгляд и улыбнуться. Вместо ответа Гидеон немного сузил глаза и еле заметно покачал головой. Затем он медленно ослабил свою хватку. Я сглотнула, во рту вдруг пересохло, а поперёк горла стал ком.

Ну почему он так себя ведёт? Сначала он милый и нежный, а уже через несколько секунд – снова холодный и неприступный?

Выдержать такое, наверное, не под силу никому. Во всяком случае, точно не мне. То, что случилось с нами вчера, казалось мне по-настоящему важным, я восприняла всё всерьёз.

Да. А он теперь развлекается тем, что при первой же возможности обливает меня грязью перед всеми собравшимися. Чего он хочет этим добиться?

– А теперь пойдём, – сказал мне мистер Джордж.

– Увидимся послезавтра, Гвендолин, – сказал Фальк де Виллер. – Послезавтра для тебя будет важный день.

– Не забудьте завязать ей глаза, – сказал доктор Уайт, и я услышала, как Гидеон коротко засмеялся, будто доктор Уайт только что отпустил какую-нибудь не совсем удачную шутку. Затем тяжёлая дверь лаборатории за нами закрылась, и мы оказались в коридоре.

– Кажется, он не переносит запаха сигарет, – тихо сказала я и чуть не разревелась.

– Повернись, будь добра, я завяжу тебе глаза, – сказал мистер Джордж. Я стояла смирно, а он закручивал узкую чёрную повязку узлом у меня на затылке. Затем мистер Джордж взял у меня из рук портфель и осторожно подтолкнул вперёд.

– Гвендолин… ты должна вести себя осмотрительнее.

– Несколько сигарет ещё никого не убили, мистер Джордж.

– Я не об этом.

– О чём же тогда?

– О твоих чувствах.

– Что? О каких таких чувствах?

Я услышала, как мистер Джордж тяжело вздохнул.

– Милое моё дитя, даже слепой заметил бы, что ты… просто будь осмотрительнее в своих отношениях с Гидеоном.

– Я… – я снова замолчала. Мистер Джордж был намного проницательнее, чем могло показаться на первый взгляд.

– Никогда ещё слишком тесные отношения путешественников во времени не приводили ни к чему хорошему, – сказал он, – равно как и близкие отношения между Монтроузами и де Виллерами. А в нынешние времена следует каждую секунду помнить о том, что ни в ком нельзя быть уверенным до конца, – мне показалось, что рука мистера Джорджа, лежавшая на моей спине, дрогнула. – К сожалению, непреложная истина такова: как только любовь заполоняет сердце, рассудок уходит на второй план. А ясный рассудок – это именно то, чем тебе следовало бы руководствоваться в первую очередь. Осторожно, ступенька.

Мы поднялись по лестнице, так и не сказав друг другу больше ни слова. Затем мистер Джордж развязал повязку и серьёзно посмотрел мне в глаза.

– Ты сможешь, Гвендолин. Я искренне верю в тебя и в твои способности.

Его круглое лицо вмиг снова заполонили капельки пота.

В его светлых глазах я не увидала ничего, кроме заботы – обычно так смотрела на меня мама. Я вдруг почувствовала невероятную симпатию к толстенькому милому мистеру Джорджу.

– Вот, возьмите, ваш перстень, – сказала я. – А сколько вам лет, мистер Джордж? Если это не секрет.

– Семьдесят шесть, – сказал мистер Джордж. – И это вовсе не секрет.

Я удивлённо уставилась на него. В общем, я никогда особо не задумывалась над его возрастом, но всё же, он казался мне как минимум лет на десять моложе.

– Тогда в 1956-ом вам было…?

– Двадцать один. В этом году я приступил к адвокатской работе и стал членом ложи.

– Мистер Джордж, а вы не знакомы случайно с Вайолет Пурпельплюм? Это подруга моего дедушки.

Мистер Джордж поднял брови от удивления.

– Нет, не думаю. Пойдём, я отведу тебя к машине. Я уверен, твоя мама уже заждалась.

– Да, вы правы. Мистер Джордж, а можно вас ещё кое о чём спросить?

Но мистер Джордж уже направился к выходу. Мне не оставалось ничего другого, как только последовать за ним.

– Завтра за тобой заедут сразу после обеда. Сначала ты пойдёшь на примерку к мадам Россини, а потом Джордано попробует научить тебя ещё некоторым премудростям. А вечером ты отправишься на элапсацию.

– Отличный денёк намечается, – вяло откликнулась я.

– Но это ведь никакая не... *магия*! – ошарашенно прошептала я.

Лесли вздохнула.

– Ну, ты, конечно, не колдуешь и фокусы не показываешь, но эту твою способность наверняка можно назвать магической, согласись. Вот она – «магия ворона».

– Просто у каждого – свои странности, моя странность вот такая, – сказала я. – Из-за неё одни неприятности: все только смеются и считают меня лгуньей.

– Гвенни, когда кто-то обладает сверхчувствительным восприятием, это вовсе не странность. Это дар. Ты можешь видеть привидений и разговаривать с ними.

– И демонов, – добавил Химериус.

– Ворон в мифологии олицетворяет связь мира людей и мира богов. Вороны – проводники между живыми и мёртвыми, – Лесли развернула папку ко мне, чтобы продемонстрировать свои находки из Интернета. – Согласись, твои способности очень хорошо подходят под это описание.

– И твой цвет волос тоже, – сказал Химериус. – Волосы у тебя черные, как вороново крыло.

Я задумчиво прикусила губу.

– Но в пророчествах эта самая магия изображена такой... могущественной, такой важной, прямо не знаю даже. Как будто магия ворона – это какое-то тайное оружие.

– Но ты ведь и правда можешь использовать свои способности как тайное оружие, – сказала Лесли. – Когда прекратишь считать свой дар всего лишь странностью, которая позволяет тебе видеть привидений.

– И демонов, – снова сказал Химериус.

– Мне бы так хотелось почитать эти пророчества, – сказала Лесли. – Очень любопытно было бы разобрать его слово в слово.

– Уверена, что Шарлотта знает их на зубок, все до одного, – сказала я. – Мне кажется, она проходила их на уроках тайноведенья. Они там вообще постоянно изъясняются стихами. Все они! Хранители. Даже моя мама. И *Гидеон.*

Я резко отвернулась, чтобы Лесли не заметила, как мои глаза вдруг наполнились слезами, но было уже слишком поздно.

– Ну-ну, подружка, хватит плакать! – она протянула мне носовой платок. – Ты слишком преувеличиваешь, правда.

– Нет, ни капельки. Что, забыла, как ты ревела три дня подряд, когда расставалась с Максом?

– Не забыла, ясное дело, – сказала Лесли. – С тех пор прошло-то ведь всего полгода.

– Теперь я, наконец, могу себе представить, что ты тогда чувствовала. До меня вдруг дошло, почему ты с горя была готова даже умереть.

– А, я была такой дурочкой! А ты всё время сидела рядом и повторяла, что Макс того не стоит, потому что он повёл себя как настоящий козёл. И что мне нужно пойти почистить зубы...

– Ага, и всё это на фоне песни ABB'ы «The winner takes it all», играющей в сотый раз.

– Могу поставить, – предложила Лесли. – Если тебе от неё полегчает.

– Нет. Но если ты оставишь мне свой японский нож для резки овощей, я смогу совершить харакири, – я плюхнулась на кровать и закрыла глаза.

– Ох уж эти девчонки, постоянно психуют, – сказал Химериус. – Ну случилось у твоего дружка плохое настроение, ну посмотрел он на тебя как-то косо, потому что кто-то огрел его по голове, делов-то. А ты теперь из-за этого убиваешься, вот глупости какие.

– Он меня *не любит*, – сказала я и заломила руки от отчаяния.

– Как ты можешь это знать наверняка, – сказала Лесли. – С Максом всё было ясно как день, потому что через полчаса после того, как мы с ним порвали, он уже обнимался в кино с этой Анной. Но про Гидеона такого не скажешь. Он просто немного... нерешительный.

– Но почему? Видела бы ты, как он на меня тогда смотрел! Я прямо чувствовала, как я ему противна. Будто я какой-то... червяк. Я этого не вынесу.

– Ещё несколько минут назад ты рассказывала, что смотрел он на тебя как на стул. А сейчас уже как на червяка. Сложная история, – Лесли покачала головой. – А ну-ка соберись! Мистер Джордж прав: как только дело доходит до любви, разум отказывается работать. Зато мы с тобой совсем скоро разгадаем эту загадку, крепись!

В то утро Лесли пришла ко мне в гости, и мы уютно устроились на моей кровати. Но тут в дверь постучал мистер Бернхард – обычно он никогда так не поступал – и поставил на письменный стол поднос с чаем.

– Горячий напиток для юных дам, – сказал он.

Я смотрела на него во все глаза – сегодня явно случилось что-то особенное, не помню, чтобы он вообще когда-нибудь раньше поднимался на наш этаж.

– Вы недавно интересовались одним вопросом, так вот, я дерзнул поискать ответ на него в библиотеке, и нашёл его, как и предполагал.

– Что же вы нашли? – спросила я.

Мистер Бернхард отодвинул поднос, из-под него показался корешок книги.

– «Зелёный всадник», – сказал он, – кажется, именно это вы искали.

Лесли спрыгнула с кровати и взяла книгу.

– Но я пролистала её в библиотеке, ничего такого в ней нет, кажется… – пробормотала она.

Мистер Бернхард снисходительно улыбнулся.

– Смею предположить, что книга, которую вы видели в библиотеке, не принадлежала лорду Монтроузу. Но, думаю, этот экземпляр может вас заинтересовать.

Легонько поклонившись, мистер Бернхард вышел из комнаты. Мы с Лесли тут же кинулись к книге. Из неё выпал листок бумаги, на котором очень мелким почерком были записаны сотни каких-то цифр. Лесли так занервничала, что щёки её стали совсем красными.

– О Боже, это же *шифр*! – выкрикнула она.

– *Прекрасно!* Осталась самая малость: разгадать его! Только об этом я всю жизнь и мечтала, ничего не скажешь.

– Да, – сказал Химериус, раскачиваясь на шторе. – Мне приходилось о таком слыхать. Думаю, тут речь идёт о какой-нибудь знаменитой предсмертной фразе…

Но Лесли решила эту задачку в два счёта. Она сразу сообразила, что ответ надо искать в тексте.

– Первое число обозначает страницу, второе – строку, третье – слово, а четвёртое – букву в этом слове. Гляди! 14-22-6-3, на четырнадцатой странице, двадцать вторая строчка, на ней шестое слово и в нём третья буква, – она тряхнула головой. – Дешёвый трюк. Попадается почти в каждом детском детективе. Ну да ладно, давай приступим. Итак, первая буква у нас – «Е».

Химериус восхищённо кивнул.

– Слушай, твоя подружка дело говорит.

– Не забывай, речь идёт о жизни и смерти, – сказала Лесли. – Думаешь, я соглашусь потерять свою лучшую подругу только потому, что она чуть-чуть пообнималась с каким-то типом и теперь не в состоянии включить логическое мышление?

– Золотые слова! – отозвался Химериус.

– Сейчас важно, чтобы ты прекратила реветь и сосредоточилась на том, что обнаружили Люси и Пол, – продолжала Лесли. – Если ты сегодня снова отправишься на элапсацию в 1956-ой, – а для этого тебе просто нужно попросить об этом мистера Джорджа – то постарайся поговорить с дедушкой с глазу на глаз. Что за идиотская идея – пойти в кафе! И на этот раз, уж пожалуйста, запиши всё, что он тебе скажет, слышишь меня? Особенно детали! – она вздохнула. – Ты уверена, что эта организация называлась «Флорентийский Альянс»? Ничего о таком не нашла. Нам во что бы то ни стало надо добраться до тайных записей, которые граф Сен-Жермен оставил хранителям. Вот если бы Химериус мог передвигать предметы! Тогда бы он просто прошёл сквозь стену, нашёл архив и всё там прочитал…

– Давай, скажи ещё, что я бесполезное создание, – обиженно сказал Химериус. – Мне понадобилось семьсот лет для того, чтобы привыкнуть к тому, что я больше не могу даже страницу книги перевернуть.

В дверь постучали, и в комнату заглянула Кэролайн.

– Ланч готов! Гвенни, вас с Шарлоттой заберут через час.

Я застонала.

– Что, и Шарлотту тоже?

– Да, так сказала тётя Гленда. «Несчастную Шарлоттточку бессовестно используют для обучения одной безнадёжной ученицы», как-то так.

– Что-то мне расхотелось кушать, – пробормотала я.

– Мы сейчас спустимся, – сказала Лесли и ткнула меня под ребро. – Гвенни, а теперь соберись. Попозже можешь жалеть себя сколько хочешь. А сейчас тебе надо подкрепиться!

Я села на кровати и высморкалась.

– У меня сейчас не самое подходящее настроение для того, чтобы выслушивать язвительные замечания тёти Гленды.

– М-да, но в ближайшее время сильный характер тебе ой как пригодится, – Лесли потянула меня за руку. – Потренируйся на Шарлотте и твоей тётушке, это хорошее упражнение. Если ты выдержишь этот ланч, никакое суаре тебе уже не страшно!

– В крайнем случае, всегда можно сделать харакири, – усмехнулся Химериус.

Вместо приветствия мадам Россини притянула меня к своей пышной груди.

– Лебёдушка моя! Вот и ты, наконец! Ах, как же я по тебе соскучилась!

– И я по вам, – честно ответила я. Само присутствие мадам Россини с её невероятной сердечностью и французским акцентом («Лебёушка!» Слышал бы это Гидеон!) оживляло и успокаивало одновременно. Мадам Россини возвращала к жизни мою уязвлённую веру в собственные силы. – Ты будешь в восторге, когда увидишь, что я для тебя пошила. Джордано чуть не заплакал, когда я показала ему твои наряды.

– Охотно верю, – сказала я. Джордано наверняка плакал из-за того, что не может сам в них покрасоваться.

Хотя сегодня он отнёсся ко мне вполне по-человечески, и даже, можно сказать, проявил дружелюбие. Во-первых, потому что на этот раз я танцевала гораздо лучше, чем раньше, а во-вторых, благодаря постоянным подсказкам Химериуса, смогла правильно ответить на его допрос о том, какой лорд был сторонником тори, а какой – вигов. (Химериус просто сел на плечо Шарлотте и читал всё с её листочка.)

С «легендой» – Пенелопой Мери Грей (год рождения 1765) – я тоже справилась без проблем, и даже не запнулась, перечисляя одно за другим длиннющие имена её покойных родителей. Только веер всё никак не хотел сдаваться, но потом Шарлотте пришла блестящая идея послать меня на суаре без него.

В конце урока Джордано передал мне листок, на нём были перечислены слова, которые я не должна использовать ни в коем случае.

– До завтрашнего дня чтобы отскакивало от зубов! – прогнусавил он. – В восемнадцатом веке нет автобусов, дикторов телевидения, пылесосов, ничто нельзя называть «суперским», «клёвым» и «отпадным», тогда люди не имели ни малейшего представления о распаде атома, о креме с коллагеном и об озоновых дырах.

Да неужели! Я попыталась себе представить, в какую же ситуацию я должна попасть на этом званом ужине в восемнадцатом веке, чтобы начать вдруг беседу о дикторах телевидения, озоновых дырах и кремах с коллагеном. Поэтому я просто вежливо ответила:

– О'кей, – но тут Джордано снова завопил как резаный:

– Не-е-е-т! Никаких «О'кей»! В восемнадцатом веке слова «О'кей» ещё и в помине не было, глупая ты девчонка!

Мадам Россини крепко зашнуровала корсет на моей спине. Меня снова поразило, насколько удобной оказалась эта, столь громоздкая на вид, конструкция.

С такой поддержкой прямая осанка получалась сама собой. Гладкие прутья обвились вокруг моих бёдер и защёлкнулись сзади (представляю, каково приходилось в восемнадцатом веке дамочкам с толстыми попками и широкими бёдрами), а затем мадам Россини через голову натянула на меня пурпурное платье. Она один за другим застегнула на моей спине целый ряд крючочков и кнопочек, а я тем временем удивлённо ощупывала тяжёлый, расшитый узорами шёлк. Ах, ну до чего же красиво!

Мадам Россини медленно обошла вокруг меня, и лицо её расплылось в довольной улыбке.

– Волшебно. Манифи'к.

– В этом платье я буду на балу? – спросила я.

– Нет, это вечернее платье для суаре, – мадам Россини принялась цеплять маленькие, искусно сшитые, шёлковые розочки по контуру моего глубокого декольте. Рот у неё был забит булавками, поэтому понимать её стало ещё сложнее.

– На званом ужине голову можно не пудрить, а твой тёмный цвет волос так замечательно сочетается с тёмно-красным платьем. Всё получилось именно так, как я себе представляла, – она легонько подмигнула мне. – Ты там всех поразишь, лебёдушка моя. О, один момент – хотя, конечно, суть не в этом. Но что поделаешь? – она всплеснула руками. Но, в отличие от Джордано, у маленькой толстенькой мадам Россини этот жест вышел очень милым. – Ты у нас сама юность, сама красота, зачем же напяливать на тебя какой-нибудь серый мышиный наряд? Так, лебёдушка моя, готово. А теперь примерь-ка бальное платье.

Бальное платье оказалось нежно-голубого цвета, оно было расшито бежевыми нитками и украшено рюшами. Выглядел этот наряд также восхитительно, как и красный. Разрез на груди в этом платье был ещё более вызывающим, а юбка шелестела где-то далеко впереди и позади меня. Мадам Россини пощупала мои волосы.

– Я пока не решила, как мы поступим с причёской. В парике тебе будет не очень-то удобно, особенно если учесть, что под ним придётся спрятать всю эту шевелюру. Но твои волосы настолько тёмные, что пудрой мы добьёмся только отвратительного седоватого оттенка. Кель катастроф! – она наморщила лоб. – Ах, ну что ж, зато ты будешь выглядеть очень модно, можешь мне поверить, абсольман. Ну и мода же тогда была, просто кошмар и ужас!

В ответ я улыбнулась, впервые за целый день. *Ую-ю-южяс! Кошьмарь!* Да уж, это она верно подметила.

Как по мне, *ую-ю-южяс и кошьмарь* – не только мода, но и Гидеон. А ещё он *гадкий* и *мерзкий*, во всяком случае, я теперь буду думать только так. (Хватит нюни распускать!)

Мадам Россини, казалось, не заметила, какой внутренний монолог выплеснулся от её слов из глубины моего сердца. Она всё ещё сокрушалась о былых временах.

– Молодые девушки вынуждены были пудрить волосы до тех пор, пока не становились похожи на своих бабок и прабабок – просто страшно! Надень, пожалуйста, вот эти туфли. Не забывай, тебе в них придётся танцевать, так что говори сейчас, если тебя что-то не устраивает, пока есть время что-то изменить.

К пурпурному платью мадам Россини подобрала мне красные туфли с изящными узорами. Туфли к бальному платью были светло-голубыми с золотыми пряжками. Как ни странно, и первая пара, и вторая, оказались удивительно удобными, хотя вид у них был такой, будто их одолжили с выставки антиквариата.

– Это самая красивая обувь, которую мне только доводилось примерять, – восхищённо сказала я.

– Надеюсь, так оно и есть, – сказала мадам Россини, сияя от удовольствия. – Ну вот, ангел мой, всё готово. Постарайся сегодня пораньше заснуть, завтра у тебя непростой день.

Я опять нырнула в свой любимый тёмно-синий свитер и джинсы, а мадам Россини тем временем натягивала мои наряды на специальные манекены без рук и голов. Затем она посмотрела на часы, которые висели на противоположной стене и нахмурилась.

– Ох уж этот юноша! Такой ненадёжный! Обещал быть здесь пятнадцать минут назад!

Мой пульс снова участился в несколько раз.

– Гидеон?

Мадам Россини кивнула.

– Он не воспринимает меня всерьёз, абсольман. Ему всё равно, какие на нём брюки, и как они сидят.

«Ую-ю-южжяс-ю-ю-южжяс-кошьмарь!» – забормотала я свою новую мантру.

В дверь постучали. Это был всего лишь лёгкий осторожный стук, но все мои решительные попытки переубедить себя исчезли в одно мгновение.

Мне вдруг показалось, что мы с Гидеоном не виделись уже целую вечность, и я не могла дождаться нашей следующей встречи.

И в то же время я очень её боялась. Если он ещё раз посмотрит на меня таким хмурым взглядом, я этого не переживу.

– Ах, – сказала мадам Россини, – пожаловал, наконец-то. Входите!

Я напряглась всем телом, но в комнату вошёл вовсе не Гидеон. Это был рыжий мистер Марли. Как всегда взволнованный и нерешительный, он пробормотал:

– Я должен отвести Ру... мисс на элапсацию.

– Ладно, – сказала я, – мы как раз закончили.

Из-за спины мистера Марли, улыбаясь, выглянул Химериус. Перед тем, как примерять наряды, я велела ему улететь.

– Я тут только что пролетал мимо одного типа – ну просто вылитый министр внутренних дел, – весело сказал он. – Обалдеть!

– А где юноша? – грозно спросила мадам Россини. – Он должен был явиться на примерку!

Мистер Марли смущённо кашлянул.

– Только что я видел, как Алм... мистер де Виллер разговаривает с другим Ру... с мисс Шарлоттой. Его сопровождал брат.

– Какая разница! Мне абсолютно всё равно! – рассерженно сказала мадам Россини.

«А вот мне не всё равно», – подумала я. Мысленно я уже набирала Лесли сообщение, состоящее из одного-единственного слова:

Харакири.

– Если он сейчас же не появится, я пожалуюсь Магистру, – сказала мадам Россини. – Где мой телефон?

– Простите, – пробормотал мистер Марли. Он смущённо теребил в руках чёрную повязку.

– Можно...?

– Конечно, – сказала я и со вздохом позволила завязать себе глаза.

– Увы, зануда не врёт, – сказал Химериус. – Наш герой-любовник там наверху ошивается возле твоей кузины, и глазёнки его так и горят. Ну, и братец тоже не отстаёт. За что только этим мужчинам всегда так нравятся рыжеволосые? Кажется, они все вместе собрались в кино. Но лучше тебе этого не знать, а то ты снова разревёшься.

Я отрицательно замотала головой.

Химериус поднял глаза к потолку.

– Я мог бы за ними присмотреть. Хочешь?

Я закивала изо всех сил.

За всю нашу длинную дорогу вниз мистер Марли не проронил ни слова, я тоже не спешила заводить разговор, погружённая в свои мрачные мысли. Когда мы переступили порог старой лаборатории, и мистер Марли снял с моих глаз повязку, я спросила:

– Куда вы меня сегодня отправите?

– Я… мы должны дождаться номера девять, то есть, мистера Уитмена, – сказал мистер Марли, глядя сквозь меня куда-то в пол. – Я, конечно же, не имею права распоряжаться хронографом. Прошу вас, садитесь.

Но только я примостилась на стуле, как дверь снова открылась, и в комнату вошёл мистер Уитмен. А за ним следовал Гидеон.

Мне показалось, что сердце вот-вот выпрыгнет из груди.

– Здравствуй, Гвендолин, – сказал мистер Уитмен, расплывшись в своей галантной бельчоночьей улыбке. – Рад тебя видеть, – он отодвинул занавеску, за которой скрывался сейф. – Давай-ка отправим тебя на элапсацию.

Я не очень вслушивалась в то, что он говорил. Лицо Гидеона оставалось таким же бледным, как и вчера вечером, но было видно, что дела пошли на поправку. Толстого белого пластыря у него на лбу больше не было, и я смогла разглядеть рану, которая начиналась у корней волос. Сами волосы теперь были сантиметров десять в длину, из них кое-где торчали тонкие белые нитки пластыря. Я ждала, когда же Гидеон заговорит со мной, но он только окинул меня беглым взглядом.

– Упс! Вот и он! – сказал Химериус. – Честное слово, я хотел тебя предупредить. Но не успел, потому что никак не мог решить, за кем же мне увязаться. Кажется, Шарлотта сегодня вызвалась понянчить младшего брата Гидеона, этого красавчика. Они пошли вместе в кафе, кушать мороженое. А потом собираются в кино. Кинотеатр – это тот же стог сена, только современный, со всеми удобствами.

– Ты в порядке, Гвендолин? – спросил Гидеон и поднял брови. – Кажется, ты волнуешься – может, хочешь покурить, успокоиться, а? Напомни-ка, что тебе нравится... Lucky Strike?

От такой наглости я потеряла дар речи.

– Оставь её в покое, – сказал Химериус. – Не видишь разве, что она влюбилась по уши, ты, тупое бесчувственное бревно? И, между прочим, в тебя, дурака! Что ты вообще здесь забыл?

Мистер Уитмен вытащил хронограф из сейфа и водрузил его на стол.

– Тогда давайте посмотрим, куда сегодня...

– Мадам Россини ожидает вас в примерочной, сэр, – обратился к Гидеону мистер Марли.

– Ах, чёрт, – сказал Гидеон, сбившись с мысли. Он посмотрел на свои часы. – Совершенно забыл об этом. Она очень злилась?

– Вид у неё был довольно раздражённый, – сказал мистер Марли.

В ту же секунду дверь снова распахнулась, и на пороге показался мистер Джордж. Он совсем запыхался, а на лбу у него выступили маленькие капли пота, как и всегда, когда он куда-нибудь спешил.

– Что здесь случилось?

Мистер Уитмен наморщил лоб.

– Томас? Гидеон сказал, что ты разговариваешь с Фальком и с министром внутренних дел.

– Да, так оно и было. Но во время нашей беседы позвонила мадам Россини и доложила, что Гвендолин только что забрали на элапсацию, – сказал мистер Джордж. Я впервые видела его таким сердитым.

– Но... Гидеон заверил, что ты поручил мне... – в замешательстве сказал мистер Уитмен.

– Ничего я не поручал! Гидеон! Что здесь происходит? – из маленьких глазок мистера Джорджа исчезло всякое добродушие.

Гидеон скрестил руки на груди.

– Я подумал, что вы только обрадуетесь, если мы выполним эту работу за вас, – коротко сказал он.

Мистер Джордж промокнул лоб платочком.

– Вот уж спасибо за заботу, – насмешливо ответил он. – Но тебе не следовало беспокоиться, я уж как-нибудь сам справлюсь. А сейчас отправляйся наверх к мадам Россини.

– Я бы хотел сопровождать Гвендолин, – сказал Гидеон. – После вчерашних событий не стоит оставлять её одну.

– Глупости, – возразил мистер Джордж. – Нет совершенно никаких оснований предполагать, что ей угрожает опасность. Главное – не посылать её слишком далеко.

– Это правда, – сказал мистер Уитмен.

– Например, в 1956-ой? – медленно спросил Гидеон и посмотрел мистеру Джорджу прямо в глаза. – Я тут на досуге полистал Хроники Хранителей, кажется, 1956-ой был довольно спокойным. Самая распространённая фраза в отчётах того года – *Никаких особых происшествий*. Эти слова для вас как елей на душу, не правда ли, мистер Джордж?

Сердце моё тем временем ушло в пятки. Поведение Гидеона можно было объяснить только одним: он как-то обнаружил, что я делала вчера в прошлом. Но как, как ему удалось это узнать? Ведь от меня всего лишь пахло сигаретами. Возможно, это действительно могло показаться немного подозрительным, но уж никак не указывало на события, которые произошли со мной в 1956-ом.

Мистер Джордж, не дрогнув ни на секунду, парировал его взгляд. Вид у него всё ещё был немного рассерженный.

– Это не просьба с моей стороны, Гидеон. Мадам Россини ждёт. Марли, вы тоже можете идти.

– Да, сэр, мистер Джордж, сэр, – пробормотал мистер Марли и вытянулся по стойке смирно.

Дверь за ним захлопнулась, и мистер Джордж возмущённо перевёл взгляд на Гидеона, который так и не сдвинулся с места.

Мистер Уитмен тоже был явно удивлён происходящим.

– Чего ты ждёшь? – холодно спросил мистер Джордж.

– Почему вы отправили Гвендолин в прошлое посреди бела дня? Это противоречит правилам!

– О-оу, – сказал Химериус.

– Гидеон, это не твоё… – сказал мистер Уитмен.

– Решительно всё равно, в каком именно времени суток оказалась Гвендолин, – перебил его мистер Джордж. – Она находилась в закрытом подвале.

– Мне было страшно, – быстро сказала я. Собственный голос показался мне каким-то писклявым. – Я не хотела оставаться ночью одна в этом подвале, рядом с катакомбами…

Гидеон повернулся ко мне и снова поднял одну бровь.

– Ах да, ты ж у нас маленькое пугливое создание, как я мог забыть, – он тихо засмеялся. – 1956-ой – это ведь тот самый год, когда вы стали членом ложи, не правда ли, мистер Джордж? Какое странное совпадение.

Мистер Джордж наморщил лоб.

– Не понимаю, к чему ты клонишь, Гидеон, – сказал мистер Уитмен. – Но сейчас тебе действительно лучше отправиться на примерку. Мы с мистером Джорджем позаботимся о Гвендолин, тебе не о чем волноваться.

Гидеон снова посмотрел на меня.

– Предлагаю такой вариант: я быстро улаживаю всё с мадам Россини, и потом вы просто посылаете меня следом за Гвендолин, всё равно куда. Тогда ей даже тёмной ночью не придётся никого бояться.

– Кроме тебя, – сказал Химериус.

– Ты давно уже превысил свой лимит на сегодня, – сказал мой учитель. – Но если Гвендолин действительно так боится… – он с беспокойством посмотрел на меня.

Его можно было понять. Наверное, вид у меня в тот момент действительно был очень испуганный. Сердце давно билось где-то в пятках, и я не в силах была вымолвить ни слова.

– Можно так и поступить, – сказал мистер Уитмен. – Я ничего не имею против. А ты, Томас?

Мистер Джордж лишь отмахнулся, но сделал он это так медленно, будто собираясь поступить иначе.

По лицу Гидеона скользнула довольная улыбка, и он наконец-то сошёл со своей нерушимой позиции возле двери.

– Тогда до скорого, – сказал он тоном победителя. Мне показалось, что в его словах я уловила угрозу.

Когда дверь за ним закрылась, мистер Уитмен вздохнул.

– После этого нападения он ведёт себя как-то странно, ты не находишь, Томас?

– Очень может быть, – сказал мистер Джордж.

– Наверное, стоит провести с ним ещё одну воспитательную беседу касательно тона, которым следует общаться с высшими по званию, – сказал мистер Уитмен. – Для своего возраста он довольно… Ну да ладно. Сейчас он под таким давлением, это тоже нельзя сбрасывать со счетов, – он повернулся ко мне и ободряюще кивнул. – Гвендолин, ты готова?

Я встала.

– Да, – соврала я.

Ворон, парящий в рубиновом храме,
Слышит песнь мёртвых он между мирами,
Не знает, что силою он наделён,
Но вот пробил час, завершён круг времён.
Лев с диамантовым гордым оскалом,
Под действием чар сила светлая пала.
Солнце умрёт, лишь тогда всё сменится,
Ворона смертью круг завершится.

Из тайных записей графа Сен-Жермена

Глава девятая

Я даже не поинтересовалась, в какой год они собираются меня отправить, смысла в этом было ни на грош. В комнате всё выглядело точь-в-точь так же, как и в прошлый раз.

Посреди по-прежнему красовался зелёный диванчик, я смерила его хмурым взглядом, будто именно он был виноват во всех моих неприятностях. Как и в прошлый раз возле стены, в которой Лукас устроил тайник, высилась гора стульев. На минуту мне показалось, что надо срочно разобрать эту баррикаду. Если Гидеон что-то заподозрил – а это без сомнения так и есть – он первым делом решит прочесать комнату вдоль и поперёк. Может, спрятать содержимое тайника за дверью старой лаборатории, где-нибудь в коридоре? А потом вернуться, прежде чем прибудет Гидеон… Я лихорадочно бросилась к стульям и начала сдвигать их к другой стене, но потом резко передумала. Ведь во-первых, перепрятать ключ мне всё равно не удастся, потому что дверь в лабораторию должна оставаться на замке, и во-вторых, даже если Гидеон и обнаружит тайник, как он сможет доказать, что кто-то соорудил его специально для меня? Я просто буду строить из себя дурочку и всё отрицать.

Я аккуратно вернула стулья на место, стараясь не оставлять на пыльных сидениях и креслах свежих следов. Затем я подёргала ручку двери, на случай, если лабораторию оставили открытой, но нет, дверь не поддалась. Тогда я уселась на зелёный диван и стала ждать.

Состояние у меня было такое же, как четыре года назад после истории с лягушкой, когда мы с Лесли сидели перед кабинетом директора Гиллза, пока он не изволил выделить нам несколько минут в своём страшно загруженном графике, чтобы прочитать нам нравоучения. Вообще-то, ничего такого мы не совершили. Это всё Синтия, она переехала бедную лягушку колесом своего велосипеда, и не проявила ни капельки жалости («это всего лишь глупая лягушка» – сказала она). Тогда мы с Лесли твёрдо решили отомстить. Мы хотели похоронить лягушечку в парке, но прежде собирались немного пощекотать Синтии нервы, лягушка-то всё равно уже мертва, тут ничего не исправишь, поэтому мы решили, что палачу и жертве не помешает устроить ещё одно свидание – и подбросили лягушку Синтии в суп.

Кто ж мог подумать, что у Синтии при виде лягушечки случится такой припадок... Поэтому директор Гиллз обращался с нами как с двумя злостными нарушительницами. Нашего проступка он так и не забыл.

Каждый раз, когда мы имели несчастье попасться ему на глаза где-нибудь в коридоре, он говорил обычно: «А, это вы, лягушатницы бессердечные!», и мы снова вспоминали весь этот позор.

Я прикрыла глаза.

Почему Гидеон так поступал со мной? У него не было никаких причин вести себя подобным образом. Я ничего ему не сделала. Все вокруг только и твердят, что мне, мол, нельзя доверять, что я предательница, завязывают мне глаза, не отвечают на вопросы, держат под контролем... Понятно же, что я попытаюсь выяснить хоть какие-то детали. Куда же он запропастился? Лампочка под потолком тихонько затрещала и мигнула. А здесь в подвале довольно прохладно. Наверное, они послали меня в одну из этих холодных послевоенных зим, о которых так много рассказывала бабушка Мэдди. Отлично. Вода замерзала прямо в трубах, а на улицах валялись дохлые животные, окаменевшие от мороза. Я подышала на руки, чтобы проверить, не идёт ли изо рта пар. Нет, пара не было.

Лампочка снова мигнула, и мне стало страшно. А что, если она погаснет и мне придётся досиживать остаток времени в темноте? На этот раз никто не догадался дать мне фонарик, со мной вообще обошлись довольно небрежно. Наверное, когда наступит темнота, крысы так и побегут из своих укрытий. А они ведь точно голодные... где крысы, там и тараканы. Призрак рыцаря-тамплиера, о котором рассказывал Гидеон, тоже, наверное, не прочь будет меня попугать.

К-р-р-р-р-к.

Это напомнила о себе лампочка.

Я стала думать, что пусть уж лучше явится Гидеон, чем крысы и призраки. Но он не приходил. Вместо этого лампочка отчаянно замигала, будто демонстрируя, что жить ей осталось несколько минут. Когда я была маленькой и боялась темноты, чтобы побороть страх, я пела. Вот и сейчас я поступила так же, по старой памяти.

Сначала я запела совсем тихонько. Затем немного громче.

Меня ведь всё равно никто не услышит.

От пения на душе сразу становилось спокойнее. Оно спасало от страха. И от холода.

Даже лампочка, и та на какое-то время перестала мигать. Но когда я запела что-то из Марии Мены[25], она снова взялась за своё. Кажется, Эмилиана Торрини[26] ей тоже не пришлась по вкусу. А вот старые хиты группы «ABBA» она сопровождала ровными спокойными лучами. Жаль

---

25 Норвежская поп-певица.

26 Исландская певица.

только, что этих хитов я знала не очень много, но лампочка в этом плане была непривередливым слушателем, она прощала мне маленькие вольности вроде «ла-ла-ла, one chance in a lifetime, ла-ла-ла-ла».

Я пела уже несколько часов напролёт. Так мне, по крайней мере, казалось. После *«The winner takes it all»* (Лесли всегда включала эту песню, когда страдала от любви) я по второму разу затянула *«I wonder»*. При этом я ещё и танцевала изо всех сил, чтобы не замёрзнуть. После третьего повтора *«Mamma mia»* я уверилась на сто процентов, что Гидеон не появится.

Вот чёрт! Значит, я могла всё-таки снова пробраться наверх в кабинет, вместо того, чтобы прозябать в этом подвале. Я постаралась вспомнить слова песни *«Head over heels»*, а когда я запела *«You're wasting my time»*, он вдруг появился перед диваном.

Я оборвала песню на полуслове и посмотрела на него с немым упрёком.

– Ты почему так поздно?

– Могу представить, как долго тянулось для тебя это время.

Его взгляд оставался таким же холодным и странным, как и прежде.

Он подошёл к двери и подёргал за ручку.

– Ты хотя бы догадалась никуда не уходить. Ведь в любую минуту мог появиться я.

– Ха-ха, – сказала я. – Ты шутишь?

Гидеон прислонился спиной к притолоке.

– Гвендолин, со мной уж, пожалуйста, побереги силы, не надо прикидываться невинной овечкой.

Я не смогла вынести его холодного и колючего взгляда. Зелёный цвет, который я так любила, сейчас совершенно преобразился. Он стал каким-то неестественным, похожим на желе из киви, которое иногда давали в школьной столовой.

– Ты ко мне так… несправедлив! – лампочка снова замигала. Ей, наверное, захотелось снова услышать мои перепевки «АВВ'ы». – У тебя случайно не найдётся лампочки?

– Тебя выдал запах сигарет, – Гидеон переложил фонарик из одной руки в другую. – После того, как ты ушла, я немного полистал Хроники Хранителей и сопоставил факты.

Я вздохнула.

– Что же тут такого ужасного? Я просто немножко покурила!

– Нет, ты не курила. Не так уж ты и хорошо врёшь, как тебе кажется. Где ключ?

– Какой такой ключ?

– Ключ, который ты получила от мистера Джорджа, чтобы разыскать в 1956 году своего дедушку, – он шагнул ко мне. – Если ты достаточно умна, то ключ уже спрятан где-то здесь в лаборатории, а если нет – он всё ещё при тебе, – Гидеон подошёл к дивану, схватил подушки и одна за другой швырнул их на пол.

– Так, здесь его нет.

Я уставилась на Гидеона в полной растерянности.

– Мистер Джордж не давал мне никакого ключа. Правда! А что касается сигарет…

– Это были не только сигареты. От тебя пахло ещё и сигарами, – сказал Гидеон ледяным голосом. Он оглянулся и на мгновение задержал взгляд на груде стульев, составленных у стены. Мне снова стало холодно, а лампочка, будто бы разделяя напряжённость ситуации, замигала ещё чаще.

– Я просто… – нерешительно начала я.

– Что? – подчёркнуто дружелюбно спросил Гидеон. – Ты выкурила ещё и сигару? После трёх «Lucky Strike»? Ты это хотела сказать?

Я молчала.

Гидеон нагнулся и посветил фонариком под диван.

– Мистер Джордж записал тебе пароль дня на листке бумаги или ты выучила его наизусть? И как ты прошла мимо стражников, когда возвращалась обратно в подвал, если о тебе нет ни малейшего упоминания в вечернем отчёте вахты «Цербер»?

– О чём ты говоришь? – сказала я. Мне нужно было бы изобразить возмущение, но вместо этого собственный голос предательски задрожал.

– Вайолет Пурпельплюм – какое странное имя, не правда ли? Тебе оно, случайно, не знакомо? – Гидеон снова выпрямился и посмотрел прямо на меня. Его глаза стали теперь ядовито-зелёными.

Я медленно покачала головой.

– Вот интересно, – сказал Гидеон. – А ведь она – подруга вашей семьи. Когда я случайно упомянул её в разговоре с Шарлоттой, та сказала, что миссис Пурпельплюм постоянно дарит вам шарфики, которые очень кусаются.

Ох... Опять эта противная Шарлотта. Могла бы она хоть раз придержать язык за зубами?

– Нет, неправда, – упрямо сказала я. – Кусачие шарфики попадаются только Шарлотте. А наши всегда очень мягкие.

Гидеон облокотился о диван и скрестил руки на груди. Фонарик светил в потолок, с которого, всё ещё нервно подрагивая, падал свет лампочки.

– В последний раз спрашиваю: Гвендолин, где ключ?

– Мистер Джордж не давал мне никакого ключа, клянусь тебе, – сказала я голосом, полным отчаянья, пытаясь предотвратить надвигающуюся катастрофу. – Он вообще здесь ни при чём.

– Ах вот как? Имей в виду, меня не проведёшь, я тебя насквозь вижу, – он осветил фонариком стулья. – Будь я на твоём месте, я засунул бы ключ куда-нибудь под обивку.

Ладно. Пусть обыскивает диван. По крайней мере, он будет хоть чем-то занят, пока не наступит время возвращаться. Кажется, ждать нам осталось недолго.

– Хотя с другой стороны... – Гидеон прицельно опустил фонарик так, что теперь он светил мне прямо в лицо. – Это было бы просто бессмысленно.

Я отступила назад и раздражённо сказала:

– Хватит уже!

– И никогда не стоит судить по себе, – продолжал Гидеон. В мерцающем свете его глаза стали ещё темнее, я вдруг по-настоящему его испугалась. – Скорее всего, ключ просто у тебя в кармане. Давай его сюда! – он вытянул руку.

– Нет у меня никакого ключа, сколько можно повторять!

Гидеон медленно приближался ко мне.

– На твоём месте я бы отдал его сейчас добровольно. Но, как я уже говорил, не стоит всех судить по себе.

В это момент лампочка последний раз щёлкнула и приказала долго жить.

Гидеон стоял прямо передо мною, его фонарик светил на противоположную стену. Вокруг всё погрузилось в темноту.

– Так как?

– Не приближайся ко мне, – сказала я, пятясь назад. Сделав пару шагов, я почувствовала, что уткнулась спиной в холодную стену.

Ещё позавчера я и представить не могла, что иногда Гидеон может быть *слишком* близко.

Но сейчас мне показалось, что рядом со мной совершенно чужой человек. Я вдруг ужасно на него разозлилась.

– Что с тобой случилось? – прошипела я. – Что я тебе такого сделала? У меня в голове не укладывается, как это ты можешь сначала целовать, а потом презирать. За что?

Слёзы так и брызнули из моих глаз, это случилось так неожиданно, что я не смогла сдержаться, и они градом покатились по щекам. Хорошо, что в темноте он не смог этого увидеть.

– Наверное, потому что я не люблю, когда мне врут, – сказал Гидеон. Игнорируя моё предупреждение, он подошёл совсем близко, и на этот раз мне некуда было бежать. – Особенно когда врёт девочка, которая ещё вчера бросалась мне на шею, и вот, на следующий же день она приказывает меня избить.

– О чём ты говоришь?

– Я *видел* тебя, Гвендолин!

– Что-что? Когда это ты меня видел?

– Вчера, во время утреннего прыжка. Мне нужно было выполнить одно маленькое поручение, но только я сделал пару шагов, как передо мной возникла ты, словно мираж. Ты посмотрела на меня и улыбнулась, будто радуясь встрече. А потом ты повернулась на каблуках и исчезла за углом.

– Когда это случилось? – я так удивилась, что на секунду даже перестала плакать.

Гидеон будто бы не услышал моего вопроса.

– Но когда я завернул за этот поворот, кто-то огрел меня по голове, поэтому я был не в состоянии спрашивать тебя, что к чему.

– Ты хочешь сказать, что я… что тебя ударила я? – слёзы снова заструились по моим щекам.

– Нет, – сказал Гидеон, – в это мне не очень-то верится. В руках у тебя ничего не было, потом, я сомневаюсь, что ты могла бы ударить так сильно. Нет, ты просто заманила меня за угол, потому что там меня поджидал кто-то другой.

Исключено. Совершенно исключено.

– Я бы такого никогда не сделала, – выдавила я из себя более-менее вразумительно. – Никогда!

– Я тоже немного удивился, – быстро сказал Гидеон. – Я-то думал, что мы с тобой… друзья. Но вчера вечером ты вернулась с элапсации, и от тебя пахло сигаретами, тогда-то я и заподозрил, что ты могла обманывать меня всё это время. А сейчас – дай мне ключ!

Я провела руками по щекам. Но на глаза наворачивались всё новые и новые слезинки, остановить их было выше моих сил. Я попыталась подавить всхлип, и показалась себе ещё более жалкой.

– Если это действительно так, почему ты сказал остальным, что не видел, кто именно на тебя напал?

– Потому что это правда. Я действительно не видел, кто это сделал.

– Но ты ничего не сказал им обо мне. Почему?

– Потому что мистер Джордж всегда казался мне… Ты что, плачешь? – он направил фонарик на меня, я зажмурилась от яркого света, наверное, вид у меня сейчас был как у испуганного бурундука. И зачем я только красилась тушью сегодня утром?

– Гвендолин… – Гидеон выключил фонарик.

Что он намерен делать теперь? Обыскивать меня в темноте?

– Уходи, – всхлипывая, пробормотала я. – Нет у меня при себе никакого ключа, клянусь. И кого бы ты там не видел, это точно была не я. Я бы такого никогда не сделала. Я никогда, никогда бы не допустила, чтобы кто-нибудь причинил тебе боль.

Было абсолютно темно, но я чувствовала, что Гидеон стоит прямо напротив меня. Его тело просто излучало тепло, которое разливалось по тёмной холодной комнате. Он погладил меня по щеке, я вздрогнула и резко убрала его руку.

– Мне жаль, – прошептал он. – Гвен, я…

В его голосе мне послышалась беспомощность, но я была слишком расстроена, чтобы злорадствовать по этому поводу.

Сколько времени мы так стояли, даже не представляю. Слёзы всё так же продолжали катиться по моим щекам.

Что делал он – я не видела.

В какой-то момент Гидеон снова включил фонарик, кашлянул и посветил на свои часы.

– До прыжка осталось три минуты, – сказал он деловым тоном. – Тебе придётся выйти из угла, иначе приземлишься на сундук, – он подошёл к дивану и водрузил на место подушки.

– Понимаешь, мистер Джордж всегда казался мне самым человечным. Я считал, что могу довериться ему в любой ситуации.

– Но мистер Джордж здесь действительно ни при чём, – сказала я, с опаской выбираясь из угла. – Всё было совсем по-другому, – тыльной стороной ладони я утёрла слёзы. Лучше уж расскажу ему правду, чем он будет подозревать в чём-то бедного мистера Джорджа. – Когда я в первый раз попала в этот подвал одна, я случайно встретила здесь дедушку, – ладно, может, то будет не совсем вся правда. – Он пришёл за вином… хотя сейчас-то какая разница. Это была удивительная встреча, прежде всего потому, что мы каким-то образом узнали друг друга. Он спрятал в комнате ключ и пароль, чтобы мы смогли увидеться, когда я появлюсь здесь в следующий раз. Поэтому вчера, то есть, в 1956-ом, я назвалась Вайолет Пурпельплюм, чтобы встретиться с дедушкой! Он умер несколько лет назад, и мне ужасно его не хватает. Неужели ты не поступил бы точно так же, окажись ты на моём месте? Это была такая встреча… – я запнулась.

Гидеон молчал. Я вглядывалась в темноте в его силуэт и ждала.

– А мистер Джордж? К тому времени он был уже ассистентом твоего дедушки, – сказал он наконец.

– Мы действительно увиделись на несколько минут, но дедушка представил меня своей кузиной Хейзл. Он наверняка давно уже забыл об этой встрече. Ведь для него она была не более чем мимолётным знакомством, которое произошло пятьдесят пять лет тому назад, – я положила ладонь себе на живот. – Мне кажется...

– Да, – сказал Гидеон. Он протянул мне руку, но потом передумал. – Сейчас начнётся, – вяло проговорил он. – Подойди ко мне ещё на пару шагов.

Комната завертелась, затем из слабого и мерцающего свет превратился в очень яркий, а потом я услышала голос мистера Уитмена:

– Вот и вы.

Гидеон положил фонарик на стол и бегло взглянул на меня. Может, мне просто показалось, но на этот раз в его взгляде было сочувствие. Я ещё раз украдкой провела рукой по лицу, но мистер Уитмен всё равно заметил, что я плакала. Кроме него в комнате никого не было. Химериус, наверное, давно уже улетел, ему такая компания, очевидно, показалась ужасно скучной.

– Как ты, Гвендолин? – спросил мистер Уитмен своим проникновенно-доверительным тоном педагога. – Что-то случилось? – Если бы я не знала его уже несколько лет, я бы, наверное, попыталась снова разреветься и надавить на жалость. (Проти-и-и-ивный Гидеон! Он меня расстро-о-о-ил!) Но с мистером Уитменом такой номер не пройдёт. На прошлой неделе этим же точно тоном он выпытывал у нас, кто нарисовал на доске карикатуру на миссис Каунтер. «Да у этого художника настоящий талант», – сказал он и весело улыбнулся.

Тотчас Синтия (кто же ещё!) выболтала ему, что это сделала Пегги. Мистер Уитмен тут же перестал улыбаться и написал Пегги выговор в журнал. «У тебя действительно настоящий талант, это правда. Такой талант притягивать неприятности надо ещё поискать», – сказал он, захлопнув классный журнал.

– Что с тобой? – обратился он ко мне и доверительно улыбнулся. Но меня не проведёшь.

– Это была крыса, – пробормотала я. – Вы уверяли, что там их нет… А потом лампочка перегорела, а вы не дали мне с собой фонарик. Я была там совершенно одна, в темноте, с этими противными крысами, – я чуть было не закончила эту тираду чем-то вроде «Я всё маме расскажу!», но в последний момент сдержалась.

Мистер Уитмен смутился.

– Мне очень жаль, – сказал он. – В следующий раз мы постараемся это предусмотреть, – тут снова включился его учительский тон. – Сейчас тебя отвезут домой. Советую пораньше лечь спать, Гвендолин, потому что завтра тебя ждёт непростой день.

– Я провожу её к машине, – сказал Гидеон и взял со стола чёрную повязку. – А где мистер Джордж?

– На совещании, – нахмурившись, ответил мистер Уитмен. – Гидеон, мне кажется, тебе стоит подумать о своём поведении, о твоём стиле общения со старшими. Мы на многое смотрим сквозь пальцы, потому что понимаем, что тебе сейчас приходится нелегко, но к членам Внутреннего Круга следовало бы проявлять большее уважение.

Гидеон даже бровью не повёл, выражение его лица осталось прежним. Он вежливо ответил:

– Вы совершенно правы, мистер Уитмен. Я очень сожалею о том, как вёл себя сегодня, – он протянул мне руку. – Пойдём?

Я сразу же инстинктивно потянулась к его руке. В моей душе при этом разыгралась целая буря эмоций, которая опять выбила меня из равновесия. Слёзы уже были готовы снова брызнуть из глаз.

– До свидания, – сказала я мистеру Уитмену, уставившись при этом в пол.

Гидеон распахнул дверь.

– До завтра, – сказал мистер Уитмен. – Не забывайте, для каждого из вас лучшей подготовкой станет полноценный ночной отдых.

Дверь за нами закрылась.

– Ой, бедненькая, совсем одна с противной крысой в тёмном подвале, – сказал Гидеон и улыбнулся.

Его поведение никак не укладывалось у меня в голове. Два дня подряд он едва удостаивал меня холодного взгляда, а за последние несколько часов эти взгляды стали такими пронзительно-ледяными, что я чуть не окаменела, как маленький зверёк в лютую стужу.

А теперь?

Он беззаботно шутит, будто между нами всё снова как прежде! Может, в душе Гидеон страшный садист, и ему становится по-настоящему весело только после того, как он понимает, что причинил мне боль?

– Завяжешь мне глаза?

Я ещё не пришла в себя настолько, чтобы воспринимать его глупые шутки, не заметить этого было невозможно.

Гидеон пожал плечами.

– Сдаётся мне, ты и так неплохо знаешь дорогу. Поэтому повязка тебе сегодня ни к чему. Пойдём, – он опять дружелюбно улыбнулся.

Я в первый раз увидела, как выглядят эти подземные коридоры в нашем времени. Здесь было чисто, на стенах висели светильники, некоторые из них со встроенным фотоэлементом, реагировавшим на движение. Все коридоры были чистыми и светлыми.

– Впечатляет, правда? – спросил Гидеон. – Все проходы, которые ведут наружу, оснащены сигнализацией и специальными механизмами, сегодня здесь надёжно, как в банковском сейфе. Но всё это оборудование появилось сравнительно недавно – в семидесятых годах, до этого можно было беспрепятственно пробираться отсюда хоть в другую часть Лондона.

– Мне-то какая разница, – пробурчала я.

– Хорошо, давай поговорим о чём-нибудь другом. Например, о чём? Предлагай!

– Ни о чём, – как он мог вести себя, словно бы ничего не случилось? Эти его улыбочки и непринуждённый тон ни на шутку меня рассердили. Я зашагала быстрее, и хотя губы мои были крепко сжаты, слова всё равно вырвались наружу:

– Я так не могу, Гидеон! Не могу понять твоего поведения, когда ты то целуешь меня, то ведёшь себя так, будто я тебе ненавистна.

Гидеон замолчал.

– Мне бы тоже больше хотелось всё время целовать тебя, чем ненавидеть, – сказал он немного погодя. – Но с тобой это так непросто.

– Я тебе ничего не сделала, – сказала я.

Он остановился.

– Ах, Гвендолин, неужели ты всерьёз думаешь, что я поверил в твою историю с дедушкой? Будто он совершенно случайно зашёл в тот же самый подвал, в который ты как раз прибыла на элапсацию! Это такая же случайность, как и появление Люси и Пола у леди Тилни. Или появление этих мужчин в Гайд-парке.

– Ага, точно, это я их туда позвала, потому что у меня всегда руки чесались проткнуть кого-нибудь шпагой. А ещё мне всегда хотелось посмотреть на кого-то, кому откромсали половину лица! – прошипела я.

– Что и почему ты совершишь в будущем…

– Ай, заткнись! – возмущённо выкрикнула я. – Мне уже все эти разговоры в печёнках сидят! С прошлого понедельника моя жизнь превратилась в кошмарный сон, который всё никак не закончится. Когда мне кажется, что я проснулась, я понимаю, что всё ещё сплю. Мою голову разрывают тысячи вопросов, на которые никто не хочет отвечать, и все ждут, что я буду из кожи вон лезть, чтобы сделать что-то, о чём я понятия не имею! – я снова пошла вперёд, всё ускоряя темп, теперь я почти бежала, но Гидеон без особых усилий следовал рядом со мной. На лестнице было пусто. Никто не стремился узнать у нас пароль дня. Да и зачем, если все входы и выходы защищены надёжнее, чем в Форт Ноксе[27]? Перескакивая через ступеньки, я побежала по лестнице. – Никто не удосужился спросить меня, хочу ли я вообще во всём этом участвовать. Я должна иметь дело с сумасшедшим учителем танцев, который постоянно обзывается и кричит. А любезная кузиночка, так уж и быть, покажет мне, что она умеет, но мне этому всё равно в жизни не научиться. А ты… ты…

Гидеон покачал головой.

– Эй, попробуй хоть на минутку поставить себя на моё место! – теперь, кажется, он тоже рассердился. – Мне тоже приходится несладко! А как бы ты себя вела, интересно, с человеком, который через некоторое время прикажет ударить тебя по голове? Не очень-то верю, что ты бы потом верила в мою невиновность и хотела бы со мной заводить какие-то отношения, правда?

– Я и так этого не хочу! – резко сказала я. – Знаешь, что? Кажется, я начинаю постепенно осознавать, что действительно не прочь огреть тебя по голове чем-нибудь тяжёлым.

– Ну и пожалуйста, – сказал Гидеон и снова улыбнулся.

В ответ я лишь яростно засопела. Мы как раз проходили мимо ателье мадам Россини. Из-под двери в коридор сочился яркий свет. Наверное, она всё ещё работала над нашими костюмами.

---

27 Военная база в США. Хранилище золотого запаса США.

Гидеон кашлянул.

– Я уже извинился, и могу сделать это ещё раз. А теперь давай поговорим нормально, ладно?

Нормально! Ой, держите меня.

– Какие у тебя планы на сегодняшний вечер? – спросил он, снова переключаясь на свой дружелюбный и бесхитростный тон.

– Я, конечно же, потренируюсь танцевать менуэт, а перед сном постараюсь составить несколько предложений, не употребляя при этом слов «таймер», «тренинг» и «трансплантация сердечной мышцы», – едко ответила я. – А ты?

Гидеон посмотрел на часы.

– А я встречусь с Шарлоттой и моим братом и... посмотрим... Сегодня ведь выходной.

Да, конечно. Пусть смотрит себе сколько влезет, с меня довольно.

– Спасибо, что проводил, – сказала я, стараясь проявить всё своё хладнокровие. – Отсюда я сама справлюсь.

– Мне всё равно по пути, – сказал Гидеон. – Перестань так бежать. Мне нельзя напрягаться – предписание доктора Уайта.

Хотя я всё ещё была на него очень обижена, мне вдруг стало даже как-то стыдно.

Я искоса посмотрела на него.

– Но если за поворотом тебя снова кто-то бахнет по голове, не говори, что это я тебя заманила.

Гидеон улыбнулся.

– *Пока* ты на такое не способна.

«Я *никогда* не буду на такое способна», – промелькнуло у меня в голове. Даже если он будет вести себя со мной как угодно плохо.

Никогда бы я не смогла допустить, чтобы кто-то причинил ему боль. И кого бы он там не видел в прошлом, это уж точно была не я.

Арка ворот перед нами осветилась от вспышки фотоаппарата. Уже совсем стемнело, но по Темплу до сих пор бродили толпы туристов. На площади стоял уже знакомый мне чёрный лимузин. Когда мы подошли ближе, водитель выскочил и открыл передо мной дверцу машины. Гидеон подождал, пока я заберусь на сидение, затем он наклонился ко мне и прошептал:

– Гвендолин?

– Что?

Было так темно, что я видела лишь очертания его лица.

– Мне бы очень хотелось, чтобы ты мне по-настоящему доверяла, – его тон был таким открытым и доверительным, что я растерялась.

– Мне бы тоже этого хотелось, – пролепетала я.

Только когда Гидеон закрыл дверцу и машина тронулась, мне пришло в голову, что лучше бы я сказала «Мне бы тоже хотелось, чтобы ты доверял мне».

Глаза мадам Россини горели от восторга. Она взяла меня за руку и подвела к большому зеркалу, чтобы я смогла оценить результаты её трудов. Я сама себя не узнала. Прежде всего, дело тут было в волосах, обычно они были гладко зачёсаны, а сегодня мадам Россини уложила их тысячами завитушек и соорудила из них гигантскую высокую причёску, очень похожую на ту, которую сделали на свадьбу моей кузине Джэнет. Несколько прядей пружинками спадали на мои голые плечи. Тёмно-красный цвет платья ещё больше оттенял мою бледность, но я не выглядела больной или хилой, а, напротив, казалась какой-то сияющей.

Мадам Россини только что припудрила мне нос и лоб и нанесла на щёки немного румян. Вчера я всё-таки засиделась допоздна, но благодаря её искусному макияжу никаких синяков у меня под глазами заметно не было.

– Настоящая Белоснежка, – сказала мадам Россини и промокнула слёзы счастья подвернувшимся под руку лоскутком. – Красная как кровь, белая как снег и чёрная как смола. Они наверняка будут недовольны, потому что я сделала тебя такой выразительной. Покажи-ка мне твои ногти, да, тре бьен, коротко подстрижены и чисты. А теперь покачай головой. Можешь посильнее, эта причёска должна выстоять целый вечер.

– Такое впечатление, что у меня на голове шляпа, – сказала я.

– Ты к этому привыкнешь, – ответила мадам Россини, укрепляя причёску ещё бо́льшим количеством лака. И это после того, как в неё воткнули одиннадцать фунтов шпилек – именно они держали вместе всю эту гору локонов. Некоторые шпильки служили только для украшения, на них были нашиты такие же розочки, как и на моём декольте. Ах, как мило!

– Ну что же, кажется, готово, лебёдушка. Мне опять тебя сфотографировать?

– О да, пожалуйста! – я огляделась в поисках сумки, в которой лежал телефон. Лесли мне не простит, если я ей не покажу всю эту красоту.

– Я бы очень хотела сфотографировать вас вдвоём, – сказала мадам Россини, щёлкнув меня уже с десяток раз с каждой стороны. – Тебя и невоспитанного юношу. Чтобы можно было убедиться, насколько непревзойдённо и в то же время неброско соотносятся ваши наряды. Но о Гидеоне заботится Джордано, поэтому мы больше не спорим по поводу этих узорчатых чулок.

– Но чулки выглядят просто отлично, – сказала я.

– А всё потому, что они выглядят точь-в-точь как чулки того времени, но сделаны из эластана, поэтому носить их гораздо удобнее, – сказала мадам Россини. – Раньше приходилось, наверное, опутывать подвязками ногу до самого бедра, а у тебя подтяжки служат всего лишь украшением. Я, конечно, не предполагаю, что кто-то будет заглядывать тебе под юбку, но если вдруг такое случится, никто ничего не заподозрит, – она захлопала в ладоши. – Бьен, я позвоню наверх и скажу, что ты готова.

Пока она разговаривала по телефону, я снова подошла к зеркалу. Сердце моё бешено колотилось. Всё утро я старалась не думать о Гидеоне, и это мне даже удалось, но только потому, что я постоянно вспоминала про графа Сен-Жермена.

К страху перед новой встречей с ним примешивалась необъяснимая радость от того, что я попаду на настоящее суаре, и из-за этого радостного беспокойства мне становилось как-то не по себе.

Мама разрешила Лесли остаться у нас ночевать, поэтому вчерашний вечер получился очень даже милым. Когда мы с Лесли и Химериусом обсуждали события прошедшего дня, на душе становилось намного легче.

Не знаю, может, они наговорили мне всяких ободряющих слов, только чтобы я не расстраивалась, но вроде как и Химериус, и Лесли были совершенно уверены, что мне не стоит пока бросаться с моста от неразделённой любви, можно повременить. Они в один голос твердили, что у Гидеона были все основания вести себя подобным образом, а Лесли ещё добавила, что раз мужчины и женщины равны, у мальчиков тоже могут случаться периоды, когда настроение портится независимо ни от чего, и вообще, она уверена, что в душе Гидеон очень милый парень.

– Ты ведь совсем его не знаешь! – отмахнулась я. – Ты говоришь это только из-за меня, потому что знаешь, что именно мне нужно сейчас услышать.

– Ага, а ещё потому, что мне очень хочется, чтобы мои слова оказались правдой, – сказала Лесли. – Если он будет вести себя как полный идиот, обещаю тебе, я сама его отыщу и накостыляю по шее.

Химериус вернулся домой поздно, потому что весь вечер он по моей просьбе следил за Шарлоттой, Рафаэлем и Гидеоном.

Химериус был совершенно уверен, что описывать Рафаэля очень скучно, но мы с Лесли считали по-другому, и демону пришлось сдаться.

– Как по мне, у мальчонки какой-то слишком уж сладенький вид, – недовольно хмыкнул Химериус. – Он уверен в своей неотразимости сильнее всех остальных.

– Тогда Шарлотта для него в самый раз, – довольно сказала Лесли. – Ведь до сих пор наша Снежная Королева умела быть только самой замечательной и неприступной.

Мы устроились на моём широком подоконнике, а Химериус присел на стол, аккуратно обернул вокруг себя хвостик и начал свой доклад.

Сначала Шарлотта и Рафаэль кушали мороженое, потом они пошли в кино, а в конце вечера встретились с Гидеоном в итальянском ресторанчике. Мы с Лесли заставили его вспомнить все-все подробности: название фильма, какую пиццу они заказывали, и о чём говорили, слово в слово. Если верить Химериусу, Шарлотта и Рафаэль абсолютно друг друга не слушали, и каждый говорил о своём.

Рафаэль увлечённо рассуждал о том, чем отличаются английские девочки от французских, и какие из них сексуальнее, а Шарлотта тем временем рассказывала, кто в прошлом году получил Нобелевскую премию по литературе. Её заунывные речи привели к тому, что Рафаэль заметно погрустнел, а потом стал откровенно подмигивать другим девочкам. В кинотеатре Рафаэль не предпринимал никаких попыток обнять или поцеловать Шарлотту (к большому удивлению Химериуса), а даже наоборот, через десять минут после начала фильма он крепко и глубоко заснул.

Лесли сказала, что это самая симпатичная выходка, о которой ей только доводилось слышать, и я была с ней полностью солидарна. Затем мы, конечно же, захотели узнать у Химериуса, говорили ли Шарлотта, Рафаэль и Гидеон обо мне, и Химериус (немного нехотя) пересказал нам следующий возмутительный диалог (который я синхронно переводила Лесли):

Шарлотта: Джордано серьёзно обеспокоен подготовкой Гвендолин, он считает, что завтра своим поведением она испортит абсолютно всё, что только можно испортить.

Гидеон: Передай мне, пожалуйста, оливковое масло.

Шарлотта: Политика и история – это для Гвендолин просто тёмный лес, она катастрофически не умеет запоминать имена, в одно ухо влетает, а из другого тут же вылетает. Что она может с этим поделать, бедняжка, её мозг просто не способен воспринимать столько информации разом. Неудивительно, ведь он битком набит названиями поп-групп и именами актёров из чепуховых романтических фильмов.

Рафаэль: Гвендолин – это твоя кузина, да? Я видел её вчера в школе. Такая, с длинными тёмными волосами и голубыми глазами?

Шарлотта: Точно, и с родинкой на виске, которая похожа на банан.

Гидеон: На маленький полумесяц.

Рафаэль: А как там звали её подружку? Блондинку с веснушками на щеках? Лили?

Шарлотта: Лесли Хэй. Немного лучше шевелит мозгами, чем Гвендолин, но её можно выставлять в качестве примера, насколько собаки похожи на своих хозяев. У неё ещё пёсик есть, лохматый, похож на лабрадора. Его зовут Берти.

Рафаэль: Как мило!

Шарлотта: Ты любишь собак?

Рафаэль: Особенно веснушчатых лабрадоров.

Шарлотта: Понятно! Ну, тогда можешь попытать счастья. Особых сложностей у тебя возникнуть не должно, парни у Лесли меняются ещё быстрее, чем у Гвендолин.

Гидеон: Вот как? И сколько… э-э-э… парней было у Гвендолин?

Шарлотта: Ах, Господи. Уф-ф. Как-то мне не по себе, не хотелось бы говорить о ней ничего дурного. Просто она в этом вопросе немного неразборчива, особенно когда что-нибудь выпьет. С ней встречался каждый мальчик из нашего класса, и даже некоторые из параллельного… В один прекрасный момент мне надоело их считать. Клички, которыми они её награждали, я лучше называть не буду.

Рафаэль: Какие клички? Скажи!

Гидеон: Передай мне соль, пожалуйста!

Когда Химериус добрался до этого места в своём рассказе, я аж подпрыгнула от возмущения, мне хотелось тут же найти Шарлотту и удушить её на месте, но Лесли меня сдержала. По её мнению, мстить можно только на холодную голову.

Я попыталась убедить её, что вовсе не хочу никому мстить, просто мне хочется как следует стукнуть Шарлотту пару раз, чтоб знала. Но такая мотивация Лесли не убедила.

К тому же, Лесли считала, что если Гидеон и Рафаэль хоть на четверть такие же умные, как и красивые, они не поверят ни одному её слову.

– А мне кажется, что Лесли действительно немного похожа на лабрадора, – сказал Химериус, но тут я посмотрела на него укоризненно, и он поспешно добавил: – Но ведь я люблю собак, ты же знаешь! Они такие умные.

Да, Лесли ума было действительно не занимать. Пока суд да дело, она разрешила задачку, которая скрывалась в книге о зелёном всаднике. Честно говоря, результат этих долгих подсчётов меня немного разочаровал.

У нас получилось что-то вроде нового шифра из чисел, двух букв и каких-то странных чёрточек между словами.

Пятьдесят один ноль три ноль четыре один точка семь восемь н

Запятая ноль ноль ноль восемь четыре девять точка девять один о

Часы уже пробили полночь, когда мы крались по дому в библиотеку. То есть, крались только мы с Лесли. Химериус бесшумно летел впереди.

В библиотеке мы около часа искали хоть какие-то новые подсказки. Пятьдесят первая книга в третьем ряду… пятьдесят первый ряд, в нём тридцатая книга, в ней четвёртая страница, седьмая строчка, восьмое слово… но с какого бы угла мы не начинали считать наши ряды и книги, ничего путного не получалось. Дошло до того, что мы стали без разбору вытаскивать книги с полок и трясти их в поисках нового листочка с подсказкой.

Всё впустую. Но Лесли не утратила уверенности в том, что всё получится. Шифр она старательно переписала на листок бумаги. Время от времени Лесли вынимала его из кармана джинсов и глубокомысленно вглядывалась в написанные там слова.

– И всё-таки, это что-то да означает, – беспрестанно бормотала она. – И я буду не я, если не разузнаю, что именно за этим кроется.

После этого мы наконец-то отправились спать.

Утром будильник бесцеремонно вырвал меня из сна (за всю ночь я не увидела ни одного сновидения), и, встав с кровати, я полностью погрузилась в планы на предстоящий вечер.

– А вот и месье Джордж, он пришёл за тобой, – отвлекла меня от моих мыслей мадам Россини.

Она протянула мне сумочку, мой *ридикюль*, и я машинально взяла её, размышляя, не стоит ли в последний момент спрятать туда нож для резки овощей. Я решила не следовать совету Лесли, и не лепить его скотчем к бедру. С моим счастьем я только поранилась бы сама, к тому же, не представляю, как бы я в экстренном случае подняла юбку и стала разматывать с ноги скотч.

Когда в комнату вошёл мистер Джордж, мадам Россини как раз обвила вокруг моей шеи расшитую яркими цветами шаль, и поцеловала меня в обе щеки.

– Удачи, лебёушка моя, – сказала она. – Приведите её обратно до темноты, месье Джордж.

Мистер Джордж как-то болезненно усмехнулся. Он показался мне не таким кругленьким и спокойным, как обычно.

– Это зависит не от меня, мадам. Пойдём, девочка моя, нас ждут люди, которые хотят с тобой познакомиться.

День уже близился к вечеру. Мы поднялись на следующий этаж и вошли в Зал Дракона. Вся эта кутерьма с одеждой и завивкой продолжалась более двух часов. Мистер Джордж был необыкновенно молчалив сегодня, а я изо всех сил старалась сосредоточиться на том, чтобы не наступить на подол своего платья.

Я невольно вспомнила наш прошлый визит в восемнадцатый век, и в голове назойливо завертелась лишь одна мысль: как сложно, наверное, удирать от мужчин со шпагами, когда ты одет в такой узкий и жёсткий наряд.

– Мистер Джордж, а вы могли бы объяснить мне, что такое «Флорентийский Альянс»?

Мистер Джордж остановился как вкопанный.

– «Флорентийский Альянс»? Кто тебе о нём рассказал?

– Вообще-то, никто, – вздохнув, сказала я. – Но время от времени я ухватываю обрывки фраз, а составить все сведения в одну картину никак не могу. Я спрашиваю только из-за того, что… мне страшно. Эти парни, которые напали на нас в Гайд-парке, они были из Альянса, правда?

Мистер Джордж серьёзно посмотрел мне в глаза.

– Может, и так. Очень даже вероятно. Но тебе не следует бояться. Не думаю, что кто-то нападёт на вас сегодня вечером. Мы вместе с графом и Ракоци предприняли все возможные меры безопасности.

Я открыла было рот, чтобы что-то сказать, но мистер Джордж меня перебил:

– Ладно, а то ты не успокоишься. Действительно, в 1782 году в рядах хранителей действовал предатель. Скорее всего, это тот же человек, который и раньше был повинен в утечке важной информации, из-за чего на графа было совершено несколько покушений: в Париже, в Дувре, в Амстердаме и в Германии, – он почесал лысину. – Но в Хрониках ни разу не упоминается имя этого человека. И хотя графу всё-таки удалось разрушить Альянс, кто именно оказался предателем среди хранителей, так и осталось тайной. Ваш визит в 1782 год как раз и должен всё изменить.

– Гидеон считает, что здесь замешаны Люси и Пол.

– Действительно, есть некоторые указания на то, что его подозрения не беспочвенны, – мистер Джордж указал на дверь Зала Дракона. – Но сейчас у нас с тобой нет времени, чтобы вдаваться в подробности. Что бы не случилось, держись Гидеона. Если вас разлучат, попробуй спрятаться в каком-нибудь укромном месте, и уже там дожидайся обратного прыжка.

Я кивнула. Во рту у меня пересохло.

Мистер Джордж открыл дверь и пропустил меня вперёд. Я еле протиснулась мимо него со своей пышной юбкой. В зале было полно людей, все они обернулись при моём появлении, а я вдруг покраснела от смущения. Кроме доктора Уайта, Фалька де Виллера, мистера Уитмена, мистера Марли, Гидеона и, конечно же, Джордано, в помещении находилось ещё пятеро мужчин в тёмных пиджаках. Выражение лиц у них было чрезвычайно серьёзным, они стояли прямо под огромным драконом. Как бы мне хотелось, чтобы Химериус был сейчас рядом и объяснил мне, кто из них министр внутренних дел, а кто – Нобелевский лауреат. Но Химериус улетел по другому заданию. (Его попросила не я, а Лесли. Но об этом потом.)

– Господа! Разрешите представить вам Гвендолин Шеферд! – торжественно провозгласил Фальк де Виллер. – Она – наш Рубин. Последний путешественник во времени из Круга Двенадцати.

– Сегодня вечером она путешествует под именем Пенелопы Грей, подопечной четвёртого виконта Баттона, – дополнил мистер Джордж, а Джордано пробормотал:

– И после сегодняшнего дня в историю она войдёт не иначе как *дама без веера*.

Я бросила беглый взгляд на Гидеона. Его расшитый сюртук цвета красного вина на самом деле очень гармонично смотрелся рядом с моим платьем. Парика на нём в этот раз не было, вот и хорошо, а то бы я, чего доброго, могла сейчас истерически расхохотаться от напряжения. Но в его облачении не было ничего смешного. Он выглядел просто превосходно. Его тёмные волосы были собраны в косичку на затылке, один локон, будто бы случайно, падал ему на лоб и искусно скрывал рану. На этот раз мне, как и обычно, нелегко было разгадать его выражение лица.

Я должна была по очереди пожать руки каждому из незнакомых джентльменов, все они друг за другом называли мне свои имена (что касается моих способностей, тут Шарлотта оказалась права: имена влетали у меня в одно ухо, и тут же вылетали в другое), я в ответ бормотала что-то вроде «Очень приятно», или «Добрый вечер, сэр». В общем, все эти джентльмены были очень важными особами. Только один господин улыбался, остальные смотрели с такими кислыми минами, будто им сообщили, что каждому из них вот-вот ампутируют ногу. Тот, который улыбался, наверняка был министром внутренних дел, политики гораздо щедрее раздают свои улыбки, такая уж у них профессия.

Джордано смерил меня с головы до ног строгим взглядом, я ждала, когда же он отпустит какое-нибудь едкое замечаньице, но вместо этого он лишь издал преувеличенно громкий вздох. Фальк де Виллер тоже не улыбался, но зато он сказал:

– Платье действительно тебе очень к лицу, Гвендолин. Настоящая Пенелопа Грей наверняка была бы счастлива, если бы смогла выглядеть так же хорошо, как ты. Мадам Россини проделала невероятную работу.

– Это правда! Мне довелось видеть портрет настоящей Пенелопы Грей. Не удивительно, что она на всю жизнь осталась старой девой и коротала дни в самом отдалённом уголке Дербишира, – дополнил мистер Марли. Но тут же он спохватился, ужасно покраснел и пристыженно уставился в пол.

Мистер Уитмен процитировал Шекспира. То есть, я почти уверена, что это был Шекспир, мистер Уитмен был просто помешен на Шекспире.

– *Какими чарами мой друг богат, Что небеса он превращает в ад!*[28] О, только не надо краснеть, Гвендолин!

Я рассерженно посмотрела в его сторону. Вот противный бельчонок! Если бы я и покраснела, то уж точно не из-за него.

Да и вообще, я не поняла, при чём тут эта цитата, его слова могли быть как комплиментом, так и упрёком.

Неожиданная помощь пришла от Гидеона.

---

28 У. Шекспир. Сон в летнюю ночь. Пер. М. Лозинского

– *«Опасно недооценивать человека, который переоценивает себя»*, – дружелюбно процитировал он в ответ мистеру Уитмену. – Аристотель.

Улыбка мистера Уитмена стала несколько скромнее.

– Мистер Уитмен просто хотел сказать, что ты великолепно выглядишь, – сказал Гидеон, и кровь тут же прилила к моим щекам.

Гидеон сделал вид, будто ничего не заметил.

Но когда я снова взглянула на него через несколько секунд, то увидела, как он довольно улыбнулся. Мистер Уитмен же, напротив, казалось, с трудом сдержал себя, чтобы не разразиться очередной цитатой из Шекспира.

Из-за широких брюк доктора Уайта, как всегда, испуганно выглядывал Роберт, сейчас его глаза казались ещё круглее, чем обычно. Доктор Уайт глянул на свои часы и сказал:

– Пора переходить к делу. В четыре часа священник проводит обряд крещения.

Священник?

– На этот раз вы будете прыгать не из подвала, а из церкви, которая находится на Норд-Одли-Стрит, – пояснил мистер Джордж. – Чтобы не терять время на дорогу к дому лорда Бромптона.

– Таким образом, мы также сведём к минимуму опасность нападения, которая могла бы подстерегать вас на пути, – сказал один из незнакомцев, чем вызвал красноречивый грозный взгляд Фалька де Виллера.

– Хронограф готов, – сказал он. Фальк указал на сундук с серебряными ручками, который стоял на столе. – Снаружи ожидают два лимузина. Господа…

– Удачи! – сказал тот, кого я считала министром внутренних дел.

Джордано снова глубоко вздохнул.

Доктор Уайт держал в руке переносную аптечку (зачем, интересно?). Другой рукой он распахнул дверь Зала.

Мистер Марли и мистер Уитмен взялись за ручки сундука и вынесли его в коридор. Вид у них был чрезвычайно торжественный.

Гидеон сделал всего пару шагов и оказался рядом со мной, затем он подал мне руку.

– Ну что ж, малютка Пенелопа, давай же представим тебя высшему свету славного Лондона, – сказал он. – Ты готова?

Нет. Ни капельки я не готова. Да и вообще, хуже имени «Пенелопа» сложно себе вообразить. Но выбора у меня не оставалось. Я постаралась посмотреть на Гидеона так непринуждённо, как только смогла.

– Если ты готов, готова и я!

... Честь и учтивость,
Порядочность и сострадание,
Борьба за справедливость,
Помощь слабым,
Верность закону,
Защита тайны,
Соблюдение Золотых Правил
Станут пусть моими добродетелями
С этого дня и до самой смерти.

(Из присяги адептов)

Хроники хранителей, том первый,
«Хранители тайны»

Глава десятая

Больше всего я боялась новой встречи с графом Сен-Жерменом. Во время нашего первого свидания в моей голове раздавались его слова, хотя он при этом молчал, а рука его крепко сжимала моё горло, хотя граф находился на расстоянии четырёх-пяти метров.

Мне пока неизвестно, какую роль ты играешь, девочка, и насколько ты важна в этой игре. Но я не потерплю, чтобы кто-то нарушал мои правила.

Кажется, за то время, что мы с ним не виделись, я действительно нарушила некоторые его правила, хотя какие именно – можно было только догадываться.

Меня просто распирало от возмущения. Никто, ни один человек не удосужился изложить мне эти самые правила, и тем более, убедить меня в том, что их нужно придерживаться. Вот пусть и не удивляются, если я что-то там нарушу.

Но других неприятностей, которые поджидали меня в восемнадцатом веке, я побаивалась не меньше. В глубине души я была уверена в том, что Джордано и Шарлотта правы – я как пить дать опозорюсь в этой роли Пенелопы Грей, все сразу же догадаются – что-то со мной не так. От страха я забыла абсолютно всё, даже несчастный Дербишир, где родилась Пенелопа, никак не лез в голову. Как там его, что-то на «Б» или на «П», или на «Д», или…

– Знаешь ли ты наизусть имена всех приглашённых особ? – нельзя сказать, что вопрос мистера Уитмена меня хоть сколько-нибудь успокоил. Ну и зачем это мне сдались имена всех гостей, скажите на милость? Я отрицательно покачала головой, а мистер Уитмен сокрушённо вздохнул.

– Я их тоже всех не запомнил, – сказал Гидеон. Он сидел в лимузине напротив меня. – Так можно всё удовольствие себе испортить, если заранее будет известно, кого мы там встретим.

Я бы многое сейчас отдала, чтобы узнать, волнуется ли он так же сильно, как и я. Потеют ли его ладони, и бьётся ли его сердце так же быстро, как моё. Или он так часто бывает в восемнадцатом веке, что эти прыжки стали для него делом совершенно обычным?

– Ты так губу до крови прокусишь, – сказал Гидеон.

– Я просто немного… нервничаю.

– Это видно. Может, тебе станет спокойнее, если я возьму тебя за руку?

Я замахала головой из стороны в сторону.

Нет, ты только испортишь всё ещё больше, идиот несчастный! Наши отношения уже и так хуже некуда! Только не надо о них сейчас говорить!

К тому же, мистер Уитмен уже зыркает на нас своим коронным взглядом бельчонка-всезнайки!

Я чуть не застонала. Вероятно, мне стало бы легче, будь у меня сейчас возможность высказать ему парочку таких мыслей с восклицательными знаками на конце. Я еле сдержалась, вовремя взглянув в сторону мистера Уитмена.

Наконец мы прибыли на место. Гидеон помог мне выбраться из машины (с моим платьем приходилось изобретать хитроумные манёвры, чтобы ничего не зацепить, а рука помощи в моём положении просто необходима, лучше даже две). Тут я заметила, что на этот раз он не взял с собой шпаги. Какое легкомыслие!

Прохожие провожали нас любопытными взглядами, а мистер Уитмен распахнул перед нами ворота церкви.

– Поторопитесь, прошу! – сказал он. – Мы ведь не хотим привлечь к себе излишнее внимание, – ну да, какое уж там внимание, просто среди бела дня какой-то чёрный лимузин выезжает на Норд-Одли-стрит, из него выходят парни в чёрных пиджаках и вытаскивают из багажника что-то вроде большого ящика. Затем они несут его через всю улицу прямо к церкви. Хотя издалека сундук вполне мог сойти за маленький гроб…

По моей коже побежали мурашки.

– Надеюсь, ты захватил с собой хотя бы пистолет, – шепнула я Гидеону.

– У тебя очень странное представление о суаре, – ответил Гидеон, не понижая голоса. При этом он набросил мне на плечи шаль. – Кто-нибудь уже проверял, что там у тебя в сумочке? А то ведь как зазвонит телефон в самый неподходящий момент.

Когда я представила себе эту картину, губы мои сами по себе расплылись в улыбке, потому что телефон у меня вместо звонка издавал громкое кваканье рассерженной лягушки.

– Кроме тебя мне всё равно никто не позвонит, – сказала я.

– У меня даже нет твоего номера. Можно я всё же взгляну, что лежит у тебя в сумочке?

– Это не просто сумочка, это же *ридикюль*, – сказала я и, пожав плечами, раскрыла перед его носом свой незатейливый реквизит.

– Нюхательная соль, платок, духи, пудра… просто образцовая сумочка, – сказал Гидеон. – Как и положено даме из высшего общества. Пойдём, – он вернул мне ридикюль, взял меня за руку и завёл в церковь. Как только мы переступили порог, мистер Уитмен закрыл ворота на засов.

Мы были уже внутри, а Гидеон всё продолжал держать мою ладонь в своей, и я была этому несказанно рада, иначе я, возможно, до того испугалась бы, что без оглядки убежала бы из этой церкви.

Свободные места перед алтарём заняли мистер Марли и Фальк де Виллер. Под недоверчивым взглядом священника (который стоял в полном парадном облачении) они вытащили из ковчега… то есть, из сундука, хронограф. Доктор Уайт широкими шагами пересёк церковь и сказал:

– От четвёртой колонны одиннадцать шагов влево, тогда точно не ошибёмся.

– Не могу гарантировать, что в 18.30 в церкви действительно никого не будет, – сказал священник нервным голосом. – Наш органист часто засиживается допоздна, к тому же, некоторые прихожане заводят со мной беседы, которые сложно…

– Не волнуйтесь, – сказал Фальк де Виллер. Хронограф стоял прямо перед алтарём.

Свет заходящего солнца отражался от разноцветных витражей, драгоценные камни в этом свете казались невероятно большими.

– Мы останемся здесь и после службы, поэтому поможем вам распрощаться с паствой, – он перевёл взгляд на нас. – Вы готовы?

Гидеон выпустил наконец мою руку.

– Я прыгну первым, – сказал он. У священника прямо челюсть отвисла, когда Гидеон вдруг растворился в спиральных лучах яркого света.

– Гвендолин, теперь ты, – Фальк ободряюще улыбнулся, взял меня за руку и просунул мой палец в створку хронографа. – Мы увидимся ровно через четыре часа.

– Надеюсь… – пробормотала я. Иголка уже впилась в подушечку моего мизинца, церковь наполнилась красным светом, и я закрыла глаза.

Когда я открыла их снова, меня немного шатало из стороны в сторону, но кто-то крепко стиснул моё плечо.

– Всё в порядке, – раздался у меня над ухом тихий шёпот Гидеона.

В помещении было темно. Лишь у алтаря горела однаединственная свеча. Вся церковь была погружена в мистическую темноту.

– Входите, дети мои! – донёсся откуда-то из темноты хриплый голос. Я невольно вздрогнула, хотя и была готова его услышать.

От колонны отделилась неясная тень, и мужской силуэт плавно заскользил в нашу сторону. В отблеске свечи я различила бледное лицо Ракоци, приятеля графа. Ещё при первой встрече он напомнил мне вампира, чёрные глаза не излучали совершенно никакого блеска, в таком тусклом свете как сейчас они ещё больше походили на две чёрные дыры.

– Месье Ракоци, – сказал Гидеон по-французски и поклонился. – Рад видеть вас вновь, с моей спутницей вы уже знакомы.

– Конечно. На сегодняшний вечер она никто иная как мадмуазель Грей. Рад вас видеть, – Ракоци слегка поклонился.

– Э-э-э… très… – пробормотала я. – Мне тоже очень приятно вновь вас увидеть, – перешла я на английский. С иностранными языками надо быть поосторожнее, когда не знаешь их досконально, а то можно такого наболтать, что себе же сделаешь хуже.

– Мои люди и я – мы будем сопровождать вас до дома лорда Бромптона, – сказал Ракоци.

Слуг видно не было, но я слышала, как они дышали и двигались в темноте где-то совсем близко от нас, и от этого становилось ещё тревожнее. Мы с Гидеоном проследовали за Ракоци к выходу из церкви. Улица казалась совершенно пустой, кроме нас троих никого видно не было, я несколько раз внимательно осмотрелась по сторонам. Погода была довольно прохладная, моросил мелкий дождь. Интересно, существовали ли в этом времени уличные фонари? Если и так, то именно сегодня и именно на этой улице они все разом вышли из строя. Было так темно, что я не могла даже разглядеть лицо Гидеона, хотя он шагал совсем рядом со мной. Повсюду мне мерещились тени, которые оживали, двигались, дышали и тихонько поскрипывали. Я крепко сжала руку Гидеона.

Пусть только попробует её отпустить!

– Все эти люди вокруг – мои слуги, – прошептал Ракоци. – Добрые воины, прошедшие огонь и воду, все они из куруцев. Мы обеспечим вашу безопасность на обратном пути.

Да уж, успокоил.

Дорога до дома лорда Бромптона была довольно короткой, и чем ближе мы подъезжали, тем светлее становилось вокруг. Вестминстерский дворец был ярко освещён и выглядел таким родным и знакомым. Люди Ракоци скакали позади нас, оставаясь в тени. Когда мы подъехали, спустился один Ракоци, он же провёл нас в дом. От самых дверей начиналась огромная прихожая с массивной помпезной лестницей, которая вела на второй этаж. На этой лестнице стоял лорд Бромптон собственной персоной, очевидно, он решил встретить нас лично. Он ничуть не похудел с нашей прошлой встречи, лицо его казалось таким же расплывшимся и толстым, оно поблёскивало жирным блеском в свете десятков свечей.

Кроме лорда и четырёх лакеев, в зале никого не было. Слуги построились у стены и смиренно ждали новых поручений от своего господина. Никаких обещанных гостей пока что видно не было, но откуда-то доносились голоса и музыка.

Ракоци, пятясь и кланяясь, удалился, и тут я поняла, почему лорд Бромптон решил встретить нас лично. Он заверил, что чрезвычайно рад видеть нас снова, и что первая встреча с нами была для него невероятным удовольствием, но было бы разумно... э-э-э... не упоминать о ней при его жене.

– Это лишь вызовет непонимание, – сказал он. При этом лорд постоянно подмигивал, как будто в глаз ему попала соринка. За это время он успел поцеловать мою руку как минимум трижды.

– Граф заверил меня, что вы родом из очень знатных английских семей, надеюсь, вы простите мне столь непозволительную вольность мыслей, ведь во время нашей занимательной беседы о двадцать первом веке я предположил, будто вы – бродячие артисты. Это была поистине нелепая идея.

– В этом есть и наша вина, – вежливо ответил Гидеон. – Граф всеми силами старался ввести вас в заблуждение. Но пока мы наедине, согласитесь, он очень своеобразный господин, не правда ли? Мы с моей сводной сестрой уже свыклись с его шутками, но тем, кто не так хорошо его знает, общение с ним может показаться немного необычным, – он взял мою накидку и передал её одному из лакеев. – Ну что ж, оставим это. Мы наслышаны о том, что ваши вечера проходят под звуки удивительнейшей игры на фортепиано в залах с прекрасным резонансом. Поэтому мы были очень польщены приглашением леди Бромптон.

Лорд Бромптон на несколько секунд выпал из разговора, созерцая моё декольте, а затем сказал:

– Для моей супруги ввести вас в свет – это большая честь. Пройдёмте же, остальные гости уже заждались, – он подал мне руку. – Мисс Грей?

– Милорд, – я глянула на Гидеона, тот ободряюще улыбнулся. Мы проследовали в большой зал, я под руку с лордом Бромптоном и Гидеон немного позади. Зал был отделён огромной двустворчатой дверью.

Мне представлялось, что этот зал будет похож на гостиную в жилом доме, но помещение, в котором мы оказались, можно было сравнить разве что с бальным залом, который находился у нас дома. У одной из стен располагался огромный камин, в котором пылал огонь, а перед окнами с тяжёлыми занавесками стоял спинет[29]. Я окинула взглядом изящные столики с широкими ножками, пёстрые диваны и стулья с золотыми подлокотниками. Всё это великолепие было освещено сотнями свечей, которые висели и стояли повсюду. Благодаря им в комнате царил приятный мистический полумрак, поэтому в первый момент я даже потеряла дар речи от восхищения. К сожалению, в этом свете были очень хорошо очерчены ещё и незнакомые лица, повёрнутые в нашу сторону, и их было немало. Вспомнив Джордано, я крепко сжала губы, чтобы мой рот вдруг не распахнулся от удивления. Оглянувшись по сторонам, я почувствовала, как помимо восхищения во мне снова просыпается страх. И это называется у них тихим уютным вечером для малого количества людей? Что же тогда будет на балу?

Мне не удалось внимательнее рассмотреть всех, потому что Гидеон уже тянул меня куда-то в толпу. В нашу сторону устремилось множество любопытных взглядов, а через несколько мгновений из толпы вынырнула маленькая пухленькая женщина и поспешила к нам на встречу. Оказалось, это и есть леди Бромптон.

На ней было светло-коричневое бархатное платье. Принимая во внимание все эти свечи, которые нас окружали, легко было себе представить, как это платье может вспыхнуть в один миг и сгореть дотла. Хозяйка дома любезно поприветствовала нас и мило улыбнулась. Я машинально присела в реверансе, а Гидеон тем временем, воспользовавшись случаем, оставил меня одну и последовал вглубь зала за лордом Бромптоном. Не успела я задуматься

29 Вид клавикорда.

над тем, стоит ли обижаться на Гидеона за такую выходку, как леди Бромптон уже завела со мной светскую беседу.

К счастью, мне вовремя вспомнилось название того графства, где я, то есть, Пенелопа Грей, коротала свой век. Ободрённая вниманием со стороны хозяйки и её энергичными кивками, я начала рассказывать леди Бромптон о том, что там, дома, конечно, очень тихо и спокойно, но мне не хватает общества, которое окружает нас здесь, в Лондоне.

– Вы сразу же измените своё мнение, если Женевьева Феирфэкс решит исполнить для нас на фортепиано весь свой репертуар, – сказала дама в нежно-лимонном платье, подходя к нам. – Мне кажется, тогда вы всей душой потянетесь обратно, к тихой уединённой сельской жизни.

– Т-с-с-с, – прошептала леди Бромптон, но при этом она тихонько хихикнула. – Это невежливо с твоей стороны, Джорджина! – леди Бромптон заговорщицки посмотрела в мою сторону. В этот момент она показалась мне очень даже молодой.

И как она только согласилась выйти замуж за этого старого толстяка?

– Может, и невежливо, зато правдиво! – дама в жёлтом (при таком свете не очень удачно подобранный цвет!) понизила голос и быстрым шёпотом сообщила мне, что на прошлом суаре её жених заснул и начал громко храпеть.

– Сегодня такого не случится, – заверила меня леди Бромптон. – Ведь у нас в гостях прекрасный и непостижимый маг – граф Сен-Жермен. Он пообещал нам, что чуть позднее мы удостоимся звуков его скрипки. А Лавиния уже ждёт не дождётся того часа, когда сможет спеть дуэтом с нашим мистером Мершаном.

– Для этого ему надо предварительно налить полный бокал вина, – сказала дама в жёлтом. Тут она широко улыбнулась мне, обнажив при этом зубы. Я, не задумываясь, так же широко улыбнулась ей в ответ. Ха! Ну что, чья взяла? Этот Джордано не такой уж и всезнайка, какого из себя строит.

Всё это высшее общество оказалось куда проще, чем я ожидала.

– Это довольно сложное задание, – вздохнула леди Бромптон, и её парик легонько вздрогнул. – Если налить слишком мало, он не будет петь, а если слишком много – затянет что-нибудь из скабрезных морских куплетов. А вы знакомы с графом Сен-Жерменом, милочка?

Мою улыбку тут же как ветром сдуло, я снова стала совершенно серьёзной и машинально огляделась по сторонам.

– Меня представили ему несколько дней назад, – сказала я, еле сдерживая дрожь в голосе. – Мой сводный брат… знаком с ним.

Я бросила взгляд на Гидеона, который стоял возле камина и мило беседовал с какой-то молодой особой в невероятно прекрасном зелёном наряде. Казалось, они старые добрые знакомые. Эта девушка, кстати, тоже улыбалась так, что при этом видны были её зубы. Это были красивые ровные зубы, а вовсе не чёрные гнилые страшилы, как утверждал Джордано.

– Граф просто восхитительный человек, не правда ли? Я могла бы слушать его рассказы дни напролёт, – сказала дама в жёлтом платье, представившаяся кузиной леди Бромптон. – А больше всего я люблю истории о похождениях графа во Франции!

– Да, это *пикантные* истории, – сказала леди Бромптон. – Они, конечно же, не предназначены для невинных ушек юной девицы вроде вас.

Я оглянулась в поисках графа и сразу же обнаружила его сидящим в углу зала, он мирно беседовал с какими-то двумя мужчинами. Издалека он производил впечатление элегантного и эффектного человека без возраста. Будто почувствовав на себе мой взгляд, граф устремил в нашу сторону взгляд своих тёмных глаз.

Его одежда была похожа на костюмы остальных мужчин в этом зале: на нём были парик и сюртук, а ещё немного дурацкие штанишки до колен и странноватые туфли с пряжками.

Но, в отличие от других гостей, его наряд не вызывал у меня ощущения, будто я оказалась на съёмочной площадке исторического фильма. В тот же момент я наконец осознала, где же мне всё-таки довелось очутиться.

Его губы скривились в вежливой улыбке, и я учтиво склонила голову, но всё моё тело при этом покрылось гусиной кожей. Мне вдруг захотелось взять себя за горло, и я с трудом подавила это желание. Сейчас не очень-то подходящий момент для того, чтобы наводить его на всякие мысли о прошлом.

– Ваш сводный брат – очень миловидный юноша, моя дорогая, – сказала леди Бромптон. – Вопреки ходившим здесь слухам.

Я с трудом оторвала взгляд от графа и снова посмотрела на Гидеона.

– Вы правы. Он действительно... миловидный, – кажется, дама в зелёном платье тоже была с этим согласна. Кокетливо улыбаясь, она двумя пальчиками поправляла свой шейный платок. Джордано бы от меня мокрого места не оставил за такое поведение. – А что это за дама там с ним фли... разговаривает?

– Лавиния Рэтленд. Самая красивая вдова во всём Лондоне.

– Только, пожалуйста, не нужно её жалеть, – поспешно сказала дама в жёлтом. – Её уже давно утешает герцог Ланкаширский, что, кстати, очень не нравится герцогине. И в то же время она неравнодушна к молодым амбициозным политикам. Ваш брат, случайно, не политик?

– По-моему, сейчас это уже не важно, – сказала леди Бромптон. – У Лавинии такой вид, будто ей вот-вот предстоит развернуть упаковку рождественского подарка, – она снова внимательно оглядела Гидеона с головы до ног. – Что ж, по слухам, Лавиния предпочитает хилых и немощных юнцов. Как отрадно, что эти слухи не соответствуют действительности, – вдруг она испуганно перевела взгляд на меня. – Ох, да ведь вы до сих пор ничего не пили!

Кузина леди Бромптон огляделась по сторонам и толкнула какого-то молодого человека, который оказался рядом.

– Мистер Мершан? Сделайте милость, принесите нам пару бокалов фирменного пунша леди Бромптон. И себя постарайтесь не обидеть. Очень хотелось бы сегодня послушать, как вы поёте.

– И, кстати, разрешите представить вам прелестную мисс Пенелопу Грей, подопечную виконта Баттона, – сказала леди Бромптон. – Я бы познакомила вас поближе, но это всё равно не имеет смысла, у мисс практически никакого состояния, а вы ведь охотитесь за богатым приданым, поэтому моя жажда соединять сердца всё равно ни к чему не приведёт.

Мистер Мершан был, как и многие мужчины в этом зале, на целую голову ниже, чем я. Казалось, его нисколько не обидели слова миссис Бромптон. Он галантно поклонился и, вперившись глазами в моё декольте, сказал:

– Но это нисколько не означает, что я закрою глаза на прелесть столь восхитительной молодой особы.

– Рада за вас, – неуверенно ответила я, при этом леди Бромптон и её кузина громко расхохотались.

– О нет, лорд Бромптон и мисс Феирфэкс приближаются к фортепьяно! – сказал мистер Мершан и недовольно нахмурился. – Я предчувствую недоброе.

– Скорей! Наши напитки! – приказала леди Бромптон. – Никто не в силах вынести это на трезвую голову.

Когда принесли бокалы, сначала я с опаской лишь пригубила пунш леди Бромптон. Но он оказался удивительно вкусным. Там были какие-то фрукты, немножко корицы и чего-то ещё. По моему желудку разлилось приятное тепло. На какой-то миг я расслабилась и даже начала радоваться тому, что нахожусь в этом великолепном, освещённом сотнями свечей зале со столь изысканно разодетыми людьми. Но вдруг сзади к моему декольте потянулись руки мистера Мершана, я вздрогнула и чуть не разлила пунш.

– Одна из маленьких милых розочек на вашем платье немного сползла, – заверил он. Но вид у него самого был при этом довольно робкий. Я смотрела на него во все глаза и совершенно не понимала, как мне следует повести себя дальше. Джордано меня к такой ситуации не подготовил, поэтому я не имела ни малейшего представления, как этикет времён рококо предписывал обращаться с теми, кто нагло цепляется к юным дамам.

Я беспомощно взглянула на Гидеона, но тот, казалось, был так захвачен беседой с молодой вдовой, что не заметил, в какой ситуации я оказалась. Были бы мы сейчас в двадцать первом веке, уж я бы сказала этому мистеру Мершану, что пусть он попридержит свои грабли, а не то сейчас у него кое-что другое сползёт, а не только розочка. Но в этом обществе мне такая реакция показалась немного… нетактичной. Поэтому я лишь поклонилась и вежливо ответила:

– О, благодарю. Очень мило с вашей стороны. Я даже не заметила, как это случилось.

Мистер Мершан поклонился.

– Всегда к вашим услугам, мадам.

Ужас, какой же он всё-таки нахал. Но в те времена у женщин даже права голоса не было, так что не стоит удивляться, если какой-то тип не проявляет к тебе никакого уважения.

Голоса и смех постепенно стихли, когда к фортепиано подошла мисс Феирфэкс. Это была худощавая дама с тонким носом в платье цвета молодого тростника. Она присела на стульчик, расправила юбки и начала играть. Вообще-то, играла она неплохо. Единственное, что немного мешало воспринимать музыку – это её пение. Голос у мисс Феирфэкс оказался ужасно... высоким. Казалось, ещё чуть-чуть, и она перейдёт на писк физкультурного свистка.

– Освежает, не правда ли? – мистер Мершан заботливо подлил мне ещё пуншу. К моему удивлению (и облегчению) он также нахально схватил за грудь леди Бромптон, но её это, казалось, ни капельки не смутило. Хозяйка дома лишь прикрикнула на него и ударила по пальцам веером (ага! Значит, они действительно для этого и нужны!). Затем леди Бромптон взяла меня и свою кузину и повела нас к голубому диванчику, который стоял возле окна. Дамы уселись по бокам, а я – между ними.

– Здесь вы сможете отдохнуть от липких пальцев некоторых господ, – сказала леди Бромптон и по-матерински похлопала меня по коленке. – Вот только уши ваши всё ещё в опасности.

– Пейте! – тихо приказала мне кузина. – Вам это ещё пригодится! Мисс Феирфэкс сейчас разойдётся.

Диван был каким-то ужасно жёстким, а спинка так сильно выдавалась вперёд, что прислониться к ней не было никакой возможности, о том, чтобы разложить или спрятать под ним все мои пышные юбки, не могло быть и речи. Да уж, на диванчике восемнадцатого века не очень-то расслабишься.

– Даже не знаю. Я не привыкла к алкоголю, – неуверенно сказала я. Последний раз я пробовала алкоголь два года назад. Это случилось на пижамной вечеринке у Синтии. Вечеринка была совершенно безобидная. Без мальчиков, с чипсами и популярной музыкой. И с миской, наполненной ванильным мороженым, апельсиновым соком и водкой...

Самое плохое в этой водке было то, что в сочетании с ванильным мороженым распробовать её было почти нереально, и на каждую из нас она действовала совершенно по-разному. Синтия, например, после трёх стаканов этого напитка распахнула окно и громко завопила на всю улицу: «Зак Эфрон[30], я люблю тебя!». Лесли стошнило, Пегги призналась в любви Саре («ты такая крррсавица, выходи за меня замуж!»), а с Сарой случилась истерика, непонятно почему. Но мне было тогда хуже всех. Я запрыгнула на кровать Синтии и вовсю горланила одну и ту же песню, не останавливаясь ни на секунду. Когда в комнату вошёл папа Синтии, я подсунула ему расчёску в качестве микрофона и закричала: «И ты, лысый, подпевай! Шевели бёдрами!». На следующее утро от меня потребовали извинений, но я была бессильна что-либо объяснить.

После этой постыдной истории мы с Лесли решили, что постараемся даже не смотреть на алкогольные напитки (и на папу Синтии, хотя бы месяца два). У нас это неплохо получалось, мы действительно держали данное обещание. Даже если в некоторых ситуациях мы выглядели немного странновато, когда все вокруг пили, а мы просто сидели рядом и – ни в одном глазу. Как, например, сейчас.

Я почувствовала, что с противоположной стороны зала на меня снова смотрит граф Сен-Жермен. В затылке у меня началось неприятное жжение.

Говорят, он умеет читать мысли, – прошептала мне на ухо леди Бромптон, и тут я решила, что запрет на алкоголь сегодня отменяется. Только в этот вечер. И только

---

30 Американский актёр и певец.

на пару глотков. Чтобы забыть о том, насколько я боюсь графа Сен-Жермена. И всего остального.

Фирменный пунш леди Бромптон действовал удивительно быстро, и не только на меня. После второго бокала пение показалось всем не таким уж и диким, после третьего мы начали выстукивать такт каблуками, а у меня появилось ощущение, что никогда ещё я не бывала на такой весёлой вечеринке, как эта. Ведь и правда, если внимательно приглядеться, замечаешь, что люди здесь ведут себя гораздо более раскованно, чем в двадцать первом веке. И освещение производило действительно грандиозное впечатление.

Как это я раньше не заметила, что благодаря свечам у каждого из гостей появлялся совершенно особенный цвет лица, будто бы подёрнутый золотой дымкой. Даже у графа, который время от времени улыбался мне с другого конца зала.

Четвёртый бокал окончательно поколебал мой настороженный внутренний голос («Будь бдительна! Не доверяй никому!»).

Единственным, что немного не вписывалось в мою радужную картину этого вечера, был тот факт, что Гидеон, кажется, положил глаз на даму в зелёном платье.

– Ну вот, теперь наши уши достаточно хорошо натренированы, – объявила, наконец, леди Бромптон. Она встала, громко аплодируя, и направилась к спинету.

– О, дорогая, дорогая мисс Феирфэкс, это было поистине непревзойдённое выступление, – сказала она, целуя мисс Феирфэкс в обе щеки и пришпиливая её к первому попавшемуся стулу. – А сейчас, давайте поприветствуем мистера Мершана и леди Лавинию, нет-нет, пожалуйста, никаких отговорок, здесь каждому доподлинно известно, что вы втайне от всех много упражняетесь вместе.

Когда любитель женских прелестей мистер Мершан сел за спинет и исполнил ряд феерических арпеджио, кузина леди Бромптон, сидевшая рядом со мной, завизжала не хуже самой заядлой фанатки какой-нибудь современной музыкальной группы. Красавица леди Лавиния одарила Гидеона сияющей улыбкой и зашелестела своими зелёными юбками, продвигаясь вперёд. Теперь я заметила, что она была не так уж молода, как мне показалось сначала. Зато пела просто волшебно! Как Анна Нетребко, которую мы слушали два года назад в Королевской Опере на Ковент-Гардене. Ну, может, не совсем так же волшебно, но всё-таки слушать её было очень даже приятно. Особенно если ты фанат приторных итальянских оперных арий. Честно говоря, я обычно нечасто слушала такую музыку, но благодаря пуншу всё казалось таким восхитительным! К тому же, итальянские оперные арии в восемнадцатом веке, кажется, были на пике популярности. Остальным гостям эта музыка явно пришлась по вкусу. Только бедная мисс физкультурный сви… мисс Феирфэкс скорчила кислую мину.

– Позволь отвлечь тебя на несколько минут, – к нашему диванчику подошёл Гидеон, он улыбался, глядя на меня сверху вниз. Ну конечно, только дама в зелёном занялась чем-то другим, он тут же вспомнил обо мне.

– Граф будет очень признателен, если ты присоединишься к его обществу ненадолго.

О, точно. Этого только не хватало. Я глубоко вздохнула, взяла свой бокал и залпом выпила остатки пунша.

Когда я встала с дивана, то почувствовала лёгкое головокружение. Гидеон взял у меня из рук пустой бокал и поставил его на маленький столик, на тот, со смешными толстыми ножками.

– Там что, был алкоголь? – прошептал он.

– Нет, простой пунш, – прошептала я в ответ. Ой, какой-то в этом восемнадцатом веке неровный пол. – Я не употребляю никаких алкогольных напитков, тебе это известно? Таково одно из моих железных правил. Без алкоголя ведь тоже можно очень весело провести время.

Гидеон удивлённо поднял бровь и подал мне руку.

– Рад за тебя, смотрю, ты неплохо отдохнула.

– А я за тебя, – уверила я его.

Уф-ф, эти полы в восемнадцатом веке ещё и шатались. Как это я раньше не заметила.

– То есть, она, вообще-то, для тебя немного староваты, но не обращай на это внимания. Да и на том, что она развлекается с каким-то там герцогом тоже зацикливаться не надо. Нет, правда, отличная вечеринка. Люди здесь приветливее, чем я предполагала. Так хорошо *идут на контакт*, у них так отлично развито *телесное ориентирование*, – я поглядела в сторону любителя женских прелестей за фортепиано и на поющую Нетребко с декольте. – Да и поют они здорово. Просто восхитительно. Так и хочется подпрыгнуть и пуститься в пляс.

– Возьми себя в руки, – прошептал Гидеон, провожая меня к дивану, на котором сидел граф. Когда он нас заметил, то быстро поднялся навстречу. Граф Сен-Жермен выглядел гораздо моложе и бодрее, чем в прошлый раз. Губы его скривились в выжидающей улыбке.

Ну и ладно, подумала я и задрала нос повыше. Давай притворимся, будто я не в курсе, что Гугл тебя и за графа-то не считает. Давай притворимся, будто у тебя и правда есть какое-то своё графство, и будто никакой ты не мошенник неизвестного происхождения. Притворимся, будто ты не душил меня в прошлый раз.

Притворимся, будто я трезвая как стёклышко.

Я отпустила руку Гидеона, подобрала тяжёлый красный шёлк, расправила юбки и присела в глубоком реверансе. Вынырнула я из него только, когда граф протянул мне свою покрытую морщинами и украшенную всевозможными драгоценностями руку.

– Дитя моё, – сказал он. Его глаза цвета коричневого шоколада весело блеснули. При этом он похлопал меня по щеке.

– Преклоняюсь перед вашей элегантностью. После четырёх бокалов фирменного пунша леди Бромптон большинство моих знакомых даже не в силах внятно произнести своё имя.

О, да он считал вместе со мной. Я виновато потупилась. Вообще-то бокалов было не четыре, а пять. Но зато каких! Мне лично ни капли не хотелось возвращаться к прежнему состоянию постоянного страха. Да и комплекс неполноценности пускай тоже останется в прошлом. Нет, меня вполне устраивало моё теперешнее нетрезвое я. Даже если оно не очень уверенно держалось на ногах.

– Мерси за комплиман, – пробормотала я.

– Великолепно! – сказал граф.

– Простите мою нерасторопность, мне следовало приглядывать за ней получше, – сказал Гидеон.

Граф тихо рассмеялся.

– Не бери близко к сердцу, мой милый. Ты был занят другими делами. А ведь сегодня прежде всего наша задача – развлечься, не так ли? Тем более что лорд Алестер, которому я хотел бы представить эту милейшую молодую особу, до сих пор не прибыл. Но мне доложили, что он уже в пути.

– Он прибудет один? – спросил Гидеон?

Граф улыбнулся.

– Это не имеет ровным счётом никакого значения.

Здешняя Анна Нетребко (эконом-вариант) и любитель женских прелестей закончили очередную арию, и на последнем головокружительном аккорде граф отпустил мою руку, чтобы подарить исполнителям свои аплодисменты.

– Не правда ли, она восхитительна? Такой талант, да ещё и в сочетании со столь выразительной внешностью.

– Да, – тихо сказала я и, превозмогая себя, тоже несколько раз хлопнула в ладоши, изо всех сил стараясь не переключиться на истошно-детское «ладушки-ладушки».

– Даже светильник дрожит и позванивает, это уже говорит о многом.

Аплодисменты нарушили моё хрупкое равновесие, и я легонько закачалась.

Гидеон крепко схватил меня за плечо.

– Не понимаю, – рассерженно прошипел он мне на выходе, – мы здесь всего лишь два часа, а ты успела набраться по полной программе. Что ты себе думаешь, скажи на милость?

– Ты сказал «набраться»! Я всё расскажу Джордано, – захихикала я. В такой суматохе нас всё равно никто не слышал. – Кроме того, сейчас уже слишком поздно меня в чём-либо винить. Я бы выразилась так: милое дитя распробовало фирменный пунш леди Бромптон.

Мои слова прервала икота.

– Ой, ик, прстите, ик, – я огляделась по сторонам. – Остальные гости пьяны ещё похлеще моего, так что, пожалуйста, не надо тут читать мне морали. У меня всё под контролем. Можешь спокойно отпустить моё плечо, я останусь стоять, непоколебимая, как скала.

– Я тебя *предупредил*, – прошептал Гидеон, но затем всё-таки отпустил мою руку.

На всякий случай я расставила ноги немного шире обычного. Под такой юбкой этого всё равно никто не заметит.

Граф весело поглядывал в нашу сторону, но лицо его выражало лишь отеческую гордость. Я взглянула на него украдкой и получила в ответ милую улыбку, от которой по телу разлилось приятное тепло. И почему я так его боялась? Усилием воли я старалась вызвать в себе воспоминания о рассказе Лукаса, как этот человек своей рукой убил предшественника…

Леди Бромптон снова поспешила вперёд, она поблагодарила мистера Мершана и леди Лавинию за прекрасное выступление. Затем – прежде, чем мисс Феирфэкс успела снова подняться со своего стула – она предложила всем поприветствовать почётного гостя сегодняшнего вечера – таинственного и знаменитого путешественника, графа Сен-Жермена.

– Он дал слово, что сыграет для нас что-нибудь на своей скрипке, – сказала она, и в тот же миг лорд Бромптон появился перед публикой с футляром в руках. Он нёс его настолько быстро, насколько ему позволяло толстое пузо. Раздобренная пуншем толпа забурлила.

Эх, суперкрутая вечеринка, честное слово.

– Не хотелось бы вас расстраивать, леди Бромптон, – мягко начал граф. – Но пальцы мои утратили былое мастерство, это была бы уже не та игра, которой мы развлекали дам, когда исполняли дуэтом несколько произведений со знаменитым, овеянным легендами, Джакомо Казановой при дворе французского короля... К тому же, в последние дни меня немного мучает подагра...

По залу прокатились всеобщий шёпот и горестные вздохи.

– ... и по этой причине я хотел бы передать эту скрипку моему юному другу, – продолжил граф. Гидеон, казалось, немного испугался, он отрицательно покачал головой. Но граф поднял бровь и сказал:

– Прошу вас!

Тогда Гидеон взял смычок и скрипку, поклонился графу и направился к фортепиано.

Граф схватил меня за руку.

– А мы с вами, пожалуй, присядем на диван и насладимся концертом, ведь так? О, только не дрожите, на то нет причин. Садись, дитя моё. Ты пока не ведаешь, но вчера вечером мы с тобой стали лучшими друзьями, ты и я. Мы с тобой поговорили, что называется, по душам. И все недомолвки остались позади.

Чё?

– Вчера вечером?

– Если судить по моему исчислению, – сказал граф. – По твоему исчислению эта встреча состоится через некоторое время, – он засмеялся. – Я охотник до всяких сложностей, как ты могла заметить.

Я в недоумении глядела на него во все глаза. В этот момент Гидеон начал играть, и из моей головы тут же вылетели все вопросы, которые я собиралась задать графу.

О Боже! Возможно, во всём виноват пунш, но... но нет... но всё-таки... Ах! Эта скрипка – такая привлекательная. Как он взял её в руку и положил под подбородок! Больше и делать ему ничего было не нужно. Я просто улетела. Когда Гидеон водил смычком по струнам, его длинные ресницы отбрасывали тени на щёки, а волосы падали на лицо.

Когда полились первые аккорды, моё дыхание чуть было не остановилось, такой нежной, зовущей и притягательной была эта музыка. Мне вдруг захотелось плакать. До сегодняшнего дня скрипки не входили в список моих любимых музыкальных инструментов, честно говоря, они нравились мне только в кино, потому что их музыка могла подчеркнуть особенно напряжённые моменты фильма. Но то, что творилось здесь, было просто невероятным, причём, абсолютно всё: и мелодия, и молодой человек за инструментом. Все присутствующие слушали, затаив дыхание, а Гидеон играл, полностью погрузившись в музыку и будто не замечая никого вокруг.

Лишь когда граф провёл рукой по моей щеке и указательным пальцем нежно стёр с неё слёзы, я заметила, что плачу.

Я испуганно вздрогнула.

Он улыбнулся, и в его глазах блеснул тёплый огонёк.

– Не нужно этого стыдиться, – тихо сказал граф. – Если бы реакция твоя была другой, я бы очень разочаровался.

Я была так поражена, что улыбнулась в ответ. (Да, так и было! Но как я могла! Это ведь тот самый мужчина, который пытался меня задушить!)

– А что это за мелодия? – спросила я.

Граф пожал плечами.

– Не знаю. Полагаю, она ещё не написана.

Гидеон опустил смычок. Он вежливо отказался продолжать игру, но вежливо отказать леди Лавинии ему не удалось. Она кинулась обнимать Гидеона и повисла на его локте. Поэтому ему не оставалось ничего другого, как притащить её на наш диванчик.

– Это была поистине непревзойдённая игра! – воскликнула леди Лавиния. – Лишь завидев эти руки, я поняла, что они способны на удивительнейшие вещи.

– Могу поклясться, что вы правы, – пробурчала я. Мне очень хотелось поскорее встать с дивана, лишь бы леди Лавиния не смотрела на меня так – сверху вниз. Но алкоголь вывел из строя мышцы моего пресса.

– Какой прекрасный инструмент, маркиз, – сказал Гидеон графу и передал ему скрипку.

– Это работа Страдивари. Мастер сделал её для меня лично, – мечтательно ответил граф. – Мне бы очень хотелось, чтобы она досталась тебе, мальчик мой. Сегодняшний вечер – вполне подходящий случай для торжественного вручения подарка.

Гидеон немного покраснел. Наверное, от радости.

– Я… я не могу… – он посмотрел в тёмные глаза графа, затем потупился и добавил:

– Это большая честь для меня, маркиз.

– Поверьте, юноша, для меня это тоже большая честь, – серьёзно ответил граф.

– Какой кошмар, – пробормотала я. Кажется, эти двое действительно друг от друга без ума.

– Вы также музыкальны, как и ваш сводный брат, мисс Грей? – спросила леди Лавиния.

Нет, не думаю. Но во всяком случае, такая же музыкальная, как и ты, подумала я.

– Я всего лишь люблю петь, – сказала я. Гидеон бросил на меня предостерегающий взгляд.

– О! Вы поёте! – воскликнула леди Лавиния. – Как я и наша дражайшая мисс Феирфэкс.

– Нет, – уверенно ответила я. – Такие высокие ноты, как мисс Феирфэкс, я брать не могу, я ведь не летучая мышь, честное слово, и объём лёгких у меня не такой большой, как у вас. Я просто люблю петь.

– На сегодня мы уже насладились музыкой в достаточной мере, – сказал Гидеон.

Казалось, леди Лавиния немного обиделась.

– Конечно, это сделало бы нам честь, – быстро заговорил Гидеон и бросил на меня мрачный взгляд. Но я была в такой отличном пьяном настроении, что мне было совершенно всё равно.

– Ты… играл просто прекрасно, – сказала я. – Я даже расплакалась, правда!

Он усмехнулся, будто я нелепо пошутила, и положил скрипку Страдивари обратно в футляр.

К нам со всех ног спешил лорд Бромптон с двумя бокалами пунша. Он заверил Гидеона, что был невероятно тронут его виртуозной игрой, и как прискорбно всё же, что бедный Алестер пропустил кульминацию этого вечера.

– Вы считаете, Алестер всё же попадёт сегодня на нашу суаре? – немного недовольным тоном поинтересовался граф Сен-Жермен.

– Я в этом просто уверен, – сказал лорд Бромптон и передал мне бокал. Я жадно отхлебнула.

Ох и приятный же вкус у этой штуки! Достаточно принюхаться, и уже от одного запаха опьянеть можно. В таком состоянии вполне можно схватить расчёску, запрыгнуть на кровать и горланить какую-то популярную песню. Можно с Заком Эфроном, а можно и без!

– Милорд, вы во что бы то ни стало должны уговорить мисс Грей спеть что-нибудь для нас сегодня, – сказала леди Лавиния. – Она так любит петь.

В её голосе сквозила какая-то странная интонация, которая заставила меня навострить уши. Чем-то эта дама напоминала мне Шарлотту.

Выглядела она совершенно иначе, но где-то глубоко под светло-зелёным платьем скрывалась всё та же Шарлотта, в этом я была уверена на все сто. Такой человек, который постоянно пытается выставить тебя на посмешище, тем самым давая окружающим понять, что сам он – поистине выдающаяся личность.

Ф-ф-у!

– Ну что ж, – сказала я и в очередной раз попробовала встать с дивана. На сей раз мне это удалось. Я осталась на ногах. – Тогда я спою.

– Что-что? – сказал Гидеон и замотал головой. – Она не будет петь ни при каких условиях. Боюсь, этот пунш…

– Мисс Грей, мы все будем очень признательны, если вы действительно споёте что-нибудь для нас, – сказал лорд Бромптон и так сильно замигал, что все его пятнадцать подбородков при этом заколыхались в такт словам. – А если всему виной пунш – тем лучше. Пройдёмте со мной вперёд. Я вас представлю.

Гидеон крепко схватил меня за руку.

– Это не очень хорошая идея, – сказал он. – Лорд Бромптон, я прошу вас, моя сводная сестра никогда ещё не выступала перед слушателями…

– Всё когда-нибудь случается впервые, – сказал лорд Бромптон и потянул меня за собой дальше вглубь зала. – Здесь ведь все свои. Вы портите нам всё удовольствие!

– Точно, не порть нам удовольствие, – сказала я и оттолкнула руку Гидеона. – У тебя случайно не найдётся расчёски? Мне как-то лучше поётся, если в руке у меня расчёсочка.

Вид у Гидеона был немного растерянный.

– Ни в коем случае, – сказал он и последовал за лордом Бромптоном прямо к фортепиано.

Я услышала, как где-то вдалеке тихонько засмеялся граф Сен-Жермен.

– Гвен… – прошипел Гидеон. – Прекрати творить чёрт знает что.

– Пенелопа, – поправила его я, залпом опустошив бокал пунша, затем я передала бокал Гидеону. – Как думаешь, им понравится песня «Over the rainbow»? Или лучше начать с «Hallelujah»?

Гидеон застонал.

– Ты этого не сделаешь! Пойдём со мной обратно, сейчас же!

– Нет, это слишком современные песни, правда? Так, дай подумать…

В мыслях я прошлась по всему своему плейлисту, а лорд Бромптон в это время красноречивыми эпитетами расхваливал меня перед толпой.

Мистер Мершан, любитель женских прелестей, стал рядом с нами.

– Возможно, даме понадобится аккомпанемент у спинета? – спросил он.

– Нет, даме понадобится… нечто совсем другое, – сказал Гидеон и опустился на стульчик у фортепиано.

– Пожалуйста, Гвен…

– Пен, если уж на то пошло, – сказала я. – Я знаю, что мне спеть. Don't cry for me, Argentina. Я знаю слова, да и мелодия в этой песне подойдёт к любому времени, как тебе кажется? Но, может, они не в курсе, кто такие аргентинцы…

– Ты же не собираешься сейчас опозориться перед всеми этими людьми?

Какая милая попытка вселить в меня страх. Вот только сейчас это абсолютно напрасный труд.

– Послушай меня, – доверительно прошептала я. – Людей я не боюсь. Во-первых, они умерли лет двести назад, а во-вторых, они все в отличном настроении, и к тому же, нетрезвые. Все, кроме тебя, конечно.

Застонав, Гидеон спрятал лицо в ладони, а его локоть при этом взял сразу несколько нот на спинете.

– Возможно, вы знаете «Memory»? Из мюзикла «Cats»? – спросила я мистера Мершана.

– О нет, мне жаль, – сказал мистер Мершан.

– Ну что ж, тогда я спою без аккомпанемента, – уверенно сказала я и повернулась к публике. – Песня называется «Memory», в ней говорится о том… как одна кошка влюбилась. Но, в сущности, то же самое происходит и с людьми. То же самое во всех отношениях.

Гидеон снова поднял голову, он смотрел на меня, не веря своим глазам.

– Пожалуйста… – сказал он ещё раз.

– Мы просто никому об этом не расскажем, – сказала я. – Ладно? Это останется нашей тайной.

– Час настал! Великолепная, непревзойдённая, прекрасная мисс Грей сейчас споёт нам! – крикнул лорд Бромптон. – Впервые на публике!

Мне следовало бы заволноваться, потому что разговоры вдруг смолкли, а все взгляды были направлены на меня. Но я была спокойна как удав. Ха, здешний пунш – просто находка! Надо будет не забыть взять у них рецепт этого напитка.

Что я там хотела петь?

Гидеон наиграл пару первых аккордов, и я узнала мелодию. Ах да, Memory, точно. Я благодарно улыбнулась Гидеону. Как мило с его стороны, что он всё же согласился мне подыграть. Я набрала в лёгкие побольше воздуха. Первые такты в этой песне – самые важные. Если вначале сфальшивишь, считай, вся песня насмарку. «Midnight» надо пропеть чисто-чисто, но вместе с тем, не очень напористо.

Я очень обрадовалась, потому что голос мой звучал прямо как у Барбары Стрейзанд.

«Not a sound from the pavement, has the moon lost her memory? She is smiling alone.»[31]

Кто бы мог подумать! Гидеон, оказывается, ещё и на пианино играет, да и притом довольно сносно. О Боже, не будь я уже такой страшно влюблённой, я бы влюбилась в него в этот самый момент. Он даже не смотрел на клавиши, а всё время поворачивал голову в мою сторону. Вид у него был немного удивлённый, как у человека, который только что совершил какое-то не совсем приятное для себя открытие. Может, его смутило то, что луна в этой песне умеет улыбаться?

«All alone in the moonlight I can dream at the old days»[32], – пела я для него одного. Акустика в этом зале была превосходная, было такое ощущение, что я пою с микрофоном. Хотя, может, всё дело было в том, что все стояли тихо как мышки. «Let the memory live again»[33]. Это гораздо веселее, чем обычное караоке. Очень, очень крутая вечеринка. Даже если всё это мне только снится, и в комнату сейчас войдёт папа Синтии и как следует нас отчитает. Ну и пусть, ведь этот миг того стоит.

Вот только если я вдруг решу кому-нибудь об этом рассказать, мне ведь всё равно ни за что не поверят!

---

31 Полночь, тротуары беззвучны. Неужели луна утратила память? Она в одиночестве улыбается мне. *(англ.)*

32 Память, я одна в лунном свете, я грущу о прошедших днях *(англ.)*

33 Оживи память *(англ.)*

Time ain't nothin' but time. It's a verse with no rhyme,
and it all comes down to you.

Bon Jovi, «Next 100 years»

Время – лишь время. Стих без системы.
И всё, в конце концов, замкнулось на тебе.

Бон Джови, «Ещё 100 лет»

Глава одиннадцатая

Жаль только, что песня оказалась слишком короткой. Я решила было вставить несколько слов от себя, но такая вольность могла испортить общее впечатление. Немного недовольным голосом я пропела свой любимый куплет: «If you touch me, you'll understand what happiness is. Look, a new day has begun»[34], и ещё раз подумала о том, что эта песня вовсе не о кошках.

Наверное, дело в пунше, то есть наверняка, всё дело в пунше! Но, кажется, гостям моё пение понравилось никак не меньше, чем итальянские оперные арии. Во всяком случае, аплодировали они очень громко. Пока леди Бромптон семенила к нам, я наклонилась к Гидеону и растроганно сказала:

– Вот спасибо! Так мило, что ты меня поддержал! Оказывается, ты так хорошо играешь!

Он снова прикрыл лицо ладонями, будто пытаясь осознать, что же натворил.

Леди Бромптон обняла меня, а мистер Мершан не преминул поцеловать меня в обе щеки. Он назвал меня «золотым звоночком» и умолял продолжать пение.

Настроение у меня было преотличное, поэтому я, не задумываясь, запела бы дальше, но тут Гидеон быстро пришёл в себя, резко вскочил и схватил меня за руку.

---

34 Прикоснувшись ко мне, ты поймёшь, что такое счастье. Посмотри, начался новый день. *(англ.)*

– Эндрю Ллойд Уэббер[35], без сомнения, был бы очень тронут, если бы узнал, что его произведение даже в этом обществе произвело такой фурор, но сейчас моей сестре необходим отдых. На прошлой неделе она перенесла тяжелейшее воспаление голосовых связок, поэтому врачи предписали ей во что бы то ни стало беречь голос, ведь иначе она может лишиться его навсегда.

– О нет, только не это, – воскликнула леди Бромптон. – Отчего же вы сразу не предупредили нас? Бедное дитя!

Тем временем я тихонько напевала «I feel pretty» из мюзикла «Вестсайдская история»[36].

– Я… Кажется, ваш пунш – это действительно очень особенный напиток, – сказал Гидеон. – По-моему, он помогает людям забыть о всякой предосторожности.

– О да, так оно и происходит, – сказала леди Бромптон. Лицо её при этом засияло. Немного понизив голос, она продолжала: – Только что вы раскрыли тайну успеха моих званых ужинов. Весь высший свет Лондона завидует нашим радостным торжествам, все страстно желают оказаться в числе наших гостей. Но мне понадобилось много лет, чтобы усовершенствовать рецепт этого пунша. Поэтому лишь на смертном одре я раскрою тайну его приготовления.

– Как жаль, – сказала я. – Но не могу не согласиться, ваше суаре оказалось куда приятнее, чем я могла себе представить! Меня уверяли, что будет скучная, натянутая атмосфера…

– Её гувернантка – немного консервативная особа, – перебил меня Гидеон. – К сожалению, нужно признать,

35 Эндрю Ллойд Уэббер – английский композитор, р. 1948 г., автор всемирно известных мюзиклов «Иисус Христос – суперзвезда», «Кошки», «Призрак оперы».

36 Знаменитый американский мюзикл середины XX века, на музыку Леонарда Бернстайна, современная вариация сюжета «Ромео и Джульетты» У. Шекспира

что общественная жизнь в Дербишире немного отстала в развитии.

Леди Бромптон захихикала.

– О да, в этом сомневаться не приходится. А вот и лорд Алестер!

Она поглядела на дверь, в которую как раз вошёл лорд Бромптон вместе с новоприбывшим гостем. Это был мужчина средних лет (точно определить его возраст было довольно сложно, потому что голову его украшал белоснежный парик). Его сюртук был густо усыпан драгоценными камнями и отделан блестящей вышивкой, казалось, этот наряд сияет, как ярчайше созвездие. Блеск его одежды оттеняло ещё и то, что за новым гостем неотступно следовал какой-то мужчина, одетый во всё чёрное. Он был укутан в чёрный плащ, волосы у него тоже были иссиня-чёрными, а лицо – бледным, с оливковым оттенком. Уже издалека я заметила его огромные чёрные глаза, которые очень напоминали бесстрастные чёрные дыры, прямо как у графа Ракоци. Он ярко выделялся в этом обществе разодетых и увешанных бриллиантами господ.

– Я уж было подумала, Алестер так и не почтит нас своим присутствием. Хотя веселья бы это не убавило, если хотите знать моё мнение. Его участие в светских раутах никогда не способствовало душевным разговорам и радостному настроению. Попробую-ка я уговорить его выпить бокальчик пунша и как бы невзначай пригласить к карточному столу…

– А мы попробуем поднять его настроение своей музыкой, – сказал мистер Мершан и сел за спинет. – Не окажите ли вы мне такую честь, леди Лавиния? Может, Cosi fan tutte[37]?

Гидеон обвил мою руку вокруг своего локтя и отвёл меня на несколько шагов.

---

37 Опера В.А.Моцарта «Так поступают все».

– И сколько же ты, чёрт возьми, успела выпить?

– Пару бокальчиков, – призналась я. – Мне кажется, кроме алкоголя в этом пунше есть ещё какой-то секретный ингредиент. Может, это абсент? Как в том грустном фильме с Николь Кидман, «Мулен Руж». – Я вздохнула, – «The greatest thing you'll ever learn is just to love and be loved in return»[38]. Могу поспорить, ты и это сыграешь, если захочешь.

– Так, заруби себе на носу: я ненавижу мюзиклы, – сказал Гидеон. – Как твоё самочувствие, продержишься ещё пару минут? Наконец-то приехал лорд Алестер, давай поздороваемся и можем уезжать.

– Что? Уже? Как жаль, – сказала я.

Гидеон укоризненно покачал головой.

– Сдаётся мне, ты совсем утратила чувство времени. Вот бы сейчас засунуть твою голову под холодную воду.

К нам подошёл граф Сен-Жермен.

– Это было очень... необычное выступление, – сказал он и, подняв бровь, глянул на Гидеона.

– Мне очень жаль, – сказал Гидеон, глубоко вздохнув. Затем он посмотрел на новых гостей. – Лорд Алестер выглядит теперь несколько обмякшим.

Граф рассмеялся.

– Не стоит питать иллюзий. Мой враг всё ещё в прекрасной форме. Ракоци встретил его сегодня после обеда у Гальяно, Алестер упражнялся в фехтовании. Никто из этих молодых щёголей с ним, конечно же, не сравнится. Пойдёмте скорее, не могу дождаться, когда наконец увижу его лицо.

– Он сегодня такой *милый*, – прошептала я Гидеону, пока мы шли следом за графом. – Знаешь, в прошлый раз он нагнал на меня жуткого страху, а вот сегодня я чув-

38 Прикоснувшись ко мне, ты поймёшь, что такое счастье. Посмотри, начался новый день. (англ.)

ствую себя с ним, как с родным дедушкой. Нравится он мне, сама не знаю почему. Так мило, что он подарил тебе скрипку Страдивари. Она стоит, наверное, кучу денег, особенно если выставить её на *eBay*. Ой, ну как же здесь всё шатается.

Гидеон положил руку мне на талию.

– От тебя мокрого места не останется, когда мы отсюда выберемся, это я тебе обещаю, – пробормотал он.

– А по моему голосу слышно, сколько я выпила?

– Пока нет, – сказал он. – Но думаю, скоро начнёшь мямлить или икать.

– Я же говорил, он прибудет с минуты на минуту! – лорд Бромптон положил одну руку на плечо человека в блестящем сюртуке, а вторую – на плечо графа. – Мне доложили, что вас уже представили друг другу. Лорд Алестер, вы никогда не упоминали, что лично знакомы с известнейшим графом Сен-Жерменом.

– Это знакомство никогда не было предметом моей гордости, – спесиво ответил лорд Алестер, а мужчина в чёрном хриплым голосом дополнил:

– Всё верно.

Его чёрные глаза впились в графа, они сверлили его так, что не оставалось сомнения, насколько сильно этот человек ненавидит нашего спутника.

Мне в голову вдруг пришла мысль, что под чёрным плащом незнакомца вполне могла бы скрываться шпага, и он может обнажить её в любую минуту. Непонятно, зачем ему вообще понадобился этот плащ.

Ведь, во-первых, в помещении было довольно-таки тепло, а во-вторых, среди празднично одетых господ он выглядел, по меньшей мере, неприлично и странно.

Лорд Бромптон весело улыбался всем присутствующим, будто бы не замечая накалившейся обстановки.

Граф вышел вперёд.

– Лорд Алестер, как я рад вас видеть! Несмотря на то, что мы с вами виделись несколько лет назад, я ни на миг не забывал о нашем знакомстве, – сказал он.

Я стояла за графом Сен-Жерменом, поэтому его лица мне видно не было, но казалось, что он улыбается. Его голос был радостным и дружелюбным.

– Я до сих пор вспоминаю наши разговоры о рабстве и морали. Как же меня тогда удивило, насколько хорошо вы смогли отделить одно от другого. Просто копия отца!

– Граф ни о чём не забывает, – с восхищением сказал лорд Бромптон. – Его способности поистине феноменальны! За последние дни, находясь в его обществе, я узнал больше, чем за всю жизнь. Вот вы знали, к примеру, что граф умеет создавать искусственные драгоценности?

– Да, это мне известно, – взгляд лорда Алестера стал ещё более холодным. А его спутник тяжело задышал, казалось, он вот-вот впадёт в настоящее бешенство.

Я во все глаза уставилась на его плащ.

– Наука – это, кажется, не самый большой конёк лорда Алестера, насколько я припоминаю, – сказал граф. – О, простите мою бестактность, – он отошёл в сторону и мы с Гидеоном оказались на всеобщем обозрении. – Я хотел бы представить вам этих прелестных молодых людей. Сказать по правде, это было единственной целью, ради которой я сегодня прибыл сюда. В моём возрасте человеку свойственно избегать всякого общества и пораньше отходить ко сну.

Взглянув на Гидеона, новый гость недоверчиво сощурился.

Лорд Бромптон втиснул своё тучное тело между мной и Гидеоном.

– Лорд Алестер, позвольте представить вам сына виконта Баттона. И его подопечную, восхитительную мисс Грей.

Мой реверанс получился несколько менее вежливым, как того требовал этикет. Во-первых, держать равновесие мне было всё труднее, а во-вторых, этот лорд вёл себя так напыщенно, что я напрочь забыла, какую бедную сиротку и подопечную виконта Баттона я должна сейчас сыграть. Эй, вы там, я ведь тоже внучка настоящего лорда, у которого заслуг не меньше вашего, да и вообще, происхождение в нашем веке вообще никакой роли не играет. Вы что, не в курсе, что все люди равны, а?

Если бы лорд Алестер так смотрел на меня в какой-нибудь другой обстановке, при иных обстоятельствах, от ужаса у меня бы кровь застыла в жилах. Но замечательный пунш действовал как первоклассное средство для увеличения храбрости. Поэтому в ответ я посмотрела на него самым высокомерным взглядом, на который только была способна. Хотя это был, в общем-то, напрасный труд, потому что загадочный гость не спускал глаз с Гидеона, а на меня долго не обращал ровным счётом никакого внимания. В это время лорд Бромптон с весёлым видом рассказывал какие-то небылицы.

Никто не удосужился представить чёрного спутника лорда Алестера, и никто, кажется, не заметил, как он уставился на меня через плечо лорда Алестера и зашептал:

– Демон с глазами цвета сапфира! Ты скоро отправишься в преисподнюю.

Что-что? Нет уж, такого я не потерплю.

Я попробовала поискать помощи у Гидеона, который как раз нацепил натянутую улыбочку. Но Гидеон заговорил, только когда лорд Бромптон решил удалиться из нашего круга, чтобы позвать свою супругу и… принести пару бокальчиков пунша.

Прошу вас, не утруждайте себя, лорд Бромптон, – сказал он, – мы вынуждены раскланяться. Моя сестра ещё не слишком хорошо себя чувствует после затяжной болезни, длительное пребывание в обществе не пойдёт ей на пользу, – он снова положил руку мне на талию, а другой схватился за моё предплечье. – Как видите, она не слишком уверенно стоит на ногах.

Вот тут он прав как никогда! Пол под моими ногами действительно шатался как во время корабельной качки. Я с благодарностью прислонилась к Гидеону.

– О, я сейчас вернусь! – выкрикнул лорд Бромптон. – Моя жена наверняка сможет уговорить вас остаться ещё хотя бы ненадолго.

Граф Сен-Жермен с улыбкой посмотрел ему вслед.

– Какой же он всё-таки душевный человек, его природная тяга к гармонии не вынесет наших пререканий.

Лорд Алестер продолжал сверлить Гидеона откровенно злобным взглядом.

– В прошлый раз он путешествовал под именем маркиза Веллдона, насколько я помню. А сегодня он, значит, сын виконта. Даже ваш протеже – плут и обманщик. Как это прискорбно.

– Это называется «дипломатический псевдоним», – по-прежнему улыбаясь, сказал граф. – Как я погляжу, вы в этом не сильны, ну что ж… Однако, я слышал, маленький поединок по фехтованию, который случился между вами одиннадцать лет назад, доставил вам чрезвычайное удовольствие.

– Для меня *каждый* поединок – удовольствие, – сказал лорд Алестер. Он вёл себя так, будто не слышит, как его спутник прохрипел:

– Уничтожить врагов Божьих мечами ангелов и архангелов!

А лорд Алестер, как ни в чём не бывало, продолжал:

– С тех пор я научился ещё некоторым приёмам. А для вашего протеже, кажется, со времени нашей встречи прошло всего несколько дней. Значит, как я мог убедиться на собственном опыте, он не успел усовершенствовать своё мастерство.

– Убедиться на собственном опыте? – переспросил Гидеон и презрительно засмеялся. – Для этого вам следовало бы самому вступить со мной в поединок, а не подсылать к нам ваших людей, которые затем могли поведать вам о моих успехах в фехтовании. Что еще раз убеждает нас в том, насколько удачнее складывается дело, если берёшь его в свои руки.

– Полагаю, вы намекаете на...? – глаза лорда Алестера сузились. – Ах да, на тот случай в Гайд-парке в прошлый понедельник. Не могу не согласиться, вы совершенно правы, мне следовало взять дело в свои руки. Хотя, в прочем, это была лишь спонтанная идея. Но без помощи чёрной магии и... барышни, вы бы всё рано не справились.

– Я рад, что вы так честно обо всём этом говорите, – сказал граф. – Поскольку с тех пор, как ваши люди хотели лишить жизни моих юных друзей, я стал немного не сдержан... Мой вам совет: вымещайте свою агрессию на мне. Разумеется, вы понимаете, что я не потерплю подобной выходки ещё раз.

– Вы делаете то, что считаете нужным, а я поступаю так, как мне велят долг и сердце, – ответил лорд Алестер, а его спутник прохрипел:

– Смерть! Смерть демонам! – вид у него был до того загадочный, что под плащом у него вполне могло скрываться что-то вроде лазерного меча джедая. Он уж точно изрубил бы нас на кусочки, дай ему только волю. Я не была намерена далее терпеть его странное поведение.

– Нас друг другу не представили, но я должна сознаться, что некоторые правила современного этикета даются мне с большим трудом, – сказала я и посмотрела ему прямо в глаза. – Весь этот разговор о смерти и демонах кажется мне абсолютно неуместным.

– Не говори со мной, ты, демон! – грубо сказал Дарт Вейдер. – Твои глаза-сапфиры не могут меня видеть! А твои уши не могут меня слышать!

– Да, хорошо бы, – сказала я, и мне вдруг очень сильно захотелось обратно домой.

Или уж обратно на диван с жёсткой спинкой. Весь зал колыхался вокруг меня, как корабль во время шторма.

За это время Гидеон, граф и лорд Алестер, казалось, забыли, о чём шла речь. Они больше не перебрасывались своими таинственными фразами, а с удивлением смотрели на меня.

– Мечи моих потомков изрубят ваши тела, Флорентийский Альянс отомстит за содеянную жестокость и сотрёт ваш след с лица земли, – сказал Дарт Вейдер, обращаясь ко всем сразу.

– С кем ты говоришь? – прошептал Гидеон.

– С вот с этим, – указывая на Дарта Вейдера, сказала я, и ещё крепче вцепилась в локоть Гидеона. – Должен же кто-то сказать ему, что такие плащи – это полный... такие плащи давно уже вышли из моды. И что я уж точно не демон, и мне не хочется, чтобы его потомки изрубили моё тело и стёрли меня с лица земли. *Ай!*

Рука Гидеона крепко сжала моё предплечье.

– Что это за представление, граф? К чему эти выходки? – спросил лорд Алестер, поправляя импозантную брошку на своём шейном платке.

Граф даже не смотрел на него. Его острый взгляд из-под тяжёлых век был обращён на меня.

– Очень, очень занимательно, – тихо сказал он. – Очевидно, она может заглянуть прямо вглубь вашей чёрной заблудшей души, лорд Алестер.

– Она выпила так много вина, что боюсь, это всего лишь разыгравшееся воображение, – сказал Гидеон и прошипел мне на ухо: – Замолчи, сейчас же!

От ужаса у меня затряслись поджилки, потому что до меня вдруг дошло, что никто вокруг не видел и не слышал этого чёрного Дарта Вейдера, а всё потому, что он был просто дурацким привидением! Если бы не пунш, я бы уже давно догадалась, что к чему. Как я могла быть такой глупой? Ни его одежда, ни причёска совершенно не соответствовали этому времени. А уж когда он завёл свои высокопарные речи, мне и подавно следовало бы понять, кто или что стоит передо мной.

Лорд Алестер гордо вскинул голову и заявил:

– Нам обоим доподлинно известно, чья душа здесь принадлежит дьяволу, граф. С Божьей помощью я сделаю всё, чтобы эти... создания не появились на свет!

– Изрубить их мечами священного Флорентийского Альянса! – елейно дополнил Дарт Вейдер.

Граф засмеялся.

– Вы всё ещё не поняли законов времени, Алестер. Уже тот факт, что эти двое стоят здесь, перед нами, доказывает, что вам это не удастся. Возможно, вам не стоит так сильно полагаться на помощь Провидения в подобных делах. А также и на моё терпение.

Его взгляд и голос стали вдруг холодными и жёсткими, и я заметила, как лорд вздрогнул и отшатнулся.

С лица Алистера мгновенно исчезло всякое высокомерие, сменившись неприкрытым страхом.

– Вы поменяли правила игры, а потому поплатитесь за это собственной жизнью, – сказал граф таким же ледяным тоном, как и во время прошлой нашей встречи, когда он испугал меня до полусмерти. Вдруг я снова уверилась в том, что он вполне мог бы собственноручно перерезать кому-нибудь глотку.

– Меня не страшат ваши угрозы, – прошептал лорд Алестер, но его испуганное лицо при этом свидетельствовало об обратном.

Побледнев, он схватился за горло.

– Неужто вы хотите оставить нас прямо сейчас? – шурша юбками, к нам подплыла леди Бромптон и дружелюбно посмотрела на всех присутствующих.

Лицо графа Сен-Жермена снова разгладилось, напряжение и холод ушли, и он снова излучал лишь добродушие.

– Ах, вот и наша очаровательная хозяйка дома. Должен признать, молве стоит верить, если речь идёт о вас, миледи. Я давно уже так не веселился.

Лорд Алестер потирал шею. Постепенно щёки его снова порозовели.

– Сатана! Сатана! – изо всех сил закричал Дарт Вейдер. – Мы изрубим тебя на куски и вырвем твой лживый язык...

– Мои юные друзья, равно как и я, очень опечалены, что нам пришло время откланяться, – улыбнувшись, продолжал граф, – но вы вскоре встретитесь, на балу у лорда и леди Пимпельботтом.

– Мой дом всегда открыт для вас, – сказала леди Бромптон. – Буду рада вновь видеть вас и ваших милейших юных друзей на наших вечерах.

– Мы польщены вашим приглашением, – сказал Гидеон и осторожно отпустил мою руку, будто проверяя, устою я на ногах или нет. Зал всё ещё немного покачивался, как палуба корабля, а мысли в моей голове, казалось, давно слегли от тяжёлой морской болезни (если уж придерживаться корабельной терминологии). Но когда мы прощались, мне всё-таки удалось взять себя в руки и продемонстрировать всё, чему меня научили Джордано и, конечно же, Джеймс. Лишь лорда Алестера и продолжавшее изрыгать проклятия привидение я не удостоила даже взглядом. Я присела в реверансе сначала перед лордом Бромптоном, затем перед его супругой, поблагодарила их за прекрасный вечер и даже не поморщилась, когда лорд Бромптон оставил мокрый след от поцелуя на моей руке.

Перед графом я сделала очень глубокий реверанс, но ещё раз посмотреть ему в глаза я так и не решилась. Он тихо сказал:

– Увидимся вчера вечером.

В ответ я лишь кивнула и опустила глаза, дожидаясь, когда Гидеон снова окажется рядом и подаст мне руку. Преисполненная благодарности, я позволила ему вывести меня из зала.

– Чёрт возьми, Гвендолин, это тебе не вечеринка у подружки! Как ты могла так себя вести? – Гидеон резко набросил мне на плечи накидку. Вид у него был такой, будто он с удовольствием налетел бы на меня сейчас и как следует поколотил.

– Прости, пожалуйста, – в очередной раз сказала я.

– Лорда Алестера сопровождают паж и кучер, – таинственно прошептал Ракоци, который, прямо как чёрт из табакерки, внезапно возник перед Гидеоном. – Все входы и выходы из церкви тщательно охраняются.

– Тогда мы можем идти, – сказал Гидеон и взял меня за руку.

– Я мог бы понести даму, – предложил Ракоци. – Кажется, она не слишком уверенно стоит на ногах.

– Заманчивая идея, но нет, спасибо, – сказал Гидеон. – Пару метров она преодолеет на своих двоих, ведь правда?

Я решительно кивнула.

Дождь усилился. После светских бесед в ярко освещённом зале дома Бромптонов путь по улице показался мне ещё более неприятным, чем раньше.

Тени ожили снова, мне снова мерещилось, что за каждым поворотом кто-то стоит, готовый вот-вот броситься прямо на нас…

«И стереть с лица земли…» – казалось, шептали тени.

Гидеону дорога, по всей видимости, тоже не доставляла особого удовольствия. Он шёл так быстро, что я с трудом поспевала за его широким шагом, за всё время он не проронил ни слова. К сожалению, холодный дождь не помог мне вернуть ясность мыслей, а земля так и не прекратила покачиваться.

Поэтому когда мы наконец-то оказались в церкви, я испытала невероятное облегчение. Гидеон силой усадил меня на одну из скамеек перед алтарём. Затем он отошёл на несколько шагов и о чём-то заговорил с Ракоци, а я закрыла глаза и принялась изо всех сил ругать себя за такое безрассудство. Конечно, у этого пунша были и положительные свойства, но лучше бы я всё-таки не нарушала нашей с Лесли антиалкогольной клятвы. Только вот заранее-то ведь никогда не знаешь, как всё обернётся.

За несколько часов в этой церкви ничего не изменилось: перед алтарём горела одна-единственная свеча, и, кроме небольшого пространства вокруг этого слабого мерцающего огонька, вся остальная церковь была погружена в кромешную темноту. Ракоци распрощался с нами словами: «Все окна и двери находятся под охраной моих людей до тех самых пор, пока вы не прыгнете обратно». При этом меня обуял дикий страх. Я подняла взгляд на Гидеона, который подошёл к скамье.

– Здесь так же страшно, как и снаружи… Почему бы ему не остаться с нами?

– Он просто очень вежливый, – Гидеон скрестил руки на груди. – Не хочет слышать, как я буду на тебя орать. Но не волнуйся, мы здесь одни. Люди Ракоци обследовали каждый сантиметр этой церкви.

– Сколько ещё нам ждать? Когда мы прыгнем обратно?

– Уже скоро, Гвендолин. Надеюсь, ты наконец уяснила себе, что сегодня вечером ты сделала всё в точности до наоборот, и не оправдала ничьих ожиданий.

– Ты не должен был оставлять меня одну. Могу поспорить, такое поведение тоже не входило в общие планы на сегодняшний вечер.

– Только не надо перекладывать всю вину на меня! Сначала ты напилась чуть ли не до потери пульса, потом затянула песню из мюзикла, а в довершение всего ещё и вела себя с лордом Алестером, как последняя помешанная. Что ты там болтала о мечах и демонах?

– Это не я. Это всё чёрное и страшное привиде… – тут я прикусила губу. Гидеон всё равно уже считал меня девочкой со странностями.

Но моё внезапное молчание он истолковал по-своему:

– Только не здесь! Постарайся сдержаться! Если тебя тошнит, отойди от меня подальше, – он смотрел на меня с лёгким презрением. – Какой кошмар, Гвендолин, я понимаю, конечно, что напиться на вечеринке иногда приятно, но только не на *этой*!

– Меня вовсе не тошнит, – во всяком случае, пока не тошнит. – И я вовсе не напиваюсь на вечеринках, что бы там тебе не нарассказывала Шарлотта.

– Ничего она мне не рассказывала, – сказал Гидеон.

Я засмеялась.

– Ну да, конечно. И она совсем даже не говорила, что мы с Лесли встречались со всеми мальчиками из нашего класса и даже с некоторыми из параллельного, ведь так?

– Зачем ей такое говорить?

Дай-ка я тебе отвечу: наверное, потому что она – скрытная рыжая ведьма? Я решила почесать затылок, но не смогла пробраться пальцами сквозь гору локонов на своей голове. Поэтому я вытащила шпильку и использовала её в качестве подручного чесательного средства.

– Мне очень жаль, правда! О Шарлотте можно говорить всё, что угодно, но зато пунша она даже не нюхала.

– Это правда, – сказал Гидеон и неожиданно улыбнулся. – Как бы ещё эти люди смогли услышать хоть что-то из Эндрю Ллойда Уэббера на двести лет раньше срока?

– Точно.... Даже если завтра мне захочется провалиться сквозь землю от стыда.

Я закрыла лицо руками.

– Вообще-то, я близка к этому уже сейчас, если начинаю думать о том, что только что произошло.

– И это хорошо, – сказал Гидеон. – Значит, действие алкоголя постепенно ослабевает. У меня тут остался один неразрешённый вопрос: зачем тебе вдруг понадобилась расчёска?

– Вместо микрофона, – пробормотала я сквозь пальцы. – О нет! Какая же я тупица!

– Но зато у тебя приятный голос, – сказал Гидеон. – Даже мне, человеку, который ненавидит мюзиклы всей душой, твоё пение очень понравилось.

– Как ты смог сыграть эту песню настолько чисто, если ты её ненавидишь? – я положила руки на колени и посмотрела в его глаза. – Ты был просто великолепен! Есть ли на свете хоть что-то, чего ты не умеешь? – ужас, я веду себя, как малолетняя фанатка.

– Нет! Можешь считать меня всемогущим, – он улыбнулся. – Уверен, у тебя это получится. Вставай, уже пора. Нам надо вернуться на условленную позицию.

Я поднялась на ноги, изо всех сил стараясь не шататься.

– Вот сюда, – скомандовал Гидеон. – Пойдём скорее! И не смотри на меня таким скорбным взглядом! В сущности, этот вечер удался на славу. Правда, всё пошло немного не так, как задумывалось. Но все пункты плана мы выполнили. Всё, стой здесь, – обеими руками он обнял меня за талию и притянул к себе так, что моя спина прижалась к его груди. – Можешь опереться на меня, не стесняйся, – он на секунду замолчал. – И прости, пожалуйста, что я был к тебе так суров.

– Ладно, забыли, – ну, тут я немного приврала. Но впервые с момента нашего знакомства Гидеон попросил прощения за свой поступок, может, всё дело было в количестве спиртного, может, в последствиях его действия, но я очень растрогалась от его слов.

Некоторое время мы стояли молча, глядя на мерцающий свет перед алтарём. Казалось, что тени между колоннами двигаются вместе с пламенем свечи, они изменяли очертания и оставляли тёмные узоры на полу и на потолке.

– Этот Алестер – почему он так сильно ненавидит графа? Это что-то личное?

Гидеон намотал на палец один из локонов, который спадал мне на плечи.

– Как сказать. Некоторые высокопарно называют эту группу Флорентийским Альянсом. Но на самом деле, это сборище давно уже превратилось в небольшое семейное предприятие. Когда граф прыгнул в шестнадцатый век, он невзначай повздорил с семейством конта[39] ди Мадроне из Флоренции. Скажем так, его способности были растолкованы неверно. Путешествия во времени не сочетались с религиозными воззрениями ди Мадроне, кроме того, произошло ещё одно недоразумение с дочерью этого аристократа. В общем, конт решил, что перед ним демон, и поэтому сам ди Мадроне призван отправить нечисть в преисподнюю, – его голос вдруг зазвучал очень близко от моего уха, и прежде, чем продолжать, он коснулся губами моей шеи. – Когда конт ди Мадроне умер, его завет перенял сын, затем сын его сына и так далее. Лорд Алестер – последний из фанатичных охотников за демонами, будем называть вещи своими именами.

– Поняла, – сказала я. Хотя тут я немного преувеличила. Но слова Гидеона как-то дополняли картину услы-

---

39 Графский титул в Италии.

шанного и увиденного мною раньше. – Скажи, ты что, меня сейчас целуешь?

– Нет, почти нет, – пробормотал Гидеон, приблизив губы к моей коже. – Ни в коем случае я не хотел бы воспользоваться тем, что ты пьяна и считаешь меня всемогущим. Но мне так тяжело…

Я закрыла глаза и уронила голову ему на плечо, а Гидеон прижал меня к себе ещё крепче.

– Я уже говорил, с тобой нелегко иметь дело. Когда я оказываюсь с тобой в церкви, мне в голову постоянно лезут глупые мысли…

– Ты кое-чего обо мне не знаешь, – сказала я, не открывая глаз. – Иногда я… я вижу людей, которые давно уже умерли… то есть, иногда я их вижу, а ещё слышу, что они говорят. Кажется, этот мужчина, которого я видела рядом с лордом Алестером – это и был итальянский конт.

Гидеон ничего не ответил. Возможно, он обдумывал, как бы помягче намекнуть мне на поход к психиатру.

Я вздохнула. Надо было всё-таки промолчать. Теперь, в довершение всего, он ещё и считает меня сумасшедшей.

– Всё, готовься, Гвендолин, – сказал он, немного отодвинулся и повернул меня лицом к себе. Было слишком темно, я не могла разглядеть выражение его лица, но было видно, что Гидеон не улыбался. – Те несколько секунд, которые ты проведёшь без меня, постарайся, пожалуйста, устоять на ногах. Сможешь?

Я покачала головой.

– Очень в этом сомневаюсь.

– Сейчас я тебя отпущу, – сказал он и в тот же миг растворился в воздухе. Я осталась совершенно одна в этой церкви со всеми её тёмными устрашающими тенями. Но через несколько секунд я ощутила знакомую тошноту, и тени завертелись у меня перед глазами.

– А вот и она, – сказал голос мистера Джорджа. Я зажмурилась. Церковь была ярко освещена. После приглушённого света в доме леди Бромптон современные галогеновые светильники сильно били по глазам.

– Всё в порядке, – сказал Гидеон, бросив при этом испытующий взгляд на меня. – Можете закрывать вашу аптечку, доктор Уайт.

Доктор Уайт пробурчал что-то неразборчивое.

Алтарь действительно был утыкан всевозможными приспособлениями, которые больше подходили для операционного кабинета.

– О боже, доктор Уайт, это у вас что, кровоостанавливающий зажим? – Гидеон засмеялся. – Любопытно, однако, узнать, какого же вы мнения о суаре восемнадцатого века.

– Я хотел подготовиться к любому развитию событий, – сказал доктор Уайт, складывая свои инструменты обратно в сумку.

– Мы с нетерпением ждём вашего отчёта, – сказал Фальк де Виллер.

– Для начала мне бы очень хотелось избавиться от этих одёжек, – Гидеон развязал шейный платок.

– У вас там всё... прошло гладко? – спросил мистер Джордж, искоса поглядывая на меня и нервно потирая руки.

– Да, – сказал Гидеон, срывая с себя платок. – Всё получилось в точности согласно нашему плану. Правда, лорд Алестер прибыл немного позднее, чем мы ожидали, но мы всё-таки успели с ним пообщаться, – он улыбнулся мне. – А Гвендолин великолепно справилась со своим заданием. Настоящая воспитанница виконта Баттона и то не смогла бы держаться увереннней.

Мои щёки залились краской, и я ничего не могла с этим поделать.

– Я с радостью доложу об этом Джордано, – сказал мистер Джордж с гордостью в голосе и подал мне руку. – Ничего другого я и не ожидал.

– Конечно-конечно, – пробормотала я.

Кэролайн разбудила меня тихим шёпотом:

– Гвенни, хватит петь! Так нельзя! Вставай, пора в школу!

Я резко села на кровати и уставилась на неё.

– Я действительно *пела*?

– Что?

– Ты сказала, что мне хватит петь.

– Я сказала, что тебе пора в школу.

– Значит, я не пела?

– Ты спала, – сказала Кэролайн. – Давай скорее, а не то опоздаешь. А мама передала тебе, что брать её шампунь некрасиво!

Стоя под душем, я изо всех сил старалась не думать о событиях прошедшего дня. Но у меня это получалось очень плохо, поэтому несколько драгоценных минут я грустно стояла, прислонившись головой к дверце душевой кабины. Про себя я в это время повторяла лишь одну фразу: «Мне всё это приснилось, мне всё это приснилось». Голова просто раскалывалась от боли.

Когда я, наконец, спустилась в столовую, завтрак, к счастью, уже подходил к концу.

Химериус висел на люстре и покачивал головой.

– Ну что, протрезвела, маленькая пьянчужка?

Леди Ариста смерила меня внимательным взглядом с головы до ног.

– Ты специально нанесла тушь только на один глаз?

– О нет, – я хотела было развернуться и выбежать вон, но мама сказала:

– Сначала позавтракай! Ресницы сможешь накрасить и потом.

– Завтрак – это лучшее время для приёма пищи, – дополнила тётя Гленда.

– Чепуха! – сказала бабушка Мэдди. Она сидела перед камином в кресле-качалке, поджав под себя ноги, как маленькая девочка. Одета бабушка Мэдди была в любимый розовый халат. – Ведь, пропустив завтрак, ты потребляешь меньше калорий, а значит, их можно потом наверстать вечером за стаканчиком вина. Или даже за двумя или тремя стаканчиками.

– Кажется, тяга к спиртному – это у вас семейное, – сказал Химериус.

– Да, хорошим доказательством тому может послужить её фигура, – прошептала бабушка Гленда.

– Возможно, я действительно немного толстовата, но вовсе не глуховата, Гленда, – сказала бабушка Мэдди.

– Лучше бы ты поспала сегодня подольше, – заметила леди Ариста. – Для всех присутствующих завтрак проходит гораздо спокойнее, если ты в это время сладко спишь.

– Увы, сегодня я себе этого позволить не могла! – сказала бабушка Мэдди.

– Ночью у неё опять было видение, – объяснила Кэролайн.

– Вот именно, – вздохнула бабушка Мэдди. – Это было очень грустное видение. Оно потрясло меня настолько сильно, что я не смогла уснуть. Сначала это рубиновое сердце, оно так и переливалось на солнце… лежало оно очень высоко, на самой вершине скалы.

Я не была уверена, что действительно хочу знать продолжение этой истории.

Мама улыбнулась мне и сказала:

– Подкрепись хоть чуть-чуть, доченька. Съешь хотя бы что-то из фруктов. И постарайся особо не вслушиваться в разговор.

– А потом, откуда ни возьмись, появился этот лев… – бабушка Мэдди вздохнула. – С чудесной золотой гривой…

– У-у-у-у-у, – протянул Химериус. – Бьюсь об заклад, глаза у него были зелёные.

– У тебя на лице след от фломастера, – сказала я Нику.

– Т-с-с-с, – прошептал он. – Сейчас будет самое интересное.

– Когда лев увидел там это сердце, он столкнул его своей лапой прямо в пропасть, глубоко-глубоко вниз, – сказала бабушка Мэдди и со скорбью заломила руки. – Достигнув земли, оно разлетелось на сотни мельчайших осколков, а когда я присмотрелась внимательнее, оказалось, что это не камни, а капли крови.

Я почувствовала, как к горлу подступает ком. Вдруг меня начало тошнить.

– Ой, – сказал Химериус.

– А потом? – спросила Шарлотта.

– Это всё, – сказала бабушка Мэдди. – Конец. Оно и так довольно страшное, это видение.

– О, – разочарованно протянул Ник, – а начиналось всё так отлично.

Бабушка Мэдди смерила его рассерженным взглядом.

– Я же не сценарии для фильмов пишу, мой мальчик!

– Вот и хорошо, – пробормотала тётя Гленда. Затем она обернулась ко мне, раскрыла рот, собираясь, было, что-то сказать, но тут же захлопнула его опять.

Вместо неё заговорила Шарлотта.

– Гидеон сказал, что на суаре ты неплохо справилась со своим заданием. Должна сказать, для меня эта новость стала огромным облегчением. Думаю, *для всех* она стала облегчением.

Я сделала вид, что не услышала её слов, и с укором подняла глаза наверх к люстре.

– Ещё вчера хотел тебе сказать, что наша зубрилка ходила в гости к Гидеону. Но… как бы лучше выразиться… ты была немного не в форме, чтобы воспринять хоть какую-то информацию.

Я засопела.

– Ну что я могу сделать, если твой принц зовёт её к себе на ужин, – Химериус сорвался с люстры и перелетел на свободный стул возле бабушки Мэдди. Он чинно уселся на сидение и смотал вокруг задних лапок свой чешуйчатый хвост. – То есть, я хотел сказать, что на его месте любой поступил бы так же. Ведь сначала она, как прилежная нянечка, целый день возится с его младшим братом, а затем ещё драит его квартиру и гладит рубашки.

– *Что?!*

– Говорю же, я тут ни при чём. Он, кстати, был так благодарен, что попытался как можно быстрее сообразить на троих кастрюлю макарон... Ох и хорошее же у него было вчера настроение. Можно было даже предположить, что он принял немножко на грудь. А сейчас быстро захлопни рот, на тебя уже все смотрят.

Так оно и было.

– Пойду-ка я накрашу второй глаз, – сказала я.

– Можешь ещё чуть-чуть подрумянить щёки, – сказала Шарлотта. – Мой тебе совет.

– Ненавижу! Ненавижу её! – сказала я. – Ненавижу! Ненавижу!

– Ну, ты даёшь! И всё из-за того, что она погладила его дурацкие рубашки? – Лесли укоризненно покачала головой. – Это и впрямь... глупо!

– Он *приготовил для неё ужин*! – причитала я. – Она целый день провела в его квартире!

– Да, но зато в это время он обнимался с тобой в церкви, – сказала Лесли и вздохнула.

– Не обнимался.

– Ну, может и так, но наверняка хотел бы пообниматься.

– А ещё он поцеловал Шарлотту!

– Подумаешь, чмокнул в щёку на прощание, – пробурчал Химериус мне прямо на ухо. – У меня такое чувство, что если я повторю всё это ещё хотя бы раз, то лопну на месте. Всё, я сваливаю. Эта девчачья чепуха мне уже в печёнках сидит, – нескольких взмахов его крыльев было достаточно, чтобы оказаться на коньке школьной крыши. Там он и устроился.

– Не хочу слышать об этом ни словечка, – сказала Лесли. – Сейчас важно, чтобы ты вспомнила до мельчайших подробностей, о чём вчера говорили на этом суаре. Я имею в виду такие подробности, которые действительно важны, ну, ты понимаешь, в которых речь идёт о жизни и смерти!

– Я рассказала тебе всё, что слышала и видела, – заверила я её и потёрла ладонью лоб. Благодаря трём таблеткам аспирина голова больше не болела, но она будто налилась свинцом, а в ушах не прекращалось тихое гудение.

– Хм, – Лесли наклонилась над своими записями. – Почему ты не спросила Гидеона, при каких обстоятельствах одиннадцать лет назад он встретил этого лорда Алестера, и о каком поединке шла речь?

– Есть ещё много вещей, о которых я его не спросила, поверь!

Лесли снова вздохнула.

– Я составлю тебе список вопросов. А ты при случае сможешь ввернуть один-другой, когда представится благоприятный случай, если, конечно, гормоны позволят, – она засунула блокнот в рюкзак и посмотрела на ворота школы. – Мы должны поторопиться, а не то опоздаем на урок. Очень хочется посмотреть, как Рафаэль Бертелен в первый раз переступит порог нашего класса. Вот бедняжка, школьная форма для него, наверное, сродни тюремной.

Мы сделали ещё небольшой крюк, чтобы пройти мимо арки, в которой обитал Джеймс. В утренней суете никому не было дела, с кем я там разговариваю. К тому же, Лесли повернулась так, что казалось, будто я беседую с ней.

Джеймс приставил к носу свой благоухающий платок и огляделся по сторонам.

– Как я вижу, на сей раз ты не привела с собой эту невоспитанную кошку.

– Только представь, Джеймс, я была на званом ужине у леди Бромптон, – сказала я. – И приседала в точно таких реверансах, как ты меня учил.

– Так, так, леди Бромптон, – сказал Джеймс. – Об обществе, которое собирается на её вечерниках, ходят не слишком завидные слухи. Должно быть, программа была очень насыщенной.

– Так и есть. Я очень надеюсь, что все вечера именно так и проходят.

– Слава Богу, нет! – Джеймс вытянул губы трубочкой.

– Ну, в общем, как бы там ни было, в следующую субботу я приглашена на бал к твоим родителям, лорду и леди Пимпельботтом.

– Не могу себе этого представить, – сказал Джеймс. – Моя матушка много усилий прилагает к тому, чтобы прослыть в обществе безукоризненной хозяйкой дома.

– Ну, спасибочки, – сказала я и развернулась, чтобы идти дальше. – Какой же ты всё-таки сноб!

– Оскорбление? – крикнул Джеймс мне вслед. – Кто такой сноб?

Когда мы подошли к кабинету, Рафаэль уже был там. Он стоял, прислонившись к двери, и вид у него был такой унылый, что мы остановились.

– Привет, я Лесли Хэй, а это моя подруга Гвендолин Шеферд, – сказала Лесли. – Мы познакомились в пятницу перед кабинетом директора, помнишь?

Его лицо осветилось лёгкой улыбкой.

– Я рад, что хоть вы меня узнали. Потому что у меня целое утро с этим проблемы.

– Да, – созналась Лесли. – Вид у тебя как у стюарда на круизном теплоходе. Но ты скоро привыкнешь.

Улыбка Рафаэля стала немного шире.

– Только следи, чтобы школьный галстук не попал в суп, – сказала я. – Со мной такое частенько случается.

Лесли согласно кивнула.

– Обычно еда в нашей столовой просто отвратительная. Но в остальном здесь всё не так уж и плохо. Уверена, ты очень скоро освоишься.

– Ты, наверное, не бывала на юге Франции, да? – спросил Рафаэль, в голосе его слышалась горечь.

– Нет, – сказала Лесли.

– И это заметно. Никогда бы я не смог почувствовать себя как дома в стране, где дни напролёт идёт дождь.

– Нам, англичанам, всегда так неприятно, когда кто-то заводит разговоры о погоде, – сказала Лесли. – А вот и миссис Каунтер. Тебе повезло, она очень любит всё французское. Так что ты ей обязательно понравишься, особенно если невзначай ввернёшь парочку французских словечек во время разговора с ней.

– Так и сделаю, *Mignonne*[40], – сказал Рафаэль.

– Я знаю, – сказала Лесли и потянула меня к нашей парте. – Вот только на меня французские словечки не действуют.

– Он запал на тебя, – сказала я и бросила книжки на парту.

– А мне по барабану, – сказала Лесли. – Он всё равно не в моём вкусе.

Я рассмеялась.

– Ну конечно!

– Да ладно тебе, Гвен, одна из нас уже лишилась рассудка. Знаю я таких парней, от них одни проблемы. Да и вообще, всё с ним понятно, ведь Шарлотта сказала ему,

---

40 Mignonne – *(франц.)* здесь – малышка, крошка.

что меня легко добиться, поэтому-то он за мной и увивается.

– А ещё потому что ты похожа на своего пса Берти, – сказала я.

– Вот-вот, и поэтому тоже, – Лесли рассмеялась. – Кроме того, сейчас за него возьмётся Синтия, и он обо мне быстренько забудет. Только погляди, она сегодня специально ходила в парикмахерскую, чтобы сделать укладку.

Но Лесли ошиблась. Было видно, что разговор с Синтией не доставляет Рафаэлю ни малейшего удовольствия. Когда началась перемена, мы побежали на школьный двор, чтобы устроиться под каштаном и как следует поразмыслить над шифром из «Зелёного всадника». Но тут к нам вразвалочку подошёл Рафаэль, он присел рядом и сказал:

– О, круто, геокэшинг.

– Что? – Лесли сердито посмотрела в его сторону.

Рафаэль кивком указал на листок с цифрами.

– Вы что, не знаете, что такое «геокэшинг»? Это такая туристическая игра, в ней главное – быстро бегать и пользоваться GPS-навигатором. Уж очень ваши цифры похожи на географические координаты.

– Да нет, это просто… что, правда?

– Дай-ка взглянуть – Рафаэль взял листок и поднёс к глазам. – Да. Если допустить, что ноль перед буквами – это верхний индекс, тогда он может означать «градус». А палочки сверху – это минуты и секунды.

С лестницы доносился пронзительный голос Синтии.

Она о чём-то взахлёб рассказывала Шарлотте, бурно при этом жестикулируя, а Шарлотта исподлобья поглядывала на нас.

– О боже! – Лесли заёрзала на скамейке от возбуждения. – Тогда здесь написано *51 градус, 30 минут, 41,78 секунд северной широты и 0 градусов, 08 минут, 49,91 секунд западной долготы*?

Рафаэль кивнул.

– Значит, речь идёт о каком-то месте? – спросила я.

– Да-да, – сказал Рафаэль. – И место это довольно небольшое, примерно четыре квадратных метра. А что там находится? Тайник?

– Если бы мы только знали, – сказала Лесли. – Мы ведь даже не в курсе, где именно расположено это место.

Рафаэль пожал плечами.

– Узнать это – пара пустяков.

– И как же? Нам понадобится GPS-навигатор? А как он работает? Я в этом совершенно не разбираюсь, – быстро затараторила Лесли.

– Зато я разбираюсь. Я мог бы вам помочь, – сказал Рафаэль.

Я снова глянула, что же происходит на лестнице. Теперь там стояла ещё и Сара, и они втроём, Сара, Синтия и Шарлотта, злобно косились на нас. Лесли ничего не замечала.

– Ладно. Но мы собираемся заняться этим сегодня после уроков. Нам нельзя терять ни минуты.

– Мне тоже нельзя, – сказал Рафаэль. – Встречаемся в четыре в парке. До того времени я постараюсь как-нибудь избавиться от Шарлотты.

– Задание не из лёгких, – я сочувственно посмотрела на Рафаэля.

Рафаэль улыбнулся.

– Кажется, ты меня недооцениваешь, маленькая путешественница во времени.

Мы можем проследить, как чашка падает со стола и разлетается на куски, но нам никогда не удастся увидеть, как осколки соединяются воедино и целая чашка взлетает на стол. Подобное предположение беспорядочности и энтропии отличает прошлое от будущего и тем самым задаёт вектор движения времени.

Стивен Хокинг

Глава двенадцатая

– Может, я просто надену то же платье, что и на прошлой неделе? – спросила я, когда мадам Россини приложила к моим плечам мечту любой маленькой девочки, платьице нежно-розового цвета, сплошь усеянное бежевыми и бордовыми цветочками. – Я бы с удовольствием надела то, с голубыми цветами. Оно до сих пор висит у меня в шкафу, только скажите, и я тут же его верну.

– Тс-с, лебёдушка, – сказала мадам Россини. – За что же мне деньги-то платят, как ты думаешь? За то, чтобы ты надевала одно и то же платье два раза подряд? – она принялась застёгивать маленькие кнопочки на спине. – Мне лишь немного обидно, что ты разрушила причёску! Во времена рококо такая конструкция на голове могла держаться несколько дней подряд. Дамы для этого даже спали, сидя в креслах.

– М-да, но что бы я делала с этой причёской в школе, – сказала я. Скорее всего, с такой горой на голове я бы до школы даже не доехала, а застряла в дверях автобуса. – А кто одевает Гидеона? Джордано?

Мадам Россини язвительно цокнула языком.

– Ах, этот юноша! Мне он сказал, что помощь ему не нужна. А это значит, что он снова оденется во всё серое и неправильно повяжет шейный платок. Но я устала с ним бороться. Какую же причёску нам соорудить на этот раз? Давай-ка я принесу щипцы для волос, и мы просто вплетём в твои локоны яркую ленту, этого будет достаточно, et bien.

Пока мадам Россини укладывала мои кудри, мне пришло сообщение от Лесли.

«Подожду ещё две минуты, и если le petit français[41] так и не явится, он может забыть о *mignonne.*»

В ответ я написала:

«Эй, но ведь вы договорились встретиться через четверть часа! Дай ему хотя бы минут десять!»

Что там ответила Лесли, я уже не узнала, потому что мадам Россини взяла мой телефон, чтобы, по нашей с ней традиции, сделать несколько фотографий в костюмах на память. Оказалось, что розовый цвет неплохо подходит к моему лицу (в обычной жизни я бы и не подумала надеть платье такого цвета...), но вот причёска выглядела так, будто меня всю ночь било током. Розовая ленточка в этом хаосе казалась тщетной попыткой хоть как-то скрепить торчащие во все стороны кудри. Когда за мной зашёл Гидеон и увидел всю эту красоту, он, даже не удосужившись спрятать эмоции от мадам Россини, громко захихикал.

– Перестань! Давай и мы над тобой тоже посмеёмся, раз так, – набросилась на него она.

Какой же у него снова был ослепительный вид! Я не могла отвести от него взгляд. Надо действительно запретить так отлично выглядеть. На Гидеоне были тёмные штаны до колен и расшитый тёмно-зелёный камзол, который добавлял блеска и сияния его глазам.

– Ты не имеешь ни малейшего представления о моде! Иначе на груди у тебя давно бы красовалась изумрудная брошь, которая приличествует такому наряду. А что это за шпага? Она здесь совершенно не к месту! Ты ведь сегодня кавалер, а не солдат!

---

41 Маленький француз *(фр.)*

– Тут вы правы, – сказал Гидеон, всё ещё хихикая. – Но зато мои волосы хоть как-то уложены, а не похожи на металлические скребки для посуды, которыми я обычно чищу кастрюли.

Я попробовала смерить его презрительным взглядом.

– Как ты сказал, ты обычно чистишь кастрюли? Ты себя, случайно, ни с кем не путаешь? Например, с Шарлоттой?

– Что-что?

– С некоторых пор ведь она у тебя убирает!

Вид у Гидеона был несколько смущённый.

– Это… не совсем… так, – пробормотал он.

– Ха, на твоём месте я бы тоже так потупила глаза, – сказала я. – Подайте мне, пожалуйста, шляпу, мадам Россини, – шляпа больше походила на огромное гнездо из бледно-розовых перьев. Но, по сравнению с моими волосами, это чудище смотрелось ещё вполне сносно. Во всяком случае, мне так казалось.

Но едва взглянув на себя в зеркало, я поняла, что совершила роковую ошибку.

Гидеон снова засмеялся.

– Всё, пошли скорее! – прошипела я.

– Глаз не спускай с моей лебёдушки, слышишь?!

– Я ведь только этим и занимаюсь, мадам Россини!

– Ну да, – сказала я, когда мы вышли в коридор. Я указала на повязку в его руке. – Повязку можно не надевать?

– Обойдёмся без неё. По известным тебе причинам, – ответил Гидеон. – А также из-за шляпы.

– Ты всё ещё веришь, что в будущем я могла бы заманить тебя за угол и огреть дубинкой? – я поправила шляпу. – Кстати, я тут на досуге поразмыслила над этой возможностью. И теперь мне кажется, что всему есть простое объяснение.

– Какое же? – Гидеон удивлённо поднял брови.

– Тебе всё это померещилось. Уже когда ты лежал без сознания, ты думал обо мне, а потом всё смешалось у тебя в голове в одну кучу, так-то!

– Да, мне тоже приходил в голову такой вариант, – к моему изумлению, Гидеон утвердительно кивнул. Затем он схватил меня за руку и потащил вперёд. – Но – нет! Я-то знаю, что я видел.

– Но почему же ты никому не сказал, что это – как тебе кажется – была я? Что именно я заманила тебя в ловушку?

– Мне не хотелось, чтобы их мнение о тебе стало ещё хуже, ты и без того постоянно под подозрением, – он усмехнулся. – А ты как себя сегодня чувствуешь? Голова не болит?

– Не так уж я и много выпила… – сказала я.

Гидеон засмеялся.

– Ага, точно, вообще-то ты была трезва как стёклышко.

Я вырвала свою руку из его ладони.

– Может, сменим тему разговора?

– Да ладно! Должен же я тебя хоть немножечко позлить. Ты вчера была такой милашкой. А когда тебя сморило в лимузине, мистер Джордж действительно подумал, что ты просто очень сильно устала.

– Я проспала всего пару минут, – пристыженно сказала я.

Наверное, я захрапела или издавала ещё какие-нибудь жуткие звуки.

– Надеюсь, дома ты сразу же отправилась спать.

– Хм-м-м, – протянула я. В моей голове замелькали смутные воспоминания, как мама вытаскивала из моих волос все четыреста шпилек, а я в это время уже спала, даже не успев коснуться подушки.

Но об этом мне не хотелось говорить Гидеону, ведь онто в это время веселился с Шарлоттой и Рафаэлем за тарелочкой макарон.

Гидеон резко остановился, я налетела на него и от неожиданности перестала дышать.

Он повернулся ко мне.

– Послушай, – пробормотал он, – я хотел кое-что сказать тебе вчера, но решил этого не делать, потому что ты была пьяна, но сегодня, когда ты снова трезвая и колючая как всегда… – он осторожно провёл пальцами по моему лбу, и мне показалось, что из моих ушей сейчас пойдёт пар. Вместо того чтобы продолжить фразу, Гидеон меня поцеловал. Его губы ещё не успели коснуться моих, а я уже прикрыла глаза.

Поцелуй пьянил меня больше, чем вчерашний пунш, мои коленки задрожали, а сердце забилось сильнее.

Когда Гидеон снова взял меня за руку, он, казалось, уже забыл, о чём хотел со мной поговорить. Одной рукой Гидеон опёрся о стену возле моей головы и серьёзно посмотрел мне в глаза.

– Так дальше продолжаться не может, – сказал Гидеон. Я попробовала успокоить своё дыхание. – Гвен…

За нами послышались шаги.

Гидеон резко убрал руку и обернулся. Через секунду перед нами уже стоял мистер Джордж.

– Ах, вот вы где. Мы уже заждались. А почему Гвендолин без повязки?

– Я совсем об этом забыл. Может, вы сделаете это за меня? – сказал Гидеон и передал мистеру Джорджу чёрную повязку. – А я… пойду вперёд.

Мистер Джордж тяжело вздохнул и проводил взглядом удаляющегося Гидеона. Затем он перевёл взгляд на меня и вздохнул ещё раз.

– Я ведь тебя предупреждал, Гвендолин, – сказал он, завязывая мне глаза. – Будь осторожна во всём, что касается чувств!

– Угу, – сказала я, схватившись за предательски запылавшие щёки. – Тогда не оставляйте нас вместе так часто…

Вот опять – типичный пример образа мыслей хранителей. Если они хотят, чтобы я не влюблялась в Гидеона, надо было посылать со мной какого-нибудь противного зануду. С непричёсанными волосами, грязными ногтями и неправильной речью.

Мистер Джордж вёл меня сквозь темноту.

– Возможно, я слишком давно был шестнадцатилетним юношей. Помню только то, что в этом возрасте молодых людей так легко поразить.

– Мистер Джордж… а вы рассказывали кому-нибудь, что я умею видеть привидений?

– Нет, – сказал мистер Джордж. – То есть, я попытался, но никто не стал меня слушать. Понимаешь, хранители по роду деятельности мистики и учёные, но парапсихологией они не очень интересуются. Осторожно, ступенька.

– Моя подружка Лесли, вы, наверное, о ней уже наслышаны, так вот, она считает, что эта… способность и есть магия ворона.

Мистер Джордж некоторое время молчал.

– Да, мне тоже так кажется, – сказал он.

– А чем именно мне должна помочь магия ворона?

– Милое моё дитя, если бы я только мог ответить на твой вопрос! Мне бы очень хотелось, чтобы ты, прежде всего, опиралась на здравый человеческий рассудок, но…

– … но это безнадёжно в моём случае, вы это хотели сказать? – я рассмеялась. – Возможно, вы правы.

Гидеон ждал нас в подвале, рядом с ним стоял Фальк де Виллер. Он отпустил мне несколько рассеянный комплимент по поводу платья, а сам в это время заводил колёсики хронографа.

– Итак, Гвендолин, сегодня состоится твой разговор с графом Сен-Жерменом. Вы отправитесь в вечер перед суаре.

– Я знаю, – сказала я, бросив осторожный взгляд на Гидеона.

– Никаких сложностей возникнуть не должно, – сказал Фальк де Виллер. – Гидеон приведёт тебя на место, а затем заберёт обратно.

То есть, я должна остаться с графом один на один? Я оцепенела от ужаса.

– Не надо бояться. Вы ведь так хорошо общались с ним вчера, или ты уже забыла? – Гидеон опустил палец в хронограф и улыбнулся мне. – Готова?

– Если ты готов, то готова и я, – тихо сказала я, а комната между тем наполнилась белым светом, и Гидеон испарился в воздухе.

Я сделала шаг вперёд и подала руку Фальку.

– Пароль дня звучит так: Qui nescit dissimulare nescit regnare, – сказал Фальк и приблизил мой палец к игле. Рубин на хронографе вспыхнул, и перед моими глазами все превратилось в один сплошной алый поток.

Когда я снова пришла в себя, пароль дня напрочь вылетел у меня из головы.

– Всё в порядке, – отозвался голос Гидеона прямо возле моего уха.

– Почему здесь так темно? Граф же знает, что мы придём. Мог бы хоть свечку для нас оставить.

– Да, но он не знает точного места, в котором мы приземляемся.

– Почему?

Было так темно, что видеть Гидеона я не могла, но мне показалось, что он пожал плечами.

– Он никогда об этом не спрашивал. Мне почему-то кажется, ему было бы не слишком приятно узнать о том, что мы используем его старую алхимическую лаборарию в качестве отправного и посадочного пункта. Будь осторожна, эта комната битком набита хрупкими предметами...

Мы на ощупь пробрались к двери. В коридоре Гидеон зажёг факел и вытащил его из кованого зажима. В мерцающем свете на стенах затанцевали жуткие дрожащие тени. Я инстинктивно прижалась поближе к Гидеону.

– Как звучит этот дурацкий пароль? А то вдруг тебя снова кто-нибудь ударит по голове.

– «Qui nescit dissimulare nescit regnare».

– «Ква кви симуляры несут формуляры?»

Он засмеялся и вставил факел обратно в зажим.

– Ты что там делаешь?

– Я просто хотел быстро... Мистер Джордж появился, как раз когда я хотел сказать тебе нечто очень важное.

– Это касается того, что я сболтнула тебе вчера в церкви? Понимаю, ты, наверное, считаешь, что я сошла с ума, но психиатр тут не поможет.

Гидеон наморщил лоб.

– Можешь секундочку помолчать? Я собираюсь с силами, чтобы признаться тебе в любви, понятно? У меня в таких делах не слишком большой опыт.

– Что-что?

– Я в тебя влюблён, – сказал он, серьёзно посмотрев мне в глаза.

У меня внутри всё сжалось, будто от страха, но на самом деле, причиной тому была радость.

– Правда?

– Да, правда! – при свете факела я увидела, как Гидеон улыбнулся. – Знаю-знаю, мы знакомы меньше недели, и сначала ты показалась мне очень... инфантильной, и я, наверное, вёл себя с тобой просто ужасно. Но ты такая непредсказуемая, никогда не знаешь наверняка, что ты выкинешь в следующий момент. В некоторых вещах ты просто до ужаса… э-э-э… неопытная. Порой так и хочется взять тебя за плечи и тряхнуть разок-другой.

– Ага, заметно, что ты нечасто объясняешься девушкам в любви, – сказала я.

– Но вслед за этим ты снова становишься такой весёлой, и умной, и бесконечно милой, – продолжал Гидеон, пропустив мимо ушей моё замечание. – Но самое плохое заключается в том, что стоит тебе только оказаться со мной в одном помещении, как у меня возникает непреодолимое желание дотронуться до тебя и поцеловать…

– Да, это действительно плохо, – прошептала я. Тут у меня перехватило дыхание, потому что Гидеон вытащил из моих волос булавку, гора перьев закачалась и сдвинулась набок, Гидеон притянул меня к себе и поцеловал. Примерно через три минуты я, не в силах ни вдохнуть, ни выдохнуть, прислонилась к стене.

– Эй, Гвендолин, выдыхай! – весело сказал Гидеон.

Я ответила ему тычком в грудь.

– Ну-ка прекрати! Какой же ты всё-таки задавака!

– Прости. Но так приятно, когда из-за тебя кто-то забывает о том, чтобы дышать, – он снова вытащил факел из подставки. – А сейчас нам пора. Граф наверняка уже ждёт нас наверху.

Только когда мы завернули за следующий поворот, я поняла, что шляпа осталась где-то позади, но возвращаться у меня не было ни малейшего желания.

– Странно, теперь мне кажется, что я буду с нетерпением ждать каждого вечера, и скучные часы элапсации в 1953-ем снова наполнятся радостью, – сказал Гидеон. – Лишь ты, я и кузина Диванна…

Наши шаги гулко разносились по длинным коридорам, я постепенно возвращалась в реальность из розового ватного мира грёз, и начинала понимать, где мы находимся. По крайней мере, в каком времени.

– Может, давай я буду держать факел, а ты обнажишь шпагу? – предложила я. – Нам всегда надо быть начеку. И кстати, в каком году тебя ударили по голове? (Это был один из тех вопросов, которые Лесли записала мне на листочке, чтобы я задала их, когда позволят гормоны.)

– Я вот тут подумал, что как-то всё странно получается – я признался тебе в любви, а ты мне – нет, – сказал Гидеон.

– Неужели?

– По крайней мере, не на словах. Не знаю, можно ли это засчитать как признание… Т-с-с-с!

Я вскрикнула, потому что дорогу нам перебежала толстая тёмно-коричневая крыса, она вела себя так, будто нас тут и в помине не было. При свете факела в её глазах сверкнули красные огоньки.

– А мы с тобой от чумы привиты? – спросила я и ещё крепче сжала руку Гидеона.

Комната на втором этаже, которую граф выбрал для своего кабинета, была маленькой и очень скромной. Великий Магистр ложи хранителей бывал в ней лишь только, когда изредка оказывался в Лондоне. Одну стену занимал огромный шкаф, доверху забитый книгами в кожаных переплётах. Перед ним стояли два кресла и стол. Для кресел и штор использовали одну и ту же ткань. Больше мебели в комнате не было. За окном вовсю сияло сентябрьское солнце, но в камине уже потрескивал огонь. Из окна виднелся внутренний дворик с фонтаном, он сохранился и до нашего времени. Подоконник и письменный стол были завалены листами бумаги, перьями, гербовыми свечами и книгами, из которых получались целые башни. Если бы хоть один фолиант сорвался вниз, он обязательно опрокинул бы несколько чернильниц, которые бесстрашно и доверчиво примостились среди всего этого изобилия. Комната была маленькой и уютной, в ней никого не оказалось, но когда мы вошли, мне почему-то стало не по себе.

Меня привёл угрюмый секретарь, на голове которого красовался парик a la Mozart. Секретарь сказал:

– Граф не заставит вас долго ждать, – и закрыл за мной дверь.

Мне не хотелось разлучаться с Гидеоном. У него же, напротив, настроение было превосходное. Он производил впечатление человека, который не раз бывал в этом месте и отлично знает все входы и выходы. Передав меня секретарю, Гидеон сразу же куда-то исчез сквозь другую дверь.

Я подошла к окну и выглянула во дворик.

Всё вокруг было мирно и спокойно, но меня не покидало неприятное ощущение того, что я здесь не одна. Может, кто-то наблюдает за мной через дырку в стене, которая есть за книжным шкафом?

А может быть, обратная сторона зеркала, висящего над камином, прозрачная, как в кабинете для допросов в полицейском участке?

Какое-то время я неловко стояла посреди комнаты, но потом мне пришло в голову, что если я и дальше буду вести себя так скованно, невидимые наблюдатели наверняка поймут – их рассекретили. Поэтому я взяла с подоконника первую попавшуюся книгу и раскрыла её на первой странице. *Marcellus, De medicamentis.* Ага. Какой-то Марцеллус, наверное, разработал необычные способы лечения, которые и описал потом в этой книге.

Я остановилась на том месте, где приводилось симпатичное описание болезней печени. Чтобы излечиться, достаточно было просто найти зелёную ящерицу, вынуть из неё печень, завязать её в красный платок или от природы чёрную ткань (от природы чёрную? Это как?) и привесить платок или чёрную тряпочку к правому боку больного. Затем ящерицу следовало отпустить, сказав ей на прощанье: «Ecce dimitto te vivam...», и ещё какие-то латинские слова, и тогда печень снова станет здоровой. Вот интересно только, как эта ящерица могла бы убежать, лишившись предварительно печени? Я захлопнула книгу.

У этого Марцеллуса явно не все дома. На верхушке другой стопки лежала книга в тёмно-коричневом кожаном переплёте. Она показалась мне очень толстой и тяжёлой, поэтому я не снимала её со стола, а развернула прямо там. *«О демонических творениях разного рода, а также о том, какую службу они могут сослужить магу и тайноведу»* – было выведено золотыми буквами на обложке книги, и хотя я не считала себя ни магом, ни тайноведом, я с любопытством раскрыла её где-то посередине. С картинки на меня глядел страшный пёс, а под ним было написано, что это Жестан, демон горы Гиндукуш, приносящий болезни, смерть и войны. Этот Жестан с первого взгляда не вызвал у меня доверия, и я быстро перевернула страницу. На следующем листе меня ждала странная мордочка с чем-то вроде рогов на черепе (как у клингонцев из «Стар трека[42]»). Я с удивлением уставилась на это изображение, но тут клингонец опустил веки и вылетел с листа, как дым из трубы. Он быстро стал трёхмерным, и вот уже передо мной кружило странное существо в красной одежде. Оно поглядывало на меня сверху вниз горящими глазами.

– Кто осмелился вызвать великого и могущественного Балберита? – грозно воскликнул клингонец.

Я, конечно, немного струхнула, но собственный опыт подсказывал мне, что несмотря на устрашающий вид и проклятия, которые они порой изрыгают, на самом деле привидения даже пылинки с места сдвинуть не в силах.

---

42 Стар трек *(англ. Star Trek)* или «Звёздный путь» - популярный научно-фантастический сериал.

Мне очень хотелось верить, что этот Балберит – простое привидение, хранящийся в книге портрет настоящего демона, а сам демон давно уже канул в лету.

– Никто тебя не вызывал, – вежливым, но довольно спокойным тоном ответила я.

– Балберит, демон лжи, великий герцог преисподней! – гулким голосом представился Балберит. – Именуемый также Болфри.

– Да, здесь об этом написано, – сказала я и снова заглянула в книгу. – А ещё ты умеешь исправлять голоса певцов, – какой замечательный талант. Хотя это, кажется, непросто, сначала надо сказать какое-то заклинание на вавилонском языке, а потом ещё и принести жертву, можно что угодно, главное – живое.

Да что там, это пустяки по сравнению с тем, что нужно было совершить для того, чтобы металл превратился в золото. Тут Балберит, кстати, тоже мог помочь. Сихемиты, не знаю, правда, кто это такие, но они молились об этом Балбериту. А затем в Сихем пришли Яков и его сыновья и «жестоко уничтожили всех жителей Сихема». Вот так, всех до единого.

– Балберит стоит во главе двадцати шести легионов, – гремел демон.

Ничего дурного он мне пока не сделал, поэтому я осмелела ещё больше.

– Люди, которые говорят о себе в третьем лице, кажутся мне очень странными, – сказала я и перевернула эту страницу.

Мои надежды оправдались, и в ту же секунду Балберит превратился в чёрный дым, который, кружась, влетел обратно на своё место в книге. Я вздохнула с облегчением.

– Занимательное чтение, – сказал за моей спиной чей-то тихий голос.

Я резко обернулась. Пока я была увлечена книгами, в комнату незаметно вошёл граф Сен-Жермен. Он опирался на трость с резным набалдашником. Высокий и худой, с ясным пронзительным взглядом, граф, как всегда, внушал мне трепет.

– Да, очень занимательное, – немного смущённо пробормотала я.

Но тут я опомнилась, захлопнула книгу и присела в глубоком реверансе. Когда я, наконец, вынырнула из разложенных вокруг юбок, то увидела, что граф улыбается.

– Польщён твоим визитом, – сказал он, взял мою руку и притянул её к своим губам. Прикосновения я почти не почувствовала. – Полагаю, пришло время нам познакомиться немного ближе, потому как первая наша встреча прошла немного... неудачно, как тебе кажется?

Я ничего не сказала. Во время нашей первой встречи я по большей части была занята тем, что мысленно пела национальный гимн, граф отпустил несколько оскорбительных замечаний по поводу мыслительных способностей всех женщин вообще и моего ума в частности, а в конце встречи он крайне необычным способом угрожал мне и душил меня. Да, тут он прав: встреча действительно прошла немного неудачно.

– Как холодна твоя рука, – сказал он. – Проходи вот сюда, садись. Я уже немолод, мне трудно так долго стоять.

Он засмеялся, отпустил мою руку и сел в кресло, которое стояло за письменным столом. На фоне всех этих книг он вдруг показался мне очень похожим на свой собственный портрет, человек без возраста с аристократическими чертами лица, горящими глазами, на голове – белый парик. Граф будто излучал таинственность и предчувствие неотвратимого несчастья. Мне пришлось усесться в другое кресло.

– Тебя интересует магия? – спросил он, указывая на стопку книг.

Я отрицательно покачала головой.

– Честно говоря, до прошлого понедельника этот вопрос меня вообще не волновал.

– Немного странно, правда? Все эти годы твоя мать держала тебя в неведении, заставляя верить в то, что ты совершенно обычная девочка. И вдруг ты осознаёшь, что являешься неотъемлемой частью одной из величайших тайн человечества. Есть ли у тебя соображения, зачем она так с тобой поступила?

– Потому что она меня любит, – мне хотелось, чтобы интонация на этих словах была вопросительной, но голос мой прозвучал очень твёрдо.

Граф рассмеялся.

– Да, вот оно, женское мышление! Любовь! Ваш пол так часто злоупотребляет этим словом. Любовь – вот извечный ответ. Меня это всегда очень трогает. Или забавляет. В зависимости от ситуации. Но есть нечто, чего женщинам не понять никогда: у мужчин представление о любви совершенно иное.

Я молчала.

Граф немного склонил голову.

– Не будь у вас такой беззаветной преданности в любовных делах, вы никогда не смогли бы подчиниться мужской воле.

Я изо всех сил старалась казаться спокойной.

– В нашем времени это… – слава богу! – … давно уже не так. Мужчины и женщины у нас имеют равные права. Никто не должен никому подчиняться.

Граф снова засмеялся, на этот раз смех его продолжался немного дольше, будто бы я только что очень остроумно пошутила.

– Да, – сказал он наконец. – Мне рассказывали об этом. Но, поверь мне, не имеет значения, какие права формально имеет женщина, человеческую природу изменить невозможно.

Что тут скажешь? Лучше просто промолчать.

Как только что метко заметил граф, человеческую природу изменить невозможно, – к нему это утверждение применимо на все сто.

Несколько секунд граф оглядывал меня со всех сторон, уголки губ его были приподняты в лёгкой улыбке. Внезапно он сказал:

– И всё же магия… согласно пророчеству… тебе бы следовало в ней разбираться.

Магией ворона он окрылён,
Но вот пробил час – завершён круг времён.

– Я тоже об этом слышала, и не раз, – сказала я. – Но никто не может мне сказать, что это за магия ворона такая.

– *Ворон, парящий в рубиновом храме,*
Слышит песнь мёртвых он между мирами,
Не знает, что силою он наделён,
Но вот пробил час, завершён круг времён.

Я пожала плечами. Красиво сказано, но непонятно.

– Это всего лишь пророчество, откуда оно взялось, доподлинно неизвестно, – сказал граф. – Оно не обязательно должно полностью соответствовать действительности.

Он откинулся на спинку кресла и снова принялся меня разглядывать.

– Расскажи мне что-то о своих родителях и о том, где ты выросла.

– О родителях? – немного удивлённо спросила я. – Особо рассказывать тут нечего: мой отец умер, когда мне было семь лет, у него был рак крови. До болезни он преподавал в университете в городе Дархем. Там мы и жили до его смерти. Затем все мы: мама, я и мои младшие брат и сестра, – переехали в Лондон, в дом дедушки и бабушки. Там мы и живём. Вместе с моими тётей, кузиной и бабушкой Мэдди. Моя мама работает в больнице.

– А волосы у неё рыжие, как у всех Монтроузов? Как и у твоих брата и сестры?

– Да, у всех, кроме меня, волосы действительно рыжие, – почему это его так интересует? – У моего отца были тёмные волосы.

– Все остальные женщины в Кругу Двенадцати – рыжеволосые. Ты об этом знала? До недавнего времени одного цвета волос было достаточно, чтобы заподозрить женщину в колдовстве и сжечь её на костре. Во всех культурах и во все времена магия одновременно пугала и притягивала людей. Именно поэтому я так углубился в её изучение. То, что знаешь досконально, не вызывает страха, – он наклонился ко мне и скрестил руки. – Особенно меня заинтересовала магия Древнего Востока. Я отправился в дальний путь, доехал до Индии и Китая, и там мне посчастливилось найти учителей, которые были рады поделиться своими знаниями. Меня посвятили в тайны Акаши-Хроники и научили многому из того, что не поддаётся разуму большинства жителей западного мира. Эти знания до сих пор заставляют рыцарей инквизиции совершать необдуманные поступки. Ничто не вселяет в человека больший ужас, чем осознание того, что Бог не далеко в небесах, а, напротив, всегда рядом с нами, – он посмотрел на меня изучающим взглядом, а затем улыбнулся. – Мне всегда любопытно вести с вами, детьми двадцать первого века, разговоры на щекотливые темы. Ересь вас не смущает и не пугает.

Ну как сказать. Может, она и пугала бы, знай мы, что она из себя представляет.

– Мудрецы Азии ушли далеко вперёд в своём духовном развитии, – сказал граф. – Например, маленькая... способность, которую я продемонстрировал тебе во время нашей прошлой встречи, была развита именно там, на Востоке. Моим наставником был монах тайного ордена, который живёт в глуши Гималайских гор. Он и его братья могут общаться друг с другом, не проронив ни слова, и они могут побеждать врагов, не пошевелив даже пальцем. Такова великая сила их духа.

– Да, очень полезное умение, – осторожно сказала я. Только бы он не решил продемонстрировать мне всё это ещё раз. – Кажется, вчера вечером вы испробовали свою способность на лорде Алестере.

– Ах, суаре, – он снова улыбнулся. – По моему отсчёту оно начнётся лишь завтра вечером. Как отрадно слышать, что мы действительно встретимся там с лордом Алестером. Оценил ли он моё маленькое представление?

– Вид у него был потрясённый, – ответила я. – Но не очень уж запуганный. Он сказал, что сделает всё, чтобы мы не появились на свет. И что-то ещё о дьявольских отродьях.

– Да, есть у него склонность к вызывающим пассажам, – сказал граф. – Никакого сравнения с его предком, контом ди Мадроне, мне нужно было бы убить его, когда выдалась такая возможность. Но я был тогда молод и наивен… во второй раз я такой ошибки не допущу. Даже если я не могу отправить его в могилу собственноручно. Дни лорда Алестера сочтены, и сколько бы людей он не собирал вокруг себя, и как бы не совершенствовался в фехтовании, это ему не поможет. Был бы я моложе, сам вызвал бы его на этот поединок. Но сейчас с этим заданием может справиться мой преемник. Успехи Гидеона в фехтовании достойны всяческих похвал.

Когда граф упомянул Гидеона, по телу моему разлилось приятное тепло. Я с трудом вспомнила, о чём именно он говорил, и при этом мне стало ещё теплее. Сама того не желая, я повернулась к двери.

– А куда он ушёл?

– Он отправился погулять, – вскользь заметил граф. – Этого времени как раз достаточно, чтобы навестить одну из милых юных дам, которая будет присутствовать на завтрашнем вечере. Она живёт совсем близко, если он поедет на карете, то через пару минут уже будет там.

Что-что?

– И часто он это делает?

Граф снова улыбнулся. Улыбка его была тёплой и дружелюбной, но за ней скрывалось нечто иное, я никак не могла уловить, что именно.

– Так близко они пока не знакомы. Я представил их друг другу совсем недавно. Она очень умная, молодая и привлекательная вдова, а я придерживаюсь того мнения, что общество такой дамы не может повредить молодому кавалеру.

Я была неспособна что-либо возразить, но, кажется, граф и не ждал ответа.

– Лавиния Ратленд относится к тому благословенному типу женщин, которым доставляет удовольствие делиться своим опытом, – сказал граф.

Да уж, прямо в точку. Сразу так о ней и подумала. Я сердито уставилась на собственные ладони, которые непроизвольно сжались в кулаки. Лавиния Ратленд, дама в зелёном платье.

Вот почему они так мило общались вчера вечером...

– У меня складывается впечатление, что ты под это описание не подходишь, – сказал граф мягким голосом.

Это уж точно. Нисколечко не подхожу.

Я с трудом подняла глаза на графа.

Он всё ещё улыбался этой мягкой тёплой улыбкой.

– Милая моя, с малых лет тебе стоит усвоить, что ни одна женщина не может обладать мужчиной. Женщины, которые пытаются так жить, обречены на одиночество и несчастье. Чем умнее женщина, тем раньше она начнёт считаться с природой мужчины.

Что за бред он несёт!

– О, но ты ещё, конечно, *слишком* молода, не правда ли? Мне кажется, ты выглядишь гораздо моложе, чем другие девочки твоего возраста, и ведёшь себя соответствующе. Возможно, ты влюбилась впервые в жизни…

– Нет, – пробормотала я.

Точно! Во всяком случае, раньше я никогда себя так не чувствовала. Мне никогда не было так головокружительно легко. Так ярко. Так необычно. Так больно. Так сладко.

Граф тихо засмеялся.

– Не стоит этого стыдиться. Я был бы разочарован, будь всё иначе.

На суаре он сказал то же самое, когда Гидеон начал играть на скрипке, а у меня на глазах выступили слёзы.

– Здесь не требуется слишком сложных умозаключений: женщина, которая действительно любит, не задумываясь, отдаст жизнь за своего любимого, – сказал граф. – Пожертвовала бы ты своей жизнью ради Гидеона?

Не думаю, что это хорошая идея.

– Я об этом как-то не думала, – смущённо сказала я.

Граф вздохнул.

– И это прискорбно. Благодаря сомнительному пособничеству твоей матери у вас с Гидеоном было не слишком много времени, чтобы пообщаться, но он успел сделать своё дело на удивление хорошо. Твои глаза излучают любовь. Любовь, и – ревность!

Какое такое дело?

– Предугадать поведение влюблённой женщины – проще простого. Контролировать женщину, которая в своих чувствах подчинена мужчине – сущий пустяк, – продолжал граф. – Я объяснил это Гидеону уже во время нашей первой встречи. Мне, конечно, очень жаль, что он столько усилий вложил в общение с твоей кузиной… как её имя? Шарлотта?

Я уставилась на него. У меня из головы почему-то никак не выходило видение бабушки Мэдди о рубиновом сердце, которое упало с высокой скалы и разбилось вдребезги. Как бы мне хотелось зажать себе уши и не слышать больше этого мягкого вкрадчивого голоса.

– В этих делах он ведёт себя гораздо утончённее, чем я в его возрасте, – сказал граф. – Следует также признать, что природа уже с рождения дала ему огромное преимущество. Что за тело – вылитый Адонис! Какое светлое одухотворённое лицо, какая смелость, какой талант! Возможно, девичьи сердца просто рассыпаются у его ног, и ему для этого не требуется шевелить даже пальцем.

Лев с диамантовым гордым оскалом,
Под действием чар сила светлая пала.

Правда парализовала меня. Всё, что Гидеон говорил и делал, все его нежные прикосновения, поцелуи и признания, нужны были только для того, чтобы я по уши в него влюбилась, как это уже произошло с Шарлоттой. Чтобы меня легче было держать под контролем.

И тут граф тоже оказался прав: особенно сильно стараться Гидеону не пришлось. Моё глупое маленькое девичье сердце само упало к его ногам.

В голове у меня совершенно ясно вырисовывалась картина: величественный лев у края пропасти приближается к рубиновому сердцу и лапой сбрасывает его вниз. Как в замедленной съемке сердце падает и разбивается на тысячи маленьких капель крови.

– Слышала ли ты, как он играет на скрипке? Если нет, я постараюсь исправить это упущение. Музыка более других искусств призвана покорять дамские сердца, – граф мечтательно закатил глаза. – Казанова тоже с успехом пользовался этими приёмами: музыкой и сочинительством.

Я вдруг почувствовала, что вот-вот умру. Ощущение было таким ярким и всепоглощающим, оно расползалось холодом по моему телу, просачиваясь в желудок, заставляя дрожать ноги и руки, и наконец, заполняя ледяным ужасом голову.

Будто в ускоренной перемотке я вдруг увидела все события прошедших нескольких дней, а на фоне меняющихся кадров играла песня «The winner takes it all». Всё, начиная с поцелуя в исповедальне и заканчивая признанием в любви, которое случилось несколько минут назад в подвале Темпла.

Всё это оказалось хорошо продуманной манипуляцией – несколько раз прорывалось его настоящее Я, но в остальном он был просто безупречен – отличная работа. А проклятая скрипка ослепила меня ещё больше.

Потом я несколько раз пыталась вспомнить, о чём мы говорили с графом в дальнейшем, но так и не смогла – после того, как холод заполнил моё сердце, всё потеряло смысл. Хорошо хотя бы, что большую часть времени граф говорил сам. Мягким приятным голосом он рассказывал о своём детстве в Тоскане, о позоре, который приходится испытывать незаконнорожденному ребёнку, о тщетных поисках отца, и о том, как уже юношей он столкнулся с тайной хронографа и пророчеством. Я изо всех сил старалась не пропустить ни словечка, потому что знала – мне придётся вскоре передавать чуть ли ни дословно всю его речь Лесли, но даже это не помогало – в мыслях я, не переставая, ругала себя за глупость и доверчивость. Мне хотелось только одного – расплакаться.

– Маркиз? – в дверь постучали, а затем зашёл мрачный секретарь. – Прибыла делегация архиепископа.

– О, это хорошо, – сказал граф. Он встал и подмигнул мне. – Политика! В наше время ею всё ещё руководит церковь.

Я тоже поспешно встала со своего стула и сделала реверанс.

– Мне было очень приятно пообщаться с тобой, – сказал граф. – С нетерпением жду нашей новой встречи, – в ответ я пробормотала что-то невразумительное. – Прошу, передай Гидеону мои извинения, что я не смог принять его сегодня, – граф взял трость и направился к двери. – Мой тебе совет: мудрая женщина всегда может спрятать ревность. Тогда мы, мужчины, чувствуем себя так уверенно…

Последний раз я слышала этот тихий мягкий смех, а потом дверь за графом закрылась, и я оказалась одна в его кабинете. Но ненадолго. Через пару минут заглянул мрачный секретарь и сказал:

– Извольте следовать за мной.

Я упала на кресло и с закрытыми глазами ждала, когда же польются слёзы, но заплакать почему-то не получалось. Наверное, это к лучшему. Я поднялась и, ни о чём не думая, пошла вслед за секретарём вниз по лестнице, там мы несколько минут просто стояли, чего-то ожидая (я в это время всё ещё думала, что вот-вот упаду и умру), затем мой сопровождающий бросил озабоченный взгляд на часы и сказал:

– Он опаздывает.

В тот же момент распахнулась боковая дверь, и в коридор вышел Гидеон. На миг моё сердце позабыло, что его сбросили в глубокую пропасть, оно забилось призывно и отчаянно. Сильнейшее беспокойство вытеснило холод. Некоторые детали его внешнего вида: небрежная одежда, растрёпанные запутанные волосы, раскрасневшиеся щёки и лихорадочно горящий свет его зелёных глаз, – всё это я могла бы списать на визит к леди Лавинии, но на его рукаве зияла глубокая прореха, на груди тоже красовались обрывки ткани, а манжеты рубашки были пропитаны кровью.

– Сэр, вас ранили, – испуганно воскликнул мрачный секретарь, то же самое хотелось закричать мне самой (ну, может, без слова «сэр» и не обращаясь при этом на «вы»). – Я велю послать за доктором!

– Нет! – сказал Гидеон. Вид у него был при этом такой самоуверенный, что мне тут же захотелось дать ему звонкую оплеуху. – Это не моя кровь. Во всяком случае, не только моя. Пойдём, Гвен, мы спешим. По пути меня немного задержали.

Он взял меня за руку и потянул вперёд. Секретарь бежал за нами до самой лестницы, пару раз он пролепетал:

– Но сэр! Что же всё-таки произошло? Возможно, нам стоит оповестить маркиза...?

Но Гидеон возразил, что на это сейчас нет времени, и что он постарается как можно скорее разыскать графа снова и предоставить ему отчёт о событиях сегодняшнего дня.

– Отсюда мы пойдём одни, – сказал он, когда мы ступили на лестницу, по бокам которой стояли двое стражников со шпагами наголо. – Пожалуйста, передайте маркизу мои наилучшие пожелания! Qui nescit dissimulare nescit regnare.

Стражники расступились, а секретарь поклонился нам на прощание. Гидеон вытащил факел из подставки и потащил меня за собой.

– Скорее, у нас осталось всего лишь две минуты! – казалось, что настроение у него всё ещё сохранялось преотличное. – А ты, кстати, в курсе, что означает наш пароль?

– Нет, – сказала я, сама себе удивляясь, потому что моё вмиг ожившее сердце (вернее, его заменитель) не спешило падать обратно в глубокую пропасть. Оно просто вело себя так, будто ничего не случилось. В моей душе всё ещё теплилась надежда, что ничего действительно не изменилось, и эта надежда сводила меня с ума. – Но зато я выяснила нечто другое. А чья это кровь у тебя на рубашке?

– «Тот, кто не умеет лицемерить, не умеет и править», – Гидеон осветил факелом последний поворот. – Людовик Одиннадцатый.

– Какое подходящее к случаю выражение, – сказала я.

– Честно говоря, ни малейшего понятия не имею, как зовут того парня, который перепачкал мне своей кровью всю одежду. Ох, и рассердится же мадам Россини! – Гидеон толкнул дверь в лабораторию и воткнул факел в подставку на стене.

Языки пламени выхватили из темноты большой стол, на котором были разложены и расставлены диковинные аппараты, стеклянные бутылки, колбы и кубки, наполненные разноцветными жидкостями и порошками. Стены оставались в тени, но я увидела, что вся их поверхность от пола и до потолка была покрыта рисунками и символами. Прямо над факелом со стены смотрел улыбающийся череп с пентаграммами вместо глазниц.

– Иди сюда, – сказал Гидеон и потянул меня к противоположному краю стола. Только там он наконец-то выпустил мою руку. Но лишь для того, чтобы обнять меня за талию и прижать к себе. – Как прошёл разговор с графом?

– Это была очень… содержательная беседа, – сказала я. Встревоженное сердце у меня в груди затрепетало, словно маленький птенец, а в горле теперь стоял ком. – Граф объяснил мне, что ты… разделяешь его дичайшие взгляды и тоже считаешь, что влюблённую женщину легче держать под контролем. Ты, наверное, очень расстроился, что вся предварительная работа, которую ты провёл с Шарлоттой, оказалась напрасной, и тебе пришлось начинать со мной всё сначала, ведь так?

– О чём ты говоришь? – Гидеон смотрел мне в глаза, нахмурив лоб.

– Но тебе всё удалось просто замечательно, – продолжала я. – Граф, кстати, тоже так считает. Меня, конечно, не очень сложно было заполучить… Господи, как же мне стыдно, когда я думаю, насколько я облегчила твою задачу, – я захотела поднять на него глаза, но не смогла.

– Гвендолин… – он запнулся. – Сейчас начнётся. Давай лучше продолжим этот разговор позднее. В тишине и спокойствии. Понятия не имею, к чему ты клонишь…

– Я просто хочу знать – это правда? – сказала я. Конечно, правда, но ведь надежда, как известно, умирает последней. В моём желудке уже появилось ощущение скорого прыжка. – Ты действительно заранее спланировал, что влюбишь меня в себя, точно так же, как сперва ты спланировал всё то же самое с Шарлоттой?

Гидеон разжал руки.

– Сейчас не совсем подходящий момент, – сказал он. – Гвендолин, мы продолжим этот разговор позднее. Я тебе обещаю.

– Нет! Скажи сейчас! – терпение моё исчерпалось, и слёзы градом полились по щекам. – Хватит одного слова – да или нет? Ты всё это спланировал?

Гидеон почесал в затылке.

– Гвен…

– Да или нет? – всхлипывая, пробормотала я.

– Да, – сказал Гидеон. – Но пожалуйста, перестань плакать.

И во второй раз за этот день моё сердце, точнее, уже сердцезаменитель, упало вниз в пропасть и раскололось на тысячу мельчайших кусочков.

– Вот и всё, что я хотела узнать, – прошептала я. – Спасибо за честность.

– Гвен… Я хотел бы всё тебе объяснить… – Гидеон растворился в воздухе. Холод снова заполнил моё тело. Я уставилась на мерцающий свет факела и на нарисованный череп, изо всех сил пытаясь унять слёзы. Но тут перед моими глазами всё завертелось и исчезло.

Мне понадобилось несколько секунд, чтобы привыкнуть к яркому свету, который царил в лаборатории в нашем времени. Я услышала, как доктор Уайт что-то возбуждённо говорит, а потом раздался звук рвущейся ткани.

– Всё в порядке, – сказал Гидеон. – Просто маленький порез, он почти не кровоточит. Можно даже пластырь не накладывать. Доктор Уайт, отложите, пожалуйста, в сторону ваши щипцы и зажимы! Ничего страшного не случилось!

– Привет, сеновальщица! – поздоровался со мной Химериус. – Никогда не угадаешь, что мы тут узнали! О нет! Ты что, снова ревела?

Мистер Джордж обеими руками схватил меня и повернул к себе лицом.

– На ней ранений нет! – с облегчением сказал он.

Да. Если не смотреть вглубь, в сердце.

– Надо сматываться, – сказал Химериус. – Братишка твоего принца и Лесли хотят сообщить тебе нечто очень интересное! Только представь, они нашли место, зашифрованное в «Зелёном всаднике». Никогда не догадаешься, где оно.

– Гвендолин, ты как? – Гидеон посмотрел на меня так, будто боялся, что сейчас я брошусь под первый попавшийся автобус.

– Всё в порядке, – сказала я, не глядя в его сторону. – Мистер Джордж, не могли бы вы отвести меня наверх? Мне очень срочно надо попасть обратно домой, правда.

– Конечно, – мистер Джордж кивнул. Гидеон сделал было шаг в мою сторону, но доктор Уайт крепко держал его за руку.

– Постоишь ты сегодня спокойно или нет?! – он оторвал рукава камзола и рубашки. На руке запеклась кровь, а возле самого плеча виднелся маленький порез. Роберт, маленькое привидение, испуганно уставился на кровавые подтёки.

– Кто это сделал? Рану нужно немедленно продезинфицировать и зашить, – хмуро сказал доктор Уайт.

– Ни в коем случае, – сказал Гидеон. Он побледнел, от его радостного расположения духа не осталось и следа. – Это может подождать. Сначала мне нужно поговорить с Гвендолин.

– Не стоит, – сказала я. – Я выяснила всё, что хотела. А сейчас мне нужно домой.

– Вот именно! – добавил Химериус.

– Утро вечера мудренее, – сказал мистер Джордж Гидеону, взяв в руки чёрную повязку. – Гвендолин, кажется, очень устала. А завтра утром ей ещё идти в школу.

– Точно! Тем более что сегодня ночью она отправится на поиски клада, – сказал Химериус. – Или что там задано этими координатами…

Мистер Джордж завязал мне глаза. Последнее, что я видела – это неестественно зелёный цвет глаз Гидеона, оттенённый бледностью его лица.

– Всем спокойной ночи, – сказала я на прощание, а затем мистер Джордж вывел меня из комнаты.

Кроме маленького Роберта мне всё равно никто не ответил.

– Ладно, испорчу им всю малину, расскажу тебе первым, – сказал Химериус. – Лесли и Рафаэль сегодня здорово повеселились, в отличие от тебя, как я вижу. Ну, в общем, им удалось определить эти координаты очень точно. И, ну-ка, угадай с трёх раз, где находится это место! Давай-давай!

– Здесь, в Лондоне? – спросила я.

– Бинго! – выкрикнул Химериус.

– Ты что-то сказала? – спросил мистер Джордж.

– Ничего, – сказала я. – Извините, мистер Джордж.

Мистер Джордж вздохнул.

– Надеюсь, разговор с графом Сен-Жерменом прошёл успешно.

– О да, – горько сказала я. – Это была во всех смыслах очень поучительная беседа.

– Эй! Я всё ещё здесь! – выкрикнул Химериус и обвил лапки вокруг моей шеи. Я почувствовала его влажное прикосновение. – И новости у меня действительно очень-очень любопытные. Тайник действительно находится здесь в Лондоне. Скажу больше, он находится в Мейфэре. И ещё больше: на Бурдон Плейс. А если быть уж совсем точным – на Бурдон Плейс, 81! Ну, что скажешь?

У нас дома? Загадочными координатами было обозначено место в нашем собственном доме? Что же дедушка мог там спрятать? Может, ещё одну книгу? С новыми подсказками, которые натолкнут нас на новый след?

– Твоя подружка с собачьей мордочкой и француз отлично поработали, я считаю, – сказал Химериус. – Но сейчас за дело берусь я! Ведь только невероятный, замечательный и умный во всех отношениях Химериус может летать сквозь стены и видеть то, что за ними спрятано. Поэтому сегодня ночью мы с тобой отправимся на поиски клада!

– Ты хочешь об этом поговорить? – спросил мистер Джордж.

Я отрицательно покачала головой.

– Нет, это может потерпеть до завтра, – сказала я мистеру Джорджу и заодно Химериусу.

Сегодня ночью я действительно вряд ли усну, но лишь затем, чтобы выплакать всё моё разбитое сердце. Мне было так жалко саму себя и так хотелось романтичных метафор. Наверное, слушать я при этом буду *«Hallelujah»* Бон Джови. У каждого ведь есть специальная музыка для страданий, вот теперь будет и у меня.

Эпилог

Лондон, 29 сентября 1782 года

Спиной он прижался к стене, рука легла на рукоять шпаги, он огляделся по сторонам. Как и обещал лорд Алестер, людей на хозяйственном дворе не было. От одной стены до другой были натянуты бельевые верёвки. Развешанные на них белые простыни медленно покачивались на ветру.

Пол задрал голову и посмотрел вверх на окна, в которых отражалось полуденное солнце. На одном подоконнике нежилась кошка, она насмешливо поглядывала на него, свесив вниз лапку. Она напомнила ему Люси.

Пол убрал руку с эфеса шпаги и расправил рюши на рукавах. Он не слишком жаловал всю эту одежду в стиле рококо. Дурацкие штанишки до колен, смешной камзол с длинными неудобными фалдами. К тому же, весь сплошь в вышивке и украшениях, просто кошмар. Он бы с удовольствием надел сейчас парик и костюм, который был пошит для 1745-го года, но Люси и леди Тилни настояли на том, чтобы все вещи на нём были совершенно другими. Они убеждали Пола, что все будут смотреть на него как на сумасшедшего, если в 1782 году он будет разгуливать в одежде из 1745-го. Пол попытался объяснить им, что он собирается встретиться с лордом Алестером где-нибудь в безлюдном месте и обменяться бумагами, но попытки отвертеться от нового наряда закончились победой женщин. Он просунул руку под камзол, где лежали свёрнутые в трубочку документы в коричневом конверте.

– Очень рад, что вы прибыли вовремя.

Холодный и резкий тон голоса заставил его оглянуться. Лорд Алестер вышел из тени ворот. Наряд на нём, как всегда, был очень элегантный. Правда, на сей раз он казался чрезмерно пёстрым – камзол лорда переливался на солнце от навешанных и нашитых на него украшений. Среди простыней и бельевых верёвок он выглядел очень странно.

Даже рукоять его шпаги словно была выкована из цельного золотого слитка. Она тоже была украшена драгоценными камнями, из-за этого оружие казалось игрушечным и даже смешным.

Пол бросил беглый взгляд на ворота, за которыми тянулась улица, зелёная лужайка, а за ней журчала Темза. До него донёсся конский храп. Значит, лорд Алестер прибыл в карете, подумал Пол.

– Вы одни? – спросил лорд Алестер. Манера его общения была очень высокомерной, кроме того, он сильно гнусавил, как человек, у которого постоянно заложен нос. Лорд подошёл ближе. – Как жаль! Я бы охотно повидался бы снова с вашей прелестной рыжеволосой спутницей. Она выражает свои мысли таким... э-э-э... необычным способом.

– Она просто была разочарована тем, что вы не воспользовались преимуществом, которое дали вам последние сведения. К тому же, она не очень верит в вашу сегодняшнюю затею.

– Ваши сведения были неполными!

– Их было вполне достаточно! Планы Флорентийского Альянса были продуманы скверно. За сорок лет вы осуществили пять нападений на графа, и все безуспешно. За два из них ответственность несёте лично вы! В прошлый раз, одиннадцать лет назад, вы были так уверены в своих силах!

– Не волнуйтесь! Следующая попытка будет удачной! – сказал лорд Алестер. – Я и мои предки до сих пор допускали одну и ту же ошибку – мы боролись с так называемым графом как с человеком. Мы хотели вывести его на чистую воду, оклеветать и разрушить его реноме. Мы старались направить на путь истинный заблудшие души вроде вас, но мы не учли самого главного: в каждом из вас течёт кровь демона, а значит, совладать с вами человеческими методами невозможно.

Пол раздражённо поморщился. Напыщенные разговоры членов Флорентийского альянса никогда ещё не приносили ему никакой пользы.

– Мы пытались побороть его человеческими способами: ядом, шпагами и пистолетами, – продолжал лорд Алестер. – Как мы были наивны! – он хрипло и натужно рассмеялся. – Что бы мы ни делали, он всегда был на шаг впереди нас. Куда бы мы ни приходили, он всегда был уже там. Казалось, победить его невозможно. У него повсюду есть знатные друзья и покровители, которые разбираются в чёрной магии так же хорошо, как и он сам. Члены его ложи – влиятельнейшие люди нашего времени. Прошли десятилетия, прежде чем я осознал, что демона нельзя побороть человеческими методами. Но теперь я буду действовать умнее.

– Рад слышать, – сказал Пол, бросив беглый взгляд в сторону ворот. Там уже стояли двое мужчин, одетых в чёрное, со шпагами наголо. Проклятье! Люси оказалась права. Алестер и не думал держать своё слово.

– Письма у вас?

– Конечно, – сказал лорд Алестер, вытягивая из камзола толстую связку бумаг, перетянутую красной лентой. – Хотел поблагодарить вас за своевременные сведения, благодаря им мне удалось заполучить надёжного союзника в рядах хранителей. Теперь он ежедневно сообщает мне последние новости. Знали ли вы, что в данный момент граф снова в городе? Ах, конечно же, вам это известно! – он взвесил связку писем у себя в руке, а затем бросил их Полу.

Пол умело поймал их одной рукой.

– Спасибо. Полагаю, вы потрудились переписать каждое из них.

– Мне это ни к чему, – высокомерно сказал лорд Алестер. – А что там у вас? Принесли ли вы то, о чём мы с вами договаривались?

Пол засунул под камзол письма и поднял вверх коричневый конверт.

– Пять страниц с описанием рода де Виллеров, начиная с шестнадцатого века, с Ланселота де Виллера и заканчивая Гидеоном де Виллером, рождённым в двадцатом веке.

– А женская линия? – спросил лорд Алестер, голос его звучал нетерпеливо.

– Всё здесь. От Элани Бёргли до Гвендолин Шеферд.

При упоминании последнего имени Пол нахмурился. Он бросил резкий взгляд на мужчин в чёрном. Они остановились в воротах и положили руки на эфесы шпаг, будто выжидая. К сожалению, Пол отлично догадывался, чего именно они ждут.

– Прекрасно. Тогда отдайте их мне!

Пол замешкался.

– Вы не сдержали своего слова, – сказал он, чтобы выиграть время. Он указал на мужчин у ворот. – Вы обещали прибыть в одиночестве.

Лорд Алестер посмотрел туда, куда указывал Пол, с безразличным выражением лица.

– Джентльмен столь знатного рода никогда не путешествует в одиночку. Мои слуги сопровождают меня всегда и везде. А сейчас отдайте же мне бумаги! Об остальном я позабочусь сам.

– А что, если я передумал?

– Мне решительно всё равно, будете вы живы или мертвы, когда я заполучу эти документы, – сказал лорд Алестер и положил руку на эфес украшенной драгоценностями шпаги. – Или, говоря другими словами, мне решительно всё равно, убивать вас до или после того, как вы передадите мне бумаги.

Пол схватил рукоять шпаги.

– Вы же дали клятву.

– Ха! – выкрикнул лорд Алестер и вынул шпагу из ножен. – С дьяволом разговор особый, здесь все средства хороши! Давайте сюда бумаги!

Пол сделал два шага назад и тоже оголил шпагу.

– Вы же говорили, что обычным оружием нас не возьмёшь? – спросил он и постарался насмешливо поднять бровь.

– Сейчас мы это поймём, – сказал лорд Алестер. – Защищайся, демон!

Пол с удовольствием поговорил бы ещё немного, но лорд, казалось, только и ждал возможности, чтобы напасть. Он сделал резкий выпад в сторону Пола, с твёрдым намереньем убить противника.

Лорд явно был гораздо более искусным фехтовальщиком. Полу это стало ясно минуты через две, когда, стоя спиной к стене, он, как мог, парировал удары лорда. Пол нырнул под простыни и оттуда нападал на своего противника. Но тщетно.

Кошка с шипением спрыгнула с подоконника и скрылась за воротами. За окнами царила тишина. Проклятье! Почему он не послушался Люси?

Она так просила его задать для этого прыжка меньший промежуток времени. Тогда бы он, наверное, смог продержаться достаточно долго и раствориться в воздухе просто на глазах у лорда Алестера.

Шпага Алестера сверкала на солнце. Его следующий удар был таким сильным, что шпага Пола чуть не выпала из рук.

– Подождите! – закричал он, с трудом переводя дыхание. – Вы победили! Я передаю вам документы.

Лорд Алестер опустил шпагу.

– Очень разумное решение.

Нарочито тяжело дыша, Пол прислонился к стене и бросил лорду коричневый конверт.

В тот же миг он сорвался с места и ринулся на противника, но, казалось, для лорда Алестера этот манёвр не стал неожиданностью. Он бросил конверт на землю и с лёгкостью парировал удар Пола.

– Я предвижу каждую хитрость, демоны! – выкрикнул он и засмеялся. – Что ж, теперь я желаю взглянуть, какого цвета ваша кровь! – он сделал искусную комбинацию выпадов и Пол почувствовал, как остриё шпаги противника вспороло его камзол и рубашку. Тёплая кровь заструилась по руке.

Сильной боли он не испытал, поэтому Пол решил, что рана неглубокая, но злобная улыбка лорда и его бодрый вид свидетельствовали об обратном. Пол тяжело дышал.

– Чего вы ждёте? – крикнул лорд Алестер через плечо своим слугам. – Мы не можем упускать ни секунды! Вы хотите, чтобы он растворился в воздухе прямо на наших глазах, как наши предыдущие противники?

Одетые в чёрное мужчины среагировали незамедлительно.

Они подходили всё ближе, раздвигая висевшие простыни, и Пол понял, что всё пропало. Хотя бы Люси в безопасности, пронеслось у него в голове.

Если бы она пошла с ним, то сейчас онибы погибли вместе.

– Ваше последнее слово, – сказал лорд Алестер. Пол решил было опустить шпагу, встать на колени и помолиться. Возможно, благочестивый лорд растрогается и решит подождать с окончанием поединка хотя бы несколько минут. Хотя, вероятно, его убьют так быстро, что он не успеет даже опуститься на колени.

В этот момент он заметил какое-то движение за простынями, а один из людей лорда беззвучно повалился на землю, не успев даже повернуть головы.

Замерев на миг от ужаса, лорд и оставшийся в живых слуга бросились на нового противника. Это был молодой человек в зелёном камзоле, он вышел из-за простыней и искусно отражал нападение слуги.

– Гидеон де Виллер, – прошептал Пол, с новыми силами отбивая удары лорда Алестера. – Никогда не думал, что буду так рад тебя видеть, малыш.

– Вообще-то мне просто стало любопытно, – сказал Гидеон. – Я заметил на улице карету лорда Алестера и решил посмотреть, что это он делает в этом отдалённом дворике...

– Милорд, это тот самый демон, который убил Дженкинса в Гайд-парке! – задыхаясь, прошептал слуга лорда Алестера.

– Делай то, за что тебе платят! – прошипел лорд, его силы, казалось, только приумножались с каждой секундой. Пол почувствовал, как его во второй раз ранили, в ту же руку, на этот раз немного выше. От нового удара всё тело пронзила внезапная боль.

– Милорд... – слуга, казалось, попал в весьма затруднительное положение.

– Возьми на себя вот этого! – рассерженно крикнул лорд Алестер. – А о другом позабочусь я!

Пол облегчённо выдохнул, когда лорд переключил своё внимание на Гидеона. Он бросил быстрый взгляд на свою руку, из неё шла кровь, но удержать в руках шпагу ему всё ещё было по силам.

– Да мы ведь знакомы! – теперь лорд Алестер стоял лицом к лицу с Гидеоном. Обагрённый кровью Пола, клинок его шпаги тускло поблёскивал.

– Точно, – ответил Гидеон, и Пол невольно удивился, насколько спокойным был его голос.

Неужели малыш вообще ничего не боится?

– Одиннадцать лет назад, после того, как вы совершили очередное неудачное покушение на графа Сен-Жермена, мы с вами встречались на уроке фехтования у Гальяно.

– Маркиз Веллдон, – с презрением отозвался лорд. – Да, да, я помню. Вы передали мне вести от самого дьявола.

– Я предостерёг вас, но вы, к сожалению, не прислушались к моим словам, – его зелёные глаза угрожающе засверкали.

– Дьявольское отродье! Я понял это сразу, как только увидел вас. Защищаетесь вы действительно неплохо, но, возможно, вам не составит труда припомнить, на чьей стороне была победа в нашем тогдашнем бою?

– Я хорошо это помню, – ответил Гидеон и тряхнул рюшами на запястьях, словно они ему мешали. – Так отчётливо, будто всё произошло на прошлой неделе. Впрочем, для меня это действительно случилось на прошлой неделе. Защищайтесь!

Шпаги скрестились, послышался звон металла, но Пол так и не увидел, на чьей стороне было преимущество на этот раз, потому что оставшийся в живых слуга пришёл в себя и бросился прямо на него с обнажённой шпагой.

Фехтовал он не так искусно, как его господин, но, тем не менее, очень резко и напористо. Пол почувствовал, что его силы иссякают, несмотря на короткую передышку, рана давала о себе знать.

Когда же, наконец, настанет время прыжка? Кажется, осталось совсем недолго! Он стиснул зубы и сделал следующий выпад. Некоторое время, долгие несколько минут, никто не проронил ни слова, слышны были лишь звон шпаг и тяжёлое дыхание противников. Вдруг боковым зрением Пол увидел, как украшенная драгоценными камнями шпага лорда Алестера взлетела в воздух, описала дугу и приземлилась на мостовую.

Слава богу!

– Милорд?

– Это подлый приём, демон, – гневно сказал лорд. – Против всех правил! На очереди был мой удар!

– Сдаётся мне, вы не умеете проигрывать, – ответил Гидеон. Из раны на его руке текла кровь.

Глаза лорда Алестера сверкали от ярости.

– Убейте же меня, если отважитесь!

– Не сегодня, – сказал Гидеон и засунул шпагу обратно за пояс.

Пол увидел, как лорд еле заметно кивнул, а затем, как приготовился к рывку его слуга. Пол молниеносно бросился к Гидеону и отразил удар прежде, чем шпага противника вонзилась между лопаток Гидеона. В ту же секунду Гидеон снова обнажил шпагу и нанёс удар прямо в грудь слуги. Кровь фонтаном хлынула из раны, и Пол инстинктивно отвернулся.

Лорд Алестер воспользовался моментом и поднял свою шпагу, а потом наколол на неё коричневый конверт, который лежал на земле.

Не проронив больше ни слова, он повернулся на каблуках и выбежал со двора.

– Трус! – свирепо выкрикнул Пол. Затем он обернулся к Гидеону. – Малыш, ты ранен?

– Нет, это всего лишь царапина, – сказал Гидеон. – А вот ты выглядишь не лучшим образом. Твоя рука! Вся эта кровь… – он сжал губы и поднял шпагу. – Что за бумаги ты передал лорду Алестеру?

– Генеалогические схемы, – понуро сказал Пол. – Мужская и женская линии путешественников во времени.

Гидеон кивнул.

– Я знал, что вы двое – предатели. Но мне и в голову не приходило, что вы будете действовать так необдуманно! Теперь он попытается убить всех потомков графа Сен-Жермена! А теперь ему ещё и известны имена путешественников по женской линии. Если ему удастся выполнить свою задачу, мы никогда не родимся.

– Тебе следовало его убить, когда у тебя была такая возможность, – горько заметил Пол. – У нас не оставалось выбора. Послушай, времени не так уж много, я скоро прыгну обратно. Но сейчас очень важно, чтобы ты внимательно выслушал то, что я тебе скажу.

– Этого я делать не намерен! – в зелёных глазах сверкнула ярость. – Если бы я знал, что встречу тебя тут, обязательно захватил бы с собой пробирку…

– Связавшись с Альянсом, мы допустили ошибку, – поспешно сказал Пол. – Люси с самого начала была против этой затеи. Но я думал, что если мы поможем ему обезвредить графа… – он схватился за живот. При этом Пол поспешно нащупал под камзолом связку писем и вытащил их наружу. – Возьми их с собой, малыш!

Гидеон, помедлив, взял из его рук пачку писем.

– Хватит уже называть меня малышом. Я на полголовы выше тебя.

– Речь идёт о той части пророчества, которую граф скрывал от хранителей. Сначала прочти это, а потом уже думай, бежать ли тебе к своему любезному графу и выдавать ли ему меня. Это важно, поверь. Эх, Люси меня убьёт, когда услышит, что я наделал.

– Откуда мне знать, что это не подделка?

– Просто прочти это! Тогда ты узнаешь, зачем мы украли хронограф. И почему мы хотим помешать графу завершить Круг крови, – он часто и тяжело задышал. – Гидеон, позаботься о Гвендолин, – поспешно сказал Пол. – Ты должен защитить её от графа!

– Я буду защищать её от любой опасности! – глаза Гидеона заблестели. – Но тебя это не касается.

– Некоторым образом всё-таки касается, мальчик мой! – Пол изо всех сил старался держать себя в руках, чтобы не полезть в драку.

Ах, если бы малыш только знал!

– Из-за вашего предательства люди лорда Алестера недавно чуть не убили нас с Гвендолин в Гайд-парке! Так что не надо меня убеждать, что ты хотел позаботиться о нашей с Гвендолин безопасности.

– Ты же не знаешь… – Пол запнулся. У него просто не оставалось больше времени. – Не важно. Послушай, – он подумал о том, что сказала ему Люси, и попробовал говорить как можно твёрже и убедительней. – Простой вопрос – простой ответ: ты любишь Гвендолин?

Гидеон на мгновение отвёл глаза в сторону, но Пол заметил в этом взгляде на миг блеснувший огонёк.

Что это? Неуверенность? Что ж, со шпагой малыш обращается умело. Но вот в делах сердечных он, кажется, совсем новичок.

– Гидеон! Мне нужно знать ответ на мой вопрос! – голос его звучал резко.

Лицо юноши утратило былую твёрдость.

– Да, – просто сказал он.

Пол почувствовал, как вся его ярость вмиг улетучилась. Люси снова оказалась права.

Как он только мог сомневаться в её суждениях!

– Тогда прочти эти бумаги, – быстро сказал он. – Тогда ты поймёшь, какая роль отведена Гвендолин в этой игре.

Гидеон смотрел на него во все глаза.

– Что ты хочешь этим сказать?

Пол наклонился вперёд.

– Если ты не прислушаешься к моим словам, Гвендолин умрёт. Только ты один можешь этому помешать. И только тебе она доверяет, как я вижу.

Он крепко сжал руку Гидеона, когда почувствовал, что всё вокруг закружилось. Сколько бы он отдал за одну, две минуты промедления!

– Пообещай мне это, Гидеон! – растерянно сказал он.

Но ответа Гидеона Пол уже не услышал. Всё вокруг исчезло, его сорвало с места и понесло сквозь время и пространство.

Оглавление

Литературно-художественное издание

Гир Керстин

Таймлесс.
Сапфировая книга

Перевод с немецкого Светлана Вольштейн
Редактор Пётр Абрамов
Ответственный редактор Наталья Ерофеева
Компьютерная вёрстка Алексей Баранов

ООО «Издательство Робинс»
115114 Москва, ул. Летниковская, д.7, стр.1
Телефон отдела реализации: (495) 604-17-77
E-mail: **info@robins.ru**
www.robins.ru

Подписано в печать 20.11.2013. Формат 60x90 1/16.
Гарнитура Garamond. Печать офсетная.
10 000 экз.
Заказ № 6921.

Отпечатано в ООО "Тульская типография"
300600, г. Тула, пр. Ленина, 109.